U0948482

美读

MEIDU

美好生活，与你共读

———— 蒋峰小说典藏

维以不永伤

蒋峰 著

·太原·

图书在版编目（CIP）数据

维以不永伤 / 蒋峰著. —太原：北岳文艺出版社，2015.1（2019.12重印）
（蒋峰作品典藏系列）
ISBN 978-7-5378-4274-7

Ⅰ. ①去… Ⅱ. ①蒋… Ⅲ. ①长篇小说—中国—当代 Ⅳ. ①I247.5

中国版本图书馆CIP数据核字（2014）第277039号

书　　名　维以不永伤

著　　者　蒋　峰
责任编辑　刘文飞
装帧设计　政凯 × 1XLE Studio

出版发行　山西出版传媒集团·北岳文艺出版社
地　　址　山西省太原市并州南路57号
邮　　编　030012
电　　话　0351-5628696（太原发行部）
　　　　　　010-57427288（北京发行部）
　　　　　　0351-5628688（总编办）
传　　真　0351-5628680　010-57571328
网　　址　http://www.bywy.com
经 销 商　新华书店
E - mail　bywycbs@163.com
印刷装订　环球东方（北京）印务有限公司

开　　本　880mm × 1230mm　1/32
印　　张　11.25
字　　数　268千字
版　　次　2015年1月第1版
印　　次　2019年12月第2次印刷
书　　号　ISBN 978-7-5378-4274-7
定　　价　49.80元

序　我为什么还要写作

二〇一二年春天我在南京，有天下午去一家书店避雨。很小一张门面，要弯着腰下几级台阶才能进去，里面几乎没有灯，所有的书都零散地堆在地上，我要跟跳房子一样找地儿下脚。书架上反而没几本书，仿佛从书架到书垛是条单行道，读者把书从架上拽下来，翻几页扔在书垛上，老板就懒得把它们再一一塞回去了。我以为挑不出什么，可在雨停之前还是找到两本书准备结账，一本是梁实秋的集子，他是我在写作文的年纪就喜欢的作家；另一本是我朋友的旧作，以前见到他都是假装看过这本书，读一读让自己别那么心虚。诡异的事情在结账时发生了，我拿到门口问老板多少钱。他一脸茫然，皱眉看着我。我知道这种小书店价钱不定，有些是全价，大部分会打折，具体的折扣要看出版的年份和版次，甚至要考虑那个年代的物价，这是个复杂的换算。他把两本书放到公平秤上，告诉我一斤二两，算我七块。我没明白，问他怎么算的。好像我在怀疑他的业界良心，他让我再看秤，指着上面的数字大声说："六块一斤，十元两斤。"

这是让每个写作者都会心碎的一句话。我去过很多城市、很多书店，我从没想过会在这里问出菜市场一样的口令——这书怎么卖的，多少钱一斤？而事实上，菜市场也很难找着比十元两斤更便宜的东西。猪肉十五元一斤，牛羊肉三十元一斤，香蕉苹果也不止这个价。真的，每个字要写多重才能生存？

我十四岁立志当作家，十八岁开始写作，小时候以为作家可以有很多种活法，像歌德那样高光，像卡夫卡那样阴暗，像拜伦那样多情，像福楼拜那样孤独，像格林那样居无定所，像厄普代克那样足不出户。他们都写过好书，都曾激励我前行，可我从来不敢想象，有一天这些大师的作品就像牛羊肉那样滴着血，放在秤上论斤卖。

对文学而言，这是最糟糕的时代，视听艺术更快捷、更准确地替代了文字阅读；人均每年读书不到五本，其中还算上中小学生的二十本教材；图书出版每年以百分之五十的速度向下递减；近十年的研讨会都在讨论文学是否已死，或是还有多久会死；那些剩下的作家，仿佛邪教成员一般稀少而古怪。这种种的一切让我在三十岁的时候开始质疑：最初的梦想是不是一个死胡同？十五年前王小波就自问《我为什么要写作》，他说他要做那个反熵的人，他认为他有文学才能，他要做这件事。他提醒过我们做这件事有多苦，只是他没说有那么苦，而且十五年后会更苦。

我于二〇〇四年出版第一本书，到现在正好十年，陆续出版几本长篇。或好或坏，但我一直在努力。有过一些吹捧之辞，说我如何坚持，如何有实力、有潜力，早晚成大器。这些恳请不要再讲，听起来说起来都像是酒醉之后的失败之音。说多了没意思，我肯定往前走。也有人劝我做些富贵事，反问我，继续写作有意义吗？难道写得过博尔赫斯吗？说这话的是前辈，我担心是好意，所以没翻脸离席。我想回答他，首先，我也不知道我下一部作品能不能写得过博尔赫斯，他站得再高也没挡着我的路；再说，就算写不过，就算一万个写作者才能顶出一个博尔赫斯，我起码可以为九千九百九十九个白骨贡献一个单位，不要那么怀疑地看着我，我没粉饰自己，总要有人做白骨。

这十年所有审判文学的研讨会我都没参加，我不相信文学会死，我不相信我的梦想是一个死胡同。没有理由，我必须信，因为只有相信这些，我才有力气干好这件事。也许这些可以解释，我为什么还要写作。这是文学最坏的时代，但也是最需要我们的时代，要是文学哪天真的守不住了，那我就做一个文学守陵人，告诉来往的后人，文学曾经葬在这里。

二〇一四年五月

Never end，never hurt（初版序）

一位在北京上学的朋友有意将《维以不永伤》翻译成英文，为消磨他剩下的一年无聊的大学生活。借用《诗经》中的一句“维以不永怀”为题，他对本书及作者写下了几千字的评论。通篇的溢美之词，使得他唯一的忠实读者成为《维以不永伤》的作者蒋峰本人。有时候阴天下雨我就对着电脑上的这篇文字发呆。他说看第一部的第一句就明白，蒋峰在翻译一部没有原著的作品，假如硬要从中找出我要翻译什么的话，“他所孜孜以求的，是翻译自己的天才，以及忧伤。”本书全本出版之前大概有十几个读者，或许只有他看出“开始是那个打奶的女人发现的”和“In the beginning，God created the sky and the earth（起初，神创造天地）”之间的关系。然而使我静默无语的并不是这句话，他说：“蒋峰有足够的理由来享有《维以不永伤》出版前的宁静。”是的，我没有看错，他说的是这个词——宁静。

《维以不永伤》起笔于二〇〇二年十二月，虽然在这之前我已经有两次试着去写第一部，还写了一些与此有关的短篇，但是真正动笔的时候，第一次写长篇的各种痛楚及疲惫依然如夜色中的乌云在我的上方挥之不散。完成的字迹分别留在四个城市，最后于二〇〇三年五月初在长春定稿。我后来又写了一个长篇和若干短篇，但已没有哪一次的记忆能比这次的更为深刻。写作的过程中我常常在幻想，在结束的那一天我会以怎样的兴奋来庆祝这刚刚走过的漫长之旅。然而四月底的“非典”打乱了我所有的计划。我离开自己的学校，偷偷地分别躲进两个朋友所在的大学，写了第四部的第九章到第十二章，之后接连被那里的保安赶了出来。回到长春的第一夜我完成了最后一章——第十三章。然后我双手摊在桌上，看着前方的壁钟，呆呆的，什么感觉也没有，仿佛我的感情已被此书点点吞蚀掉。看着秒针一圈圈地滑过，我在想，现实的，虚幻的，哪一个世界离我更近一点。天亮之前我给学校的朋友打了个电话。我说我写完了。他们都是我最好的朋友，他们不会说祝贺和但愿成功一类的话，他们会在我想沉默的时候品味两个人的无语。一段时间过去，他有些落寞地说：“蒋峰，你真好，你可以靠这本书出去。我们没有别的本事，我们还要继续忍受三年。”我不知道该说什么，于是我将话筒在双手之间传来传去。“然后你打算怎么办？”他问我。“不知道，”我想起小时候玩儿的“泥锅泥碗你滚蛋”的游戏，话筒最终落在了左手，“等出版吧。”

后来那位在北京就学的朋友从一些网站的转帖中读到这本书，他还有一年就要毕业，他不打算继续考研，他说：“蒋峰有足够的理由来享有《维以不永伤》出版前的宁静。”他把这篇文章贴到我的网站。我第一次看到这张帖的时候，激动地哭了。我在后面的回复中说：“在写完后和出版前的一年里，我如丧家犬一般奔走了十多个城市，我经历了两次刻骨铭心的恋爱，爱上了一个永远也不会爱我的女孩儿，在多次自杀的想法冒出来之后使得我有两次自杀未遂。如果这就是我应享有的宁静，那么我宁愿祈盼那份属于我的喧哗，我的骚动。”

这个朋友后来发给我《维以不永伤》的第一部的译文，题目直接引用《诗经》英文版的译文——Never end，never hurt。把它直译过来或许会更美一些——永无休止，永无伤痛。

希望是这样的——我们总是抱着美好的愿望，有时甚至是奢望——随着这本书的出版，我们会在伤痛的同时找到这些伤口。然后我们小心翼翼地，试着去愈合。

《维以不永伤》第一部去年七月发表在《布老虎青春文学》第一辑中，第二部发表在由媒体所吹捧的“80后实力派五虎将”——听起来这是个莫名其妙的称呼——的一本合集里，第三部去年年底发表在上海的一本各色人的文集中，第四部的前七章发表于今年三月到五月的《萌芽》。去年夏天我为《萌芽》写了点儿类似于阅读提示的导言，我把它略加修改引出来作为自序的结尾：

“题目借取于《诗经·卷耳》，原意是那些行军在外的男人只能依靠饮酒来摆脱思念亲人的痛苦。到了这本书里意思变为：只有把这件事写下来，才不至于永远地伤怀。十几个不同性格的人物依次走进小说之中，前后跨度为三十余年，或许还会再久一些。显然一桩命案的发生使第二十年成为本书时间的核心。整部长篇被肢解为五个不同文体的中篇。这样写可以由您所好来选择翻开此书先读哪一部。如果您对情节性强的故事感兴趣，小说的第四部将向您讲述三种让人心酸的爱情；结构纷杂叙述转换稍显频繁的第三部会给您带来领悟小说技巧和体验阅读快感的乐趣；要是您更偏爱侦探小说，当然可以先去阅读第二部的一至十；第二部的 1—10 应该会给您一种伦理道德上的震撼；然而首先阅读第一部则基于一个不可剥夺的理由，因为这是您了解《维以不永伤》全貌的入口。”

蒋　峰

二〇〇四年四月

第　一　部

开始是那个打奶的女人发现的。七年来她始终宣称奶油因为比水轻而浮在上面，为此每天早晨五点钟她都要赶到花园门口以求买到最浓的牛奶。有时候送奶人未能在天亮之前准时到达，她便沿着送奶人的来路迎去，决不容忍有人在她之前买到奶。同往常一样，送奶人从奶桶顶层舀出一斤奶后，她坚持要再添半斤。然后她走回花园，朝杂草丛生的小道走过去，她将小道称为“牛奶之路”，前后走了七年之久，以至于天色暗淡的时候她也能巧妙地绕过一株株浅色而近乎透明的白杨树，而且从不被野草丛中的连秧缠住。走到中途她觉得自己踩进了泥里，黑暗中她无法看清自己的脚，只是感到双腿怪沉的。她知道雨终于来了，同时想着这是走到哪儿了。然而不多久她便走了出来，拨开低垂在右眼前的柳枝，跨过齐腿高的铁围栏，看了看身前的那栋楼，还是只有一扇亮着灯的窗户，亮灯的是她自己的房间。

她上楼的声音震亮了楼道里的灯，借着光亮顺便看看今天的牛奶浓度如何。进屋的第一件事是打开收音机，随后来到厨房，将牛奶倒在灶上的奶锅里，点上煤气，最后才走回门口脱鞋子。广播上说今天仍没有雨，算上昨夜已经是连续三十七天没降一滴水了。火的外沿将奶锅围成了一圈。她想再没有什么能使这夏天变得凉一些了，除非是秋天提前到来。牛奶开始向上涨，她调小一些火焰，然后又熟练地在牛奶落下去时提升火温等着第二次上涨。昨晚又没下雨，早该下一场的，她望着冒泡的牛奶想着。没下过雨？她突然觉得有点不对劲儿，俯下身看看地面，地上满是从她鞋上掉下来的泥。她匆匆跑到门口，把那双拖鞋翻过来仔细盯着。光线有点暗，她看不清什么，只看到鞋底花纹间的空隙塞满了泥。她推开门走下楼梯，发现一路上都是她留下的脚印。她摸不准这是什么颜色的鞋印，但却如此清晰，甚至可以沿着印迹一路走回去。

起初她以为走错路了，可能是记忆的岔口使她无意中发现另一条打奶的捷径。太阳渐渐升起的时候她辨认出这确实是走了七年的小路，不一样的是很明显昨夜有人来过这里，很多树枝被折断，成片的杂草也连根卷起。风过之时飞起一片受惊的昆虫向她扑面滑过。她终于找到了那块最泥泞的地方，蹲下来用手指蘸了蘸草上的湿泥，举到眼前，在晨光中她辨明这就是鞋底泥土的颜色。她再次小心翼翼地将手臂向草丛中探去，仿佛一条蜿蜒前行的蛇那样缓慢移动。她明白自己摸到的是什么，左手将高矮不齐的杂草拨开，她看见有人死在了这里。不是雨，而是死亡。死者的面孔被她长长的玫瑰红色的头发遮住，一双睁着的眼睛由于剧烈肿胀而凸现于头发之上，即使是无家可归的乞丐也不会对那女孩儿身旁被扯碎的衣服怀有指望。不会再有什么能使她如此恐惧，她起身向后退了半步，长吸了一口气，惊吓得喊了出来，不是因为见到了令人心寒的尸体，不是因为闻到雾气中向四处延伸的血腥味，而是意外地发现那锅不停冒泡的牛奶竟然还在她的手中。牛奶被晨风吹得起伏不定，伴随着树叶的沙沙声滚到她的手指上，烫得她松开双手。奶锅掉到女孩儿裸露的肚子上，牛奶漫过尸体向身下流去，发出咝咝的热气，将好不容易才凝了的血重新融开。

在警察离开之前没有其他人来过这里，早在雾气还未散尽之时，警察便清理了现场。然而消息依然像波涛汹涌的水一般迅速传遍整个社区，我们是最后知晓此事的几个人。那天住在一楼的张爷爷照常在正午十二点一刻拎着一袋烟丝爬到楼上来与我姥爷下棋。从他老伴因肺癌死后的第二年起，他就每天都在这个时候找我姥爷下棋，而且总是落败三盘而归。这一次他坚持着要再下一盘，“昨晚睡不着的时候我就想，”他抹着额头上的汗说，“我之所以从没赢过你，是因为我们还没下过第四盘。”我姥爷告诉他本该把第二天的棋当作四、五、六盘的。“把风扇打开吧。”他说，“打从早上一死人，我就明白要有奇迹发生的。”我姥爷端起茶杯，吹着浮在水面之上的碎茶及白沫，细小的水沫仿佛堆在路边的柳絮从一侧飘到另一侧。我姥姥从沙发上坐起来，手里还织着毛衣问他谁死了。张爷爷将象棋摆好，“下棋吧，”他盯着棋盘说，“什么也不比象棋重要。”我表弟把线团从沙发上滚到地上，然后又兴高采烈地缠回。“到底是谁呀？”我姥姥又问了一次。我表弟抱着线团向里屋跑去，他想看看这紫红色的线团究竟有多长，能把他一直带到哪里。“毛毛，对楼住的那孩子。”我姥爷喝了一口吹凉些的茶水，咬着滑进嘴里的茶叶。茶叶散出浓烈的苦涩，他又吐回杯中。而那边的我姥姥则将针抽出来插在没有袖的毛衣上，从花镜上方看着张大爷，同时起身拉开风扇。吐回去的茶叶在杯中缓缓张开，下沉，最后降落至底，消失在深褐色的茶叶之中。“棋收起来吧，”我姥爷点起装满烟丝的烟斗，“给我讲讲到底是怎么回事？”就这样，毛毛的死讯传遍了整个社区。

那一年我九岁，或许是十岁，不会更大一些。整个夏天也没有下过一场雨，老人们搜寻了记忆的每一个角落也没找到这么奇怪的天气，此后也一样，哪一年都没能热过那年。我姥姥禁止我们在上午九点后、下午五点前出去。前后一个多月里她讲了七次她是怎么看见那个人被一点点晒成水汽的，就好像从一街到七街的每条路上都发生过似的。“我们都是糖捏的，”她在冲橘子粉的时候告诫我们，“像这样，一烫就化掉。”每天早饭后她都要配好各种果味的饮料放到冰箱里。为了抗衡炽热的气温，那台八八年就买来的冰箱时刻都在无力地驱动着充满噪音的发动机。我们封死了所有的窗户以抵挡高温的侵袭。在那一刻烟雾弥漫，风扇和冰箱交替鸣响，透过玻璃我们能看见白云之下热气的流动，就仿佛火焰上方的空气那样凝在一起。他们刚刚开始说话，我姥姥就让我和表弟回屋里午睡。她从充满柠檬味的冰箱里拿出两瓶葡萄汁放到桌子上，“喝完就给我躺到床上去。”之后她抢回我表弟手中越变越小的线团，像个放风筝的人那样走遍每个屋子将散落一地的毛线一点点缠回去。“才十六岁的姑娘。”我退出房门的时候张爷爷说。

天气热得无法入睡，阳光透过玻璃穿过窗帘将热量一路送到床上。我们躺在凉席上面，全身热乎乎的，我表弟在床上反复转身，倒在我胸口上，汗流不止。每隔十秒就有一股热风被左右摇摆的风扇吹过来。我双手摸着头顶的白墙，汗渍在墙上留下十指微黑的印迹。后来我们在嘶鸣不止的知了声中睡着了。

到了晚上八点钟以后，人们陆续走了出来。每一个靠在树下的人都在回想着最后一次遇到毛毛的情形。大多数人早已想不起来，对毛毛的印象同他们对往昔的回忆掺在一起，渐渐模糊不清。这使得他们一边扇着当晚的暖风一边随心所欲地描述着死前的毛毛。有人在散发出酱油气味的小卖店里碰到过毛毛，在对面八十九栋的五层楼梯口和毛毛说过话，在挂满葡萄藤的凉亭里和毛毛一起避过雨，仿佛在各种各样的地方即使是不为人所知的角落里也会出现毛毛的身影。我姥爷一直没说话，从铁盒里抓了一小撮烟丝添到烟斗里。我表弟在树下捡了几只断掉翅膀的死知了放在手心给我姥姥看，“为什么这些没被晒化呀？”人们围在一起猜测着凶手是谁。我姥爷敲了敲燃尽的烟灰，以像是对着全世界宣布的声音说：“别猜了，准是她后妈干的！”

在过去的十年里，毛毛总是往返于她父亲和她亲生母亲两人之间。也没有人能弄清楚她父亲是什么样的人物，打我记事起他们就住在对面八十九栋的第五层与第六层，我们没见过她的父亲与后妈。每天早晨鸟鸣声还未停止时，就已经有一辆黑色的轿车停靠在楼下等着他们，他们在人们渐渐入睡时的夜色中归来。有一段时间好像人们在猜想毛毛的爸爸到底是个多富有的人，而现在他却成了我们心中最可怜的人了。

好多人都开始认同我姥爷的猜断，他们不再相信会有其他的什么令毛毛死于非命。聂大娘对此惊叫了一声。她儿子在大连上学，本来打算要在暑假回来的，后来在电话里她告诉儿子等这里下场雨再回来吧，因为迄今为止还没有一个刚从外地来的人能忍受这场高温，医院里住满了热病患者。整天希望能见到儿子的幻觉使聂大娘成为本社区为求雨而供奉关公的最虔诚的女人。我姥爷没回答她，那些喷出来的烟雾在他面前筑起一道灰白色的屏障。有些人站起来给季三叔让地方。按时将一只灯泡吊到树下，每天晚上九点一刻开始，总是他们四个人在蚊虫聚集的灯光下，在四周起伏的风声中度过八小时的夜晚时光，早上五点多才各自返回。这是消磨仲夏的一个不错的方法，而此时其他人还在不安的睡梦中等待天亮。季三叔在突然亮起的灯光中敬我姥爷一支烟。“我说杜老爷子，警察已经说人家是被强奸的了，又碍着她后妈什么事了？”

每天晚上回家之前我都会绕着楼后的花园计时跑圈。我打算在开学时参加区运动会。我妈妈在年初的一个周末为我在省中长跑队报了名。原因在于有一位胡子看上去比头发还要密集的老中医摸着我的手腕和膝盖骨说我是个练跑步的料子。我妈妈对此深信不疑，每星期三和星期五的下午以及节假日我们就被教练的摩托车追着从长春的一头跑到另一头。按照我妈妈的解释是即使有一天我没有成功，也可以凭借这个上一个重点初中、重点高中，甚至更远一点。那天我每次跑到花园附近时总是看着铁栏里的高草放慢脚步，里面依然是漆黑一片，天天都是这样。自从那些红色的彩灯第三次被在此等女孩子的小伙子们用石子一一击碎后，物业局就已经失去了足够的耐心去搭理这种事。人们已经习惯了走在花园里由于看不清对面迎来的朋友而不打招呼的做法。我扶着铁丝寻找着被压下去的高草。所有的草都有我胸口那么高，没有一处凹下去的迹象。除了报警的人和警察以外，谁也不会知道尸体曾经躺在哪里。或许，凶手知道。

我推开门的时候我姥爷正在看京剧。他痴迷地盯着电视，连我表弟在他身旁跑来跑去弄打了水杯也不去搭理。我姥姥从后面抓住表弟，硬是掰开他的左手，夺下他从外面带回的死知了。“这可不是放在杯里养的东西。”说着她不顾坐在地上哭闹的表弟，把知了扔进垃圾桶。我姥爷将季三叔给的那支别在耳朵上的小熊猫叼在口中，划起火柴。京剧里的小丑开始翻跟头，一个，两个，三个，他还在向前翻，仿佛用它来代替走步一直要翻到幕后。我姥姥从垃圾桶旁抱起表弟走进里屋，她回来时揉揉鼻子，跑到电视后面看看电源，然后向厨房走去。她返回屋时打开日光灯，观察了许久，突然冲着我姥爷叫了起来：“你把烟叼反了，老头子！”我姥爷将烧焦了的烟扔到茶水中，平静地说：“我在想，对于一个女人来讲，没什么比奸杀更能掩饰罪行了。”

我姥爷连续几个傍晚对邻居们讲出了自己的看法，星期五晚上八点半来此调查的雷奇队长也得知了此事。雷奇队长劝我姥爷不要再乱说了，他说没有找到足够证据之前对任何人的怀疑都会显得很愚蠢，而且据他所知，那个叫朱珍珍的女人绝对是一个无可挑剔的后母。然后他坐在聂大娘递过来的板凳上打开调查本。在过去的十几年里，他作为本社区刑警队的队长，从未留下过一宗遗案，包括那次因为下水道堵塞管道工在井下捞上来一具女尸的案子，以及长期流窜到各小学的女洗手间骚扰小孩子的变态狂的案子，他都一一侦破了，前者凶手处在一个最难以辨认的职位上，而后者无法确定罪犯的精神是否正常则很难为其定罪。雷奇队长问我姥爷在那夜一点钟左右是否听到过求救声。我姥爷告诉他为了抵抗热浪的袭击我们已经一个多月没敢开窗户了，不时会有虫鸣声和汽笛声透过玻璃传到睡梦中，但确实没有听到毛毛的呼喊。雷奇队长稍显失望地又问了那些打麻将的人。“那天不巧，停电了。”他们回答的时候继续玩着手中的牌。当天十二点多灯突然熄灭曾使他们陷进了一阵混乱。每个人慌忙收好还在桌面上的钱便开始检查灯丝及电路，后来他们确信原因是总闸的问题而不是保险丝烧断了的缘故便一边装麻将一边打算聊点什么。不过他们渐渐意识到自己和别人唯一的话题就是彼此输赢多少的时候，每个人都各自上了楼。“以前偶尔也停过电，”季三叔说，“只是孩子是那天死的，正赶上我们不在外边。”他说由于停电看不了电视，风扇也不能转动，而在白天他早已睡足了觉，他走进厨房将剩下的一点饭菜吃光，然后冲了一杯牛奶，在摇杯子时隐约听到一声喊叫，他以为又是哪一个姑娘失恋后绝望的发泄，温度使所有的声音都产生了错觉，为了不破坏自己多年赌博生活养成的生物钟，他是在五点之前洗完了自己攒了一个多月的衣服才上床的。

“别人都不知道，只有我看见了。”这种苍老得令人难过的声音来自姓李的奶奶。她是这栋楼唯一一个还裹着小脚的老太太，裹脚的时间就仿佛她的年龄那样无法猜测。在年初她就对邻居们说她要去敬老院，即使是到了那里自己也将是岁数最大的老人。后来她不时地推迟离开的日期，到上一个月她决定在此再待最后一个夏天就去享受那种备受其他老人敬重的生活。然而包括她本人在内的很多人都已慢慢看出来，假如这个夏天还要继续升温的话，很有可能她将怀着去敬老院安度余生的美好憧憬死在本社区。雷奇队长冲她笑了笑，不再相信她的话，他完全清楚这些疯话不过是将近一百年的经历附在一个人身上所衍变出的怪诞幻觉。上次就因为她说在天亮时曾看到一个从井里爬出来的人在绕着花园跑了一圈之后又跳回到井里，才使雷奇队长一度视案情为自杀而非谋杀，走了很多弯路。我姥爷卷了一支烟递给雷奇队长，问他现在有什么头绪了没有。“有的，跟以前的一样，开始都是线索太多了，好些都用不上，迷惑人而已。”雷奇队长大口地嘬烟，“像这样，直接喷出来的是假的，吸到肺里面的才是破案的关键。”我姥爷想知道什么时候会有结果。雷奇队长并没回答，默默地看着眼前的白烟，他的头随着烟雾的上升缓缓仰起。他轻轻地捏住落到他头发上的瓢虫数着壳上的星，过了一会儿扬起手臂将它重新放回空中。“二十四颗。”他嘀咕着，把烟头扔到地上，皮鞋踩在上面狠狠地碾了半个圈，随后站起来低声对我姥爷说：“夏天结束之前吧，不会迟于那时候的。”

在星期三下午差一刻三点钟的时候雷奇队长过来拜访我姥爷。我姥姥告诉他现在正是我姥爷禁止任何人打扰的午睡时间。我姥爷在雷奇队长等了半个多小时之后从里屋走了出来。“这是我外孙。”我姥爷指着我说，“里面还睡个小的。”雷奇队长走过去和我姥爷坐到沙发的同一侧。我姥爷叫我去拿点冷饮。“太热了，听说工厂都停工了。”我姥爷说。我姥姥在厨房把最后两杯菠萝汁塞到柜子里，她可不喜欢警察把案子查到自己家里来。“什么都没了。”我告诉我姥爷，“正烧水呢。”“啊，不必了。”雷奇队长点起烟，“您有孙子叫杜宇琪吧？”“是啊，他是我最大的孙子，过了夏天就满十八岁了。”“嗯。”他手中的烟上已经挂了两厘米的烟灰，他向四周看看，发现电视顶上有一个白瓷烟灰缸，起身走过去，烟灰在途中就掉下来了。他低着头看着像雪花一样散落的烟灰，在最后一片烟丝飘到地板上之前他冲着我姥爷说：“就我们所知道的，他搅到了案子里面。”我姥爷听后不紧不慢地卷起纸烟，当他认为烟丝刚刚合适的时候就叫我先出去，“还有，跟你姥姥说，水用不着再烧了。”

不过我姥姥还是把沏好的茶水送到客厅，想去听听他们都在说什么，然而不一会儿她就出来了。“难道我们家里真藏着凶手不成？”我姥爷和雷奇队长在里面谈了一个小时，之后又一个小时过去了。我姥姥端着水进进出出好几回，依然弄不清他们在谈什么。那座檀木古钟敲过五下后她让我进去问问晚上留客人吃点什么好。她认为这么说即使是再不识趣的客人也知道是该告辞的时候了。我去问了，要不是我姥爷执意挽留的话，他确实就要离开了。“留下来，咱们还没一起吃过饭呢。”我姥爷说。

一开始我姥姥一句话也不说，装出喂我表弟吃饭的样子，而我表弟却不停地问那两杯菠萝汁哪儿去了。我姥爷劝雷奇队长喝酒，雷奇队长说：“晚上还要走些地方，我真喝不了。”于是我姥爷就斟满了自己的杯子。那个巨大的酒瓶里养着那么多奇怪的动物，每次倒酒我都害怕沉睡在枸杞底层的海马以及将人参缠成一圈的蛇会从瓶口钻出来。“他说晚上要过来和您谈谈的。”“谁呀？还要来？”我姥姥停下来看着我姥爷。“回家之前他想先到这儿来。”雷奇队长冲我姥姥笑笑，“看得出来，他难过得要死。想想也是，走了两个星期后就这么狼狈地回来了。”“两个星期？”我姥姥突然站起来，“找到宇琪了？”

雷奇队长与我姥爷告辞两个小时后，我表哥杜宇琪仿佛身后拖着无限长的夕阳那样疲惫地站在了大门外。就算我姥姥那么想知道杜宇琪在离家出走的两个星期里都去哪儿了，我姥爷也始终盯着窗外飘落的杨絮而无应答。跑去开门的我姥姥因为我表哥的落魄而尖叫起来：“天啊，别跟我说他们把你抓去挖煤了。”我表哥茫然地摇摇头将背包从双肩卸掉，同时有一些泥沙抖落下来。他左手拨一下由于汗水而贴在额前的又长又乱的头发，走到我姥爷身前。“去洗个澡，换身衣服。”我姥爷双眼直直地盯着他，仿佛仅仅是将目光从杨絮那里缓缓移到杜宇琪的脸上，“要知道，过了这个夏天你就十八了。”我表哥从背包里掏出几张沾满油渍的报纸，接着去书架找出了积攒近半个月的晚报，把这些带到浴室。“你本来就该好好休息。”我姥姥不明白为什么他会喜欢在洗澡这么惬意的享受中还要费脑筋做其他的事情。“没关系，奶奶。”杜宇琪关门时对她笑着，“我就是想看看半个多月来世界都变成什么样了。”

隔着门我们听见水流的声音，里面的热气从门底缝一点点钻出来。我姥姥告诉他如果感到气闷的话可以打开排风扇。不过没人回答，可能是水声高过了我姥姥的话音或是杜宇琪的答话。我表哥杜宇琪将水龙头开到最大，外面的虫鸣声及叫卖声都消融在水声之中。池子里的水位迅速上涨，一直淹到水龙头，声音才逐渐变小。之后水便从浴室的门底缝流出来，浸湿了地面。要不是有哭声从里面传出来，我真的认为我表哥已经死在了五十多度的热水里。那是杜宇琪的哭声，开始低低的，像从耳边轻轻吹过的风。几分钟后他控制不了自己的时候就在里面失声地痛哭起来。很多年以后我都无法将那种声音遗忘，一种可以漫过水面，浮在空气中，将玻璃击碎的声音。我想我一辈子都不会明白到底经历什么样的事情才能使人如此伤心。后来有个女孩儿告诉我，假如一个人痛苦到极致，眼睛就不再是泪水的唯一出口，身体的任何部位都可以流出眼泪，譬如你会伸出手指迎着阳光哭泣，或是仰望天空在心口流泪。在那一刻我就明白，从底缝渗出来的或许并不是充满柠檬香泡沫的温水，那是我表哥杜宇琪的泪水，他的全身都在哭。他平躺在浴缸里，看着自己的泪水渐渐漫过身体，溢出浴缸，沿着红色瓷砖流到外面的蜡油地板上，风过之后会留下乳白色的颗粒，醮在食指舔一下，稍有咸味的那种。

直到我长大以后都不知道我表哥在那一段时间曾经离家出走十五天而没有给家里留下过任何音讯。我太小的时候不了解此事是因为没人认为给一个十几岁的男孩儿解释他表哥怎么会突然失踪是件有意义的事情，当我慢慢长大时家里面已不提起我表哥，包括他的父母——我舅舅和舅妈。我姥爷还活着时他们有时会应答他几句关于杜宇琪在外地念书的情况。自从我姥爷去世后，几乎没有任何人再想起我表哥。逢年过节大家聚到一起的时候，他们对我姥姥聊工作，说说以前的朋友，偶尔会回忆我舅舅姨妈他们小时候有意思的往事。到最后实在无话可谈，他们就陪我姥姥打麻将，唯独不提“杜宇琪”这三个字。要不是十年以后我在北京偶然地遇上了我表哥杜宇琪，我真以为他从人间消失了。当时看着他我简直不能将他的容貌和记忆中的形象联系在一起。因为他并不怎么说话，这令我感觉对他来说自己仿佛是个陌生人，以至于我们只是默默地喝扎啤以及吸那种先把珍珠吃掉的奶茶。我想不起来是我忘记了问他那时为什么要失踪了十多天后不成样子地回来了，还是我问过的而他却根本没有回答我。总之，那次的出走只是个小小的预演，一年之后他在上大学的时候还是彻底地离开了长春，以后再也没回来。尽管他知道这很可能会令我舅舅和舅妈处于精神崩溃的边缘，但他却似乎毫不在意，仿佛是就此远离自己的伤心地一样了无牵挂。在北京，杜宇琪摇着粉红色的奶茶告诉我，我是他这十年来见到的唯一的家里人。

虽然我姥爷对雷奇队长说过他要和我表哥谈一谈，然而整个晚上他也没去找杜宇琪说什么。他静静地坐在床旁边直到我表哥深沉入梦，然后在黑暗中他对着窗口一边吸烟一边哼唱着那些听不懂的戏词。他将谈话的时间推迟到第二天早餐之前，连我姥姥也不清楚他们在客厅都说了哪些事情，在饭桌上她还狐疑地看着杜宇琪："告诉我，你真的知道毛毛是怎么死的？"我外公示意她别问这个。杜宇琪用匙子搅碎豆腐脑，"我真的不去了，爷爷。""嗯，不过我还是得参加的。""什么？"我姥姥问。我外公将几个用过的空碗摞到一起放到水池里，回头说："毛毛的葬礼。"

我表哥杜宇琪在九点一刻背着旅行包回去了。那时太阳已经升起在东南，他顶着三十五度的高温从昆明路一直走过迎春路回到了家里。此后的一年多他来我姥姥家只有两次。第二年年初的春节他来了，满天鸣响的爆竹声令每个人都说不出什么话来。在那一年的八月末他来和家里人告别，七天后他去了北京，此后谁也没再见到他。不出一年，他终于因为要中途退学在信里和我舅舅闹翻了，从此就再也没有回到长春，甚至在我姥爷由于突发性心脏病死去也没有回来与我姥爷告别。我姥姥将丧事延期了七天之久，每天夜里都在企盼杜宇琪从天而降，然而直到尸体生出了气味也不见他的身影，连问候的电话也不曾响起。那场过于悲凉的葬礼过后，人人都绝口不提我表哥，仿佛是大家约定的一样。

好多年以后我在三里屯的一个小酒吧见到了他。我说家里的亲戚都挺挂念你的，这种不负责任的做法令他们很痛心。就好像没听到我的话一般，他长吸一口气鼓足劲儿对着插在柠檬汁里的吸管吹气，杯中的果汁下面生成了无数大大小小的气泡涌上来溅到他脸上。他向我要了一张面巾纸，摘下眼镜在闪烁不止的灯光下反复擦着镜片，看着反射七色光圈的镜面他告诉我："别怪我，杜宇琪早就死了。"

我告诉他我姥爷——你的爷爷是死于你上大学两年后一个雨夜的凌晨两点一刻，虽然我姥姥为了让人们永远记住他找来了那么多认识的和不认识的人来给他送别，但规模上还是无法与毛毛的丧事相比。在毛毛父亲的邀请下，市政府几乎所有的领导都到场表示哀悼。覆盖着白花的汽车挤满了整条东风大街，好多人都在快要到殡仪馆的时候下车围着那辆挂满毛毛黑白遗像的灵车缓慢前行。下午的阳光透过浓密的树叶照在车前"张雨卉"这三个字上面，像是流金从每个人的眼前掠过，那是毛毛的名字。

毛毛的父亲对到场的所有人以一种悲壮得令人心酸的语调讲着话，悲伤在他心中凝成一个结，原先那些羡慕他拥有财产及官职的人现在开始以强者的姿态去同情他。他用不成调子的声音说他这一生绝对没想过要去承受白发人送黑发人的痛苦，这几天他总在不断回忆自己可怜的女儿。"我不愿意让你们也沾染到我的痛苦。"他把白色的花瓣撒到毛毛的身上，"让她安心地走吧。作为父亲，我保证，那个残忍的凶手是绝不可能逍遥法外的。"

整个葬礼持续了两个多小时，包括市长在内的所有领导说了些简短而伤悲的悼词。毛毛的父亲始终在一旁呆滞地看一只反复飞旋的黄蝴蝶，强忍着没有流下一滴眼泪，他的十指紧紧插在一起拄在下巴上。毛毛那面色苍白的后妈止不住地痛哭之后晕倒在大厅外，在场的任何人，尤其是我姥爷这时也已经明白，曾经怀疑过这么弱小的女子是件多么愚蠢的事情。我姥爷抓住我的手，他怕我在伤心的人群中迷失了方向。毛毛的爸爸拒绝接受任何人的白包。“你们能来就是对我最大的安慰，真的感谢大家。”他和众人一一话别的时候说，“这是我女儿死后的荣光。”随后他撕下一张白纸，慢慢地叠成一只纸鹤，咬破手指，用涌出的浓血用心地写着“张文再唯一的女儿”，连同毛毛的一只白色的瓷猫放到墓碑旁。成团的杨絮花在飘舞的过程中被墓碑挡住，缓缓地落在下面开放的蒲公英上。五年后，市财政局局长张文再先生也葬于此地。

我大学毕业时对我父亲说我打算留在北京，于是我白天去各个公司找工作，夜里在酒吧做服务生。我对所有公司的经理说我学的是防黑客的那种专业。他们都是说过一段时间再给我答复。一个多月，我穿梭于不同的公司之间，同时做了四五十夜的服务生。我幻想自己在某一天突然收到十余家公司的聘书供我挑选。我常常担心在哪一天我的调酒技术会比我所学的专业还要熟练。我父亲劝我如果找不到合适的工作最好还是回去生活。他来信告诉我：“在长春你可以过得更好。”

我表哥杜宇琪每天晚上十一点左右都会提着一个皮包独自去我们那里。皮包里装着他写过的稿子和白纸。他通常要一杯扎啤，之后就拿出纸笔借着彩色的昏暗灯光一直写到早上六点半。有时候他会伏在桌上不知不觉地睡着了。酒吧里有很多奇怪的人，有人会用画笔在桌子上、墙上或者酒饮单上画下各种事物的速写，还有人在凌晨四点钟写一个谱子求乐队演奏。我真想不到这里面会有我表哥杜宇琪。由于家里人从来不提起他，使得他在我的记忆中只是一个忧郁的解释。有一次他的酒被那些喝醉的人碰洒了，浅黄色的酒水在桌子的右上方向四周蔓延。他叫人拿些纸巾来擦干他那晚写下的文稿。他用纸巾细心地吸稿子上的酒沫。在每隔三秒闪一次的灯光中，我看见整张写满小字的纸上四次出现“毛毛”这个名字。看着他我渐渐回想起他十年前的样子。“杜宇琪？”我接过那些吸满酒水的废纸巾问他。他仰头望着我，从桌上的烟盒里挑出一支还未沾湿的烟点上。“我是你表弟，”我向他伸出右手，“在长春的周贺。”

警察局在星期天的早上给本社区的每一个信箱投放了一张打印好的公告，同时将一张放大了的贴在花园正门的宣传板上。我姥爷在午饭过后等张爷爷下棋的一个多小时里大声读了三遍，然后把它压在茶几的玻璃板下默默思考着。上面说凶犯身高一米七三左右，O型血，手臂上有指甲抓过的伤口。“连张照片也没有，”我姥姥洗着我表弟的衣服说，“分明是他们查不出来了嘛。”张爷爷拎着烟丝进来时我姥姥下楼去晾衣服。他们下过了两盘我姥姥还没有上来。第三盘刚开始她把带下去的湿衣服又连盆端上来了。“你想起来没有？”我姥姥指着姥爷问，“那天宇琪来时手臂不是有伤吗？”“我知道。”我姥爷迫不得已地跳了步卧心马。“别下了，”她跑过去推掉棋盘，“他是什么血型来着？帮我想想。”他把散落一地的棋子一一捡起，但记不清它们原来的位置了，“应该是O型。”一直在思考下一步棋该怎么走的张爷爷将棋子摆回原位。“天哪，”我姥姥回头看着镜中的自己，镜子早在春天时就被我表弟从中间撞出一条裂纹，“去年过春节时他刚好一米七零呢。”

第二年春节我表哥杜宇琪住在了我姥姥家。大年三十我舅舅开车到郊区买了足足有五箱炮仗。他指望这么多的烟花会给我表哥七月份的高考带来好运气，虽然杜宇琪曾经表示过上大学并不是他人生的唯一道路，他说他实在不敢想象自己在一个地方再待四年会是一场什么样的灾难。新年钟声敲响之前，我和杜宇琪沿着灯火通明的大街放了一路的烟花。燃起的小飞碟仿佛张开双翅的鸟儿从我们头顶飞过，礼炮在夜空中散开后抖落出几十个小降落伞飘浮在夜色里。我表哥静静地走在积雪之上。满天的鸣响将所有的声音掩盖掉。前面传来欢呼声，人们一起仰望紫色的火焰在天空排成“恭贺新春”四个字，炸开后又形成五色的花朵。“为什么只想看看有多美就把烟花全毁掉？”我表哥低声自语。远处的广场上传来钟声，当，当……人们高声数着，虽然他们知道一共只敲十二下。我表哥杜宇琪就这样度过了他在长春的最后一个新年。

在三里屯我问他当时的那句话是什么意思。杜宇琪闭上双眼，仿佛是在回忆的丛林中找出路。他摇摇头，想不起来了。然后我们又不知说什么好了。我们沉默地对视几秒钟，随后他笑了笑：“你先忙去吧。”有一位喝醉了的客人嚷嚷着为什么这里只有酒而没有小姐，他把我拽过去要我解释清楚。这种事情经常发生，根本就不必当真。我告诉他如果您需要的话得去我们的总店，从这儿出去乘 XX 路，会路过一个城楼，你爬上去敲左数第三个门就可以了。“好，我这就去，一个人喝酒，闷闷的。”他在莫名其妙地往西服口袋里装大大小小的酒瓶的时候倒在桌子上睡着了。

星期三傍晚时分雷奇队长又一次来到了我们家。同上次的来访不一样，这一次我姥姥显露出我从未见过的恐惧表情。她以为她日夜担心的事情终于来了，警察将把她唯一的孙子抓去枪毙。于是在客厅里她不停地解释杜宇琪是一个多好的孩子，以至于根本没有察觉到雷奇队长满身酒气。在我姥爷散步回来之前他什么话也没说，将我姥姥特意为他泡好的那杯烫得无法入口的茶水端起来又放回原位。然后他靠在沙发上低垂着头。“你们不会把宇琪抓走吧？”我姥姥小心地问。他闭上眼睛缓缓摇着头，然后头越垂越低。后来他试图坐起来的时候，胃里的酒开始向上翻。他捂住嘴仰起头，马上又感到一阵恶心。“你们没什么证据，就会冤枉我们这样的老实人。”雷奇队长没理她，静静伏下身，突然吐了起来。刺鼻的味道转眼间充满了整个客厅。我姥姥终于发火了，打开窗户，回身对我喊着：“去，把你姥爷找回来！”

月光下的暖风吹过花园高高的草丛，一大群蛐蛐迎风跳动。已经快五十天没下过雨了，仿佛老天觉着一下雨就意味着这个夏天要过早结束似的。每天都有三辆水车循环洒水来保持地面不至于裂开。马路上的柏油在白天晒化后到了晚上才渐渐凝下来，走在路上像踩在十二月的雪上一样柔软。围在喷水池旁的人里面没有我姥爷，我上楼时他已和雷奇队长坐在一起了。我姥姥在里屋织毛衣，她早已熟悉在黑暗中做这件事情，她用手指摸着针眼自如地穿插，同时试图偷听隔壁说话的内容。墙壁不隔音，然而他们两个人的声音混在一起仿佛在屋子里滚成了一个庞大的雪球，我外婆永远也弄不清楚这个雪球是由哪些话语组成的。他们这次的谈话如此短暂，我姥姥刚刚走出去想听仔细一点的时候他们就结束了。“要是哪天你觉得在那儿干不下去了，就到我这儿来。”我姥爷说他那里吃饱饭的工作总还是有的。“这世界是个天平。”雷奇队长一只脚踩在门外握着我姥爷的双手说，“好人坏人各居一侧，想活下去就得维持这个平衡。假如真的把太多的坏人除掉，那我们就会在另一侧下坠，止不住地坠下去，坠落到底为止。”

直到早上四点钟客人陆续离开或是倒在扶椅上睡觉时我才坐到我表哥杜宇琪的对面。我要了两杯山葡萄酒放在桌上的手稿旁。杜宇琪放下笔在自己喷出的白烟中眯着眼睛望着我。以前家里人谁也不会想到他拥有文学才能。我舅舅始终不能相信一个人仅仅是自己想写小说就可以当得上作家的，为此他坚持让我表哥放弃他那幼稚的想法。我表哥在念到大二的那一年终于在寄回来的一封信里向他的父母摊牌了。在那封满怀忧伤的信里他告诉我舅舅经过一年多的考虑，虽然这期间他已经明白对于自己将来飘忽不定的生活方向根本就无法捉摸，但最后他还是下定了决心选择文学。“我想好了爸爸，我要结束我的大学生活，哪怕是饿死。”他在第三张纸的背面写道：“什么也挡不住我的去路，除非死神的过早降临。”

全家人都不相信在学了十多年的理工科后，他竟会产生进入完全陌生领域的冲动。虽然人人都觉察到毛毛的那个案子在他心中留下太多难以愈合的伤痛，然而仍然没有人能解释出悲伤为何会以如此荒谬而固执的方式表现出来。那一年的除夕夜，我们都相信他会在钟声敲响之前穿过漫天纷飞的大雪回到长春来，为此我姥爷禁止所有人包括我表弟动一口早已准备好的饭菜。一家十二口人在置放了十三份碗筷的圆桌旁围成一圈默不作声地看着电视。直到钟声敲响十二下的时候我们接到了杜宇琪的电话。他说他买不到车票了，只好待在学校守候又一年的到来。窗外的爆竹声响彻天际，电话那边的声音也相当纷杂。“我自己在这里，孤孤单单的，连炮仗都没买。”在彻夜不息的鸣响中他低沉的话语从北京一路传到我们的耳畔。我舅妈伏在电话前哭了起来，她告诉杜宇琪因为他的缺席每个人都很难过。我姥爷为了使大家都听到我表哥的声音将电话调成了免提，大家你一句我一句地问候他。突然我舅舅抢到前面，几乎是贴着话筒喊：“你现在就去买票，爬也得给我爬回来！不然你就永远滚蛋！”电话里传来挂掉的声音。我姥爷看着表，等秒针走完一圈后望着惊呆的人们。“十二点整，十二个人，刚刚好，咱们吃饭吧。”大家重新回到座位上，已经饿了一个晚上的表弟站在椅子上去够他垂涎已久的鸡腿，大人们笑了起来。在他坐下来的时候，那只扯掉一块肉的鸡腿从他的掌心滑下来，将他旁边一个没人动过的空碗碰碎在地。

以后我表哥确实没有回来过，即使是那一年的暑假我姥爷去世也没露一面。电话都不曾来过。在我姥爷死后的三个小时里，我姥姥拨通了电话本上所有的电话，然后她带着在柜子里找到的我表哥的学校地址以及其他故人的住址跑到邮局，用了足足三个小时给每个人发了份简短的电报。我舅舅在中午赶来后又一次给杜宇琪发份电文：“爷爷已死，回来。”人们到第五天也没等到我表哥的音讯。我舅妈在随后的第三封电报上写道：“人人都想你。”这些就仿佛装在瓶子里的信投到海中那样令人觉得遥遥无期。到了第七天，执意等下去的我姥姥终于挡不住家里人的劝阻、从远方赶来的朋友身心的疲惫，以及开始变腐的尸体，同意在上午举行葬礼。我舅舅在丧事刚刚完毕就坐了一夜的火车赶到北京。三天以后，他像个落败的士兵那般劳累地回到了家里。“他向所有能借钱给他的同学都借了钱！”我舅舅连鞋都没脱就向我舅妈吼了起来，随后他明白这并不是她的过错，语气平缓了许多，“一放假他就从学校消失了。”我舅妈一言不发地递给他几张印满铅字的纸，那是我舅舅离开后邮差送来的三封电报，每一封印着不同日期的邮戳下都写着“查无此人”。

我姥爷去参加汽车厂老干部联谊会的那天上午，毛毛的父亲来到了我们家。我姥姥惊慌失措地把他请到了客厅里。毛毛的父亲坐在客厅的沙发上抽了一个多小时烟，也不见我姥爷回来。开始他只是和我姥姥聊这闷热的天气，告诉她不久就会下雨的。然后最让我姥姥担惊受怕的事情还是发生了。他问我姥姥是不是有个孙子叫杜宇琪。我姥姥默默地点点头。“那么您孙子现在住在哪儿呢？”我姥姥没敢回答他。她挥着手臂对他解释杜宇琪是个多乖多听话的孩子，她喋喋不休地说个不停，到后来简直有些语无伦次，连送他出门的时候还以那种近乎哀求的口吻对毛毛的父亲讲，我们全家都为毛毛的死感到难过。“人反正都死了，就别再追究我们宇琪了，不然我们家里会变得比你们还痛苦。”她说，“我们还是私下里解决吧。”

我姥姥在晚上把这件事告诉了我姥爷。我姥爷把烟点上没有说话。晚饭的时候，他突然告诉我们，毛毛的爸爸明天还要来。“那怎么办？”我姥姥放下碗筷，她根本吃不下去。“千万不能把宇琪家里的地址给他。”他说完便回屋看京剧去了。尽管我姥姥想了一夜应付毛毛的爸爸的答话，不过他却没再来我们家，以后也没再到这里来。正像邻居们所预料的那样，毛毛死后的几年里，他迅速垮掉，已无力再去做财政局局长的工作。辞职后，每天一个人静静地坐在花园的长椅上成了他生活的全部。我们不止一次地看到他把耳朵贴在出事地点的那棵白杨树干上倾听自然的声音。然而他还是没有经受住命运的折磨，五年后的一个秋天死在了湖北老家。我姥姥在第二年春天知道了他的死讯。他妻子把他葬在毛毛的身旁，那片长满蒲公英的墓园里。

我将我表哥杜宇琪的酒杯添满。底层的气泡将杯里的野葡萄酒溢出来，紫红色的酒水积成一股细流在桌面流淌，好像要写出几个字母那样曲折地前行。我们漠不关心地听一首歌直到结束。我说我想知道这些年他都在做什么。“写小说，”他托起高脚杯看着我，“就像你现在看到的。”旋转的灯光落在酒杯的表面呈现出各种被染过的颜色。我计算出在前四分三十秒里缓慢移动的灯光始终照不到东南角和西北角，而后四分三十秒另外两个相对的角落则保持着同样的黑暗。我表哥接着写了十分钟后停下来，双手放在桌面上，之后他的目光就盯在某一处想着下一章的细节。他涂满亮甲油的指甲在黑暗中闪着荧光。他把这当成时间对他的约束。每次他要写一篇小说时总会在十指涂满亮甲油，告诫自己在最后一丝亮甲油从指甲上消失之前一定要完成这篇。我告诉他我真不明白是什么使他生出去写作的念头。他举起酒杯尝了一口，回过头冲着吧台向服务生要冰块。在我起身时，他才想起他要找的人就是坐在对面的我。“那先别走了，”他笑着说，“因为我想把毛毛的死用心地写下来，而这只有不断地努力才能做到近乎完美的程度。这是我能给毛毛的最好的补偿，也是我得以解脱的唯一途径。”

公告在黑板上贴了不到一个星期便被一个我们不认识的女人扯掉了。星期一傍晚，她挤进聚到公告前互相猜疑的人群中，不动声色地用小指将风干的公告揭下来。似乎她并不想破坏这张公告的完整，细心地起开四角后，整张公告便轻轻地落到地面上。她捡起来铺在双膝上叠了四折，把它放进挎在右肩的红色绒面的包里，然后穿过目瞪口呆的众人消失了。那些对此无法理解的警察在第二天清晨又贴了一张比原先更大字也更清晰而且粘得更牢的公告。为了避免类似的情况再次发生，他们派了专人在宣传板的一侧二十四小时守护着。但是那几天实在太热了，尽管大多数人希望尽早见到雨而满心虔诚地去七街，从坐在路旁占卜的老人那里买来了各种各样的神像，然而雨却迟迟未被请来。在烈日下守护的警察每隔两个小时便忍不住跑到楼后的凉亭喝瓶冰镇啤酒，回来时他刚刚转到楼前就看见远处的宣传板上已不知被谁用墨汁弄得一片模糊。接下来警方除了再写一张公告贴上去之外几乎无能为力。

由于我姥爷时常在晚饭过后的两个小时里伏在茶几上盯着玻璃板下的公告沉思不语，星期二下午我姥姥整理房间的时候将那压了近十天的公告从玻璃下抽了出来。她戴上花镜在窗前重新仔细地读了一遍，然后摘下眼镜，却忘了眼镜盒被她放到了哪里。她走遍了三个房间和整个客厅也没有找到才躺到床上。我姥姥望着天花板默不作声，我知道她在想整个家里会从此失去了什么。后来她双手捂住眼睛，仿佛在止不住地伤心。去年年底我姥姥已请人粉刷过一次墙壁，现在天花板由于烟雾长时间的熏燎又恢复到原来枯黄的样子。“不可能的，从一开始我们就是正派人。”她说完，起身划根火柴点燃了那张令人不安的公告。

我在那年秋天的区运会上没能跑进决赛。我妈妈对此很失望。尽管教练把失败的原因归结为我接触这项运动的时间太短了，但我明白自己并不需要这样的安慰。苦练了一个冬天之后，在春运会上我总算跑出了第三名。靠这个成绩我直升到区里最好的中学念书。体育队很乱，里面的人很杂，大多数队友都已不再上学，他们在不训练的时候便跑到学校门口帮别人打架。我爸爸第三次在迪厅把我从队友中间拽出来时就做出让我从此离开体育队的决定。他拨通教练的电话在一阵吼叫般的责备后语气平静地对那边说：“周贺不再搞体育了。因为他是我的孩子，我要让他学习。”我从没认真想过自己具有哪一方面的天赋，绝不会对我爸爸让我学习而放弃体育产生任何抵触想法。在我爸爸的督促下，我度过了自己的中学时光。我父亲仿佛一位通晓一切的占卜师打我一出生就开始控制我此生要走的路。以前有一个很漂亮的女孩子在电影院里凑近我的耳朵低声对我说，她发现原来我是个很本分的人。我不清楚这有什么不好的，就好像我始终弄不懂我表哥杜宇琪为何那么叛逆一样。我觉得既然我爸爸已经为我设计好了一生的道路，我就不该去过那种与他的意愿相背离的生活。

我和我表哥偶然遇见后的几年里我总是在想我们的差距为什么那么明显，就算我马上就向着他那里行走，一辈子也无法到达他那一侧。在他从大学消失后的前三年，我舅舅偶尔会收到他没有回址的来信。这些信居然一改他往日的忧伤以一种令人愉悦的笔调记述了他路上的各种见闻。我那敏感的舅妈仅仅从结尾的一句“渐渐忘掉那个有负于你们的孩子吧”就断定杜宇琪的生活比他们想象的还要糟糕。我舅舅按照信封右上角隐约可见的邮戳上所标明的城市带着我舅妈登上火车去找我表哥。他们一一到了每个邮戳上的城市，仿佛一路上都在追随着我表哥的踪迹，在长沙他们骑着一辆自行车问遍了所有能够过夜的地方，在重庆的盘山道上他们险些和那台租来的摩托车一起丧命于深涧之中，在上海他们有些鲁莽地闯进每一家酒店进行搜寻，望着杭州碧绿的西湖我舅妈终于绝望了，她不得不承认她的儿子杜宇琪彻底从这世上消失了。

有一天深夜，我姥爷和我姥姥在客厅里吵起来了。我受惊的表弟抱着我的头把我从梦中摇醒。我听见我姥姥不停地哭，同时用尽全力摔玻璃，大声质问他凭什么要比别人更关心“毛毛惨案”。其实我姥姥也知道她并不比我姥爷想得少，自从那张公告出现，她就开始害怕听到任何人再谈起它。那天我姥爷由于持续不停地胃痛在凌晨一点半从床上下来到客厅找药吃，黑暗中他竟摸不到刚刚放在茶几上的药丸，他打开灯在桌脚找到那颗滚落在地的褐色药丸，在茶几上掰开它时突然发现玻璃下面的公告不见了。于是他走进我姥姥的房间叫醒她。“烧掉了。”“但你从没对我说！”“跟你说什么？你一直就瞎猜谁是凶手。”“我猜谁了？”“杜宇琪！”她跳下床，大声喊着，“还把警察叫到家里来调查。我告诉你，宇琪不是！他是我孙子，这事他不会干的！”

就这样他们吵了起来。到最后我姥爷一句话也不说了。我姥姥就伤心地哭着往地上摔东西。不同的东西落到地面会发出不同的响声。我和表弟在里屋能听见各种杂乱的声音，就像一间堆满杂货的仓库凌乱不堪。我表弟抓着我的手臂害怕得发抖。我姥姥在客厅里慌乱地走动，双脚踩在玻璃上发出咔嚓咔嚓的声响。碎玻璃扎透拖鞋，划破她的脚心，鲜血滴满凉席，她却全然不知疼痛地低声哭着。我们躺在床上听着街道上来往的汽车，随着每一辆汽车的经过，车灯照进窗户，我们大大的影子便绕着墙的四壁滑上一圈。汽车驰过之后，窗户两侧的角落里的黑暗就一片片地向四周扩散，仿佛无数条深青色的蛇在屋子里静静地爬行。我听到墙角嗞嗞的声音和墙皮脱落的声音，那是黑暗的响声。我开始乞求夏天快点过去，太热了，热得好多事情都变得不成样子了，以至于一场凶杀案便令所有人都落进迷惘的陷阱里。这场命案带来了太多的麻烦，因为这个，每个人都变了，认不出原来的模样。这世界变得不能让人相信。有一阵风从花园的树林深处吹过来，一丝凉意袭过我的全身。我表弟抓着我的手睡着了，我能感觉到他的和自己的心跳。或许雨就要来了，雨一来这夏天就会过去的。雷奇队长说过，这夏天一过命案就结束了。快点结束吧，一切都回到从前，大家不会再互相猜疑，也不必担惊受怕地过日子了。我在黑暗中打着手影，等待下一辆车的到来，看着大雁在墙壁上自由自在地向南飞，直到飞得看不见为止。

在离开长春上大学之前我表哥杜宇琪最后一次回到他爷爷家里。他是来和家里人告别的。这一次告别却成了永别，七天后他乘着往南飞驰的火车驶向北京，此后的十多年里他一路往南走，很多城市他都生活过一段时间，却再也没有回到长春来。在长春的最后几天他收到了我的姨妈们和姥爷送给他买衣服的钱。上午他先和我姥爷单独说了会儿话，然后拉上我去了文化广场。下午三点的时候，杜宇琪怀里揣着一千块钱走进文化广场，像个赶集的妇人那样不知所措。银灰色的鸽子仿佛一群刚刚上岸的企鹅摇摇摆摆地走进花丛中啄着靠在树下睡觉的乞丐的指甲，被惊醒的乞丐赶走后它们便躲开川流不息的人脚走近那条正伴随着杂耍人的笛子声翩翩起舞的青蛇。五分钟之后，我表哥将所有的钱都输在了地下游戏厅里。他走上来默不作声地喂了半小时鸽子。那些卖货的小商人声嘶力竭地叫喊着试图吸引匆匆过往的游客。一位戴着红袖标的老太太走过来请杜宇琪不要再喂了。我表哥对她笑笑拉着我上了回去的电车。电车每五分钟停靠一站，在有节奏的铁轨声中我告诉他就这么空着手回去会挨说的。“不可能，”他盯着刚上车的那个衣着怪异的女人说，“因为我把晦气也输在那儿了。”

那女人穿着那种只有上了岁数的老人在过年时才会穿的唐装，红色丝绒面上绣了一个顺时针念是“唯吾知足”的中国古币。她从腰间拽了一条白布带系在额头上放声哭起来。车上其他对此感到莫名其妙的人同情地问她怎么了。“王伟死了，邵云环、朱颖她们也牺牲了。”她跪在铺好的国旗上开始磕头，唱着凄切的哀歌，“你们现在和我一起喊，”她起身冲着那些冷漠的人群说，同时挥起国旗，“打倒美国佬！”没人应和。她又喊了一次，“推翻美帝国主义”！有人忍不住笑了出来，他们想不到还有谁能病到这种地步，跑到车上来这么夸张地煽情。“你们个个都是中国人！”她收起国旗打算下车，“一点也不知羞耻。”她在车外扔进一个纸团。车开的时候，纸团刚从空椅上吹下来，在颠簸的汽车上滚来滚去。一个好奇的女孩儿把纸团捡起来，看了一会儿问她妈妈倒数第四个字念什么。“葬，就是办丧事埋起来的意思。”她妈妈说完看着窗外，然后转回去又看看字条，突然发出一声惊叫。旁边的人抢过字条，大声将后来引起骚乱的那句话念出来：“四点一刻，两声连响，陪伴英雄，葬身于此。”

车上顿时乱成一团，那些胆小的女人求司机停车嚷着要跳下去，几个男人很细心地将电车上每个角落都搜寻了一遍也没找到炸弹，唯有一个不相信的小伙子看着表大笑不止：“还有三分钟，两分四十秒啦。”后面的车连续鸣响汽笛催促前车。车上所有的人连同司机一起跑到车外。他们在等着看四点一刻是否真的会爆炸。外面下起小雨，细雨落到树叶上、路面上，以及高高挂起的广告牌上，整个世界都显得亮晶晶的。我表哥一直在想什么而不说话。没有爆炸，人们长舒一口气又回到车上。我表哥拉着我从两个男人中间挤出去向家走，过往汽车溅起的泥水落到我们裤子上的时候，杜宇琪终于想通了那个折磨他一路的问题：“那女人是毛毛的亲妈妈。”

宣传板上的公告所引起的不安不单降临在我姥姥身上，很多邻居都已经感觉到那种凶手可能就在附近藏匿的恐惧。随着日子一天天过去，聂大娘渐渐明白了这个暑假她将无法和儿子见上一面，这使她开始对生活中任何细微的事情都变得敏感起来。她再也不敢一个人在天黑时走出房门，甚至楼道突然亮起的灯光都令她感到恐慌。尤其是那位岁数大得已无法记清的李奶奶，总是在人最多时说出几句莫名其妙的话给社区的傍晚时分制造紧张气氛。她信誓旦旦地宣称自己在上星期四夜里看见一位右臂缠着绷带的男人在楼前晃来晃去。季三叔笑着劝她还是先想一想到什么时候才能去敬老院这类实际点的问题。“就快了，”她握着自己的小脚说，“一下雨我就走。”虽然公告不断被人破坏，不过人们早就背熟了疑犯所有的特征。耐心的警察还是在公告被破坏后及时地补一张上去。到了宣传板上的纸足足贴成两厘米厚的时候，一直隐藏在花丛中的警察在正午十二点抓住了一个双手沾满墨水的女人。他们警告说这样的行为足以让她受到刑事拘留的惩罚。“卑鄙的诱导。”她指着通缉令说，脸上保持着准备承受灾难的悲壮。似乎正是这种悲壮预示了她后来的不幸。两天后雷奇队长以强奸及杀人罪逮捕了她丈夫。尽管她后来坚持上诉了三次，大概过了六十多天，新年前的某一天，她丈夫还是死在了刑场上。

我和我表哥杜宇琪在三里屯的那家酒吧只共处了三个晚上，每天清晨他都是在我忙着工作时不打招呼就走了，就好比他待在那儿的最后一个晚上也丝毫没暗示过不再来的意思。在我认出他的那个晚上我就知道他是这里的常客，他把酒吧当成了写作的栖息地。星期五和星期六的晚上他的座位是空的，那是一周里人最多最吵闹的两天。星期日和星期一他又来了两次，我们前后有三个夜晚的时间来怀念过去的一切，然而大多数时候却仅仅是我们不说话各自想着自己的事情。星期二以后我便再没看到过他。我知道他自与我舅舅决裂的那天起，就不希望再见到故人来引起他对长春的伤心回忆。

杜宇琪在几个小时里都沉闷不语，于是我会很难过地以为能表明我们是亲人的做法就是请他喝杯红酒和不加冰的酸枣汁。不过我表哥总是坚持要一大杯自己天天都不错过的扎啤，而且每次天亮他离开时都要在桌上留下那杯扎啤的酒钱。很长一段时间我都想不通为什么他在的那几天我们彼此都找不到什么话可说，然而星期二以后我一个人度过漫漫长夜时却渐渐觉得那三天在我的生命中将产生不可磨灭的印象。或许是情绪，他那种仿佛已跳出这世界的冷漠情绪感染了我。没有人比他更痴迷于构建自己的王国。

我表哥不想让人知道他还在北京，之后我也没和任何人提起过，即使是那年国庆节我无意中说漏嘴被我舅妈追问的时候我也硬下心肠将话题岔过去。有一天中午我在帮我姥姥包饺子时终于忍不住告诉她了，我说在北京我曾见到过杜宇琪，他比我们记忆中的还要麻木和冷漠，看样子好像地球在明天就要毁灭也不会引起他的一丝触动。我姥姥侧过身来边剁肉馅边努力地听着。我真想不到已经一个人孤独生活了将近十年，我姥姥还保持着她那个年龄的老人早已丧失的丰富感情。她像个听童话的孩子那样认真地等我讲完后放下手中的面团，掌心向外十指插在一起水平伸出，靠在椅子上。“我早就说过了，都怪那该死的案子。”十几年过去了，我姥姥依然对“毛毛惨案”恨之入骨。

不出一个星期，有人告诉我外公凶手抓到了，是一个我们都不认识的男人，在星期三下午最热的一个小时里他在警察的看管下绕着整个社区缓缓地走了一圈。经过窗外的时候我们在厨房看着远处的锅炉不时升起的黑烟，听到了锁链趟地的声音。我姥姥比任何时候都显得轻松，晚饭之后她带着我去七街的市场抱了两个西瓜回来切成几十块分给树下的邻居们。而我姥爷却像一个沉思者那样一袋接一袋地抽着烟，连树叶落到他头上也不知道。第二天警察将凶犯押到花园的喷水池旁，三名持枪的警察站在他身后。池子还没开始喷水人们就跑下楼将凶手围成一圈。两年前雷奇队长就命令过那个杀死自己女朋友的交警站在凉亭外游街。这是告诉人们从此可以不必担惊受怕地过日子了。因为这宗案子，整个夏天几乎没人在十点钟后还敢走到外面去。以后自然就不必如此小心了，那些相爱的恋人们甚至可以像以往一样在花园约会到深夜也用不着再顾虑家里担心的父母。

一些胆小的人起初只是低声猜测着他杀人的可怜目的，然而不多久看到几个淘气的男孩儿向他投从家拎来的鸡蛋他竟还保持着难以捉摸的微笑时，就放心地捡起石子打过去。我看见我姥爷协助雷奇队长一起阻止人们这样做。我姥爷走过去和凶手说了几句话，那个人却只是点头摇头而未张一次口。他的双手被铁链勒出一道道红印，头发刮得光光的。他妻子始终在一侧紧跟着他。两天前她因连续毁掉了十一张宣传板上的公告在警察局待了一夜，此时她明知不会有人同情自己但还是冲着人们大声哭诉她丈夫是被冤枉的，后来她喊累了就蹲下去捂着脸哭了。我姥爷想去和他握手却被旁边的警察拦住了。“愚昧的妥协，”我姥爷对凶犯说，“无知的替死鬼！”我明白我姥爷在说什么，那的确是个“替死鬼”。雷奇队长两次来到我们家就已经说明一切。虽然谁也没挑明他是替谁的罪，但我姥姥心里清楚正是因为他才使我表哥杜宇琪没有受到同样的惩罚。我姥爷在午饭时告诉我们从此以后谁也不许再提“毛毛惨案”。“求之不得呢。”我姥姥说。果真以后我们就再没谈起这些，社区的邻居们也不再提起这件事。过了那个夏天及多雨的秋季，在凶犯的妻子不服判决三次上诉而一一败诉后，他终于在死亡面前低下了头，在十二月的那天清晨，脸冲着两颗向他飞来的子弹的方向倒在了茫茫白雪之上。

警察没有审判我表哥，但杜宇琪却给自己宣判了死刑。在我舅舅经过两年多的全国旅行花光了他近一生的积蓄之后，家里面已不再留有杜宇琪的影子。我舅舅那一年停止向杜宇琪的龙卡寄钱，他以为这样做总有一天我表哥会因为饥饿、寒冷，回到家里来。后来的事实证明他不但没有回家，反而去了越来越远的地方。我那心软的舅妈为了让杜宇琪吃饱饭背着我舅舅在福达酒店和十一中找到了两份清扫厕所的工作，在每个发工资的日子把六百块钱偷偷寄给我表哥。杜宇琪的来信里居然对钱的问题只字未提。直到第五年我舅妈终于累倒在病床上时，我舅舅才从一个朋友那儿得知每天他上班的时候下岗在家的我舅妈都去了哪里。第二天他跑到银行去查我表哥的账户。“五年的日子去掉节假日共有多少天？”他一进门就问我舅妈。“一千八百天。”我舅妈躺在床上平静地回答，仿佛她是数着日子一天天熬过来的。我舅舅握着她的手心疼地哭了。“一千八百多天的辛苦全都付之东流。”他告诉她我表哥的那张龙卡早已作废，银行的客户里不再有杜宇琪这个名字。三万六千块钱像个吊钟一样在我舅妈和表哥之间荡来荡去，最后流失到银行的金库之中。

在北京我对我表哥杜宇琪讲了此事。“我一直待在北京，十多年里。”他摇着奶茶说。我后悔对他讲这些事，应该会想到他的回答只不过是一些敷衍的谎话。我不可能离家出走，如果哪一天我真的这么干了，也不会给家里写那种令人忧心忡忡的信。我告诉他这样做并不只是花掉他们攒下的工资，更重要的是你让父母去承受必须要离开重庆、长沙、上海那些城市却又不甘心就此放弃的绝望心情。我们默默地喝着奶茶，古老的爵士乐穿过几千年的忧伤弥漫在我们周围。“我没有走，”他在第二天临走的时候说，“我没有钱，我只能待在这儿，那些信是我各地的朋友转寄过去的。”

没人再提“毛毛惨案”，但我们都看得出来，我姥爷在其后的两年里却一直在想着这件事，思考的内容扩散在弥漫着的烟雾里，消融在碎茶叶上下涌动的茶水中，甚至在洗手间的浴缸边沿也留下了他答案的假设。我姥爷在人世行走了七十多年，在一个夏天的凌晨止步于一辆疾驰的出租车里。我姥姥不停按压他的胸口却不明白心脏并不会因此而重新跳动。她求司机别去医院了，绕着这城市好好转一圈吧。道路两旁被风吹弯的树枝冲着红色的捷达车微微点着头。“慢点儿开，再慢点儿开，行吗？”我姥姥从反光镜上看着自己哀伤的面孔说。于是汽车仿佛一位上了年纪的老人的步子那样缓慢。天空下起纷纷的小雨，好像无数的白色花瓣落到汽车上，淋湿耸在半空的路灯，消失在无法捕捉的风里。当时几乎所有的梦游者，饱受折磨的失眠者，连同夜间飘荡的幽灵都目睹了这一场景。他们说，就像一辆满载着无限荣誉的巡礼车。

过了那么多年我跟我表哥杜宇琪讲述了这些事。我说家里人发了三封电报通知你也没有回音，后来你爸爸坐了十几个小时的火车跑到北京来找你，结果才明白你——杜宇琪是个游离在这个世界之外的人。假如我不是在这里碰到你，我真以为你在我们每个人的记忆中融化了。我将葡萄酒与半杯啤酒混在一起，想看看这会不会变为别人所说的孤独的颜色。我尝了一口，气泡跑光了，嘴里留有淡淡的苦涩。我表哥把写废了的稿子挑出来，重新读一遍寻找失败的原因，后来他发现这些文字之所以用不上只是由于它们写废了，根本搜寻不到小说的缺陷在哪里。这令他难过地把几十张写满钢笔字的信纸一一叠成了纸鹤、飞机和按一下就可以跳出好远的青蛙。等这些可爱的东西铺满长桌的时候他抬头看着我。“他们不知道我改名字了，”他说，“我叫杜宾，没有人能找到杜宇琪。”我表哥张开双臂做了一个令我无法理解的夸张手势，“杜宇琪已经死了，就死在那个没有雨的夏天。”

果然不出人们所料，住在一楼的那位谁都说不清她年龄的李奶奶在第一场雨来到的八天前死在了自己的那间小屋子里。她一走夏天就结束了，仿佛她生命的最后意义就是守住这个夏天。尽管两个月里采用了各种避暑的方法来远离令人恐慌的炎热，然而在星期四的凌晨——一天中最凉爽的时刻，她还是怀着对一个多世纪的回忆安静地长眠在那张能容下她两个身长的单人床上。她面向枕头趴在深蓝色的床单上，由于剧烈的疼痛她甚至咬碎了自己绣有金菊花的枕巾才不至于吵醒隔壁睡梦中的人们。在气温最高的那一年夏天她却在忍受着年轻时留下的手脚冻疮的煎熬，而这些痛苦导致的彻夜难眠使她在几年前就能在别人都熟睡的时候见到众人所不相信的奇境。

星期四一大早，人们都跑到花园去看游街的凶手，无人察觉已经有人在那间最阴暗的房子里停止了呼吸。八天之后因为越来越重的腐臭人们撞开了那扇朝北的房门。有人实在无法忍受君子兰花开和死亡气息混在一起的味道，在那双有些畸形的小脚旁呕吐不止。季三叔撬开那个看上去有几十年没打开过的抽屉，从沾满灰尘的户口本里发现她年龄大得已经找不到一位活着的亲人为其送葬。许多人捐了钱置办了一次简单的丧事。在白天几个因夜班留在家里的男人将红木棺材抬上了殡仪车。车行到人民广场的时候开始下起雨来。所有人都下了车感受着这场恭迎了那么长时间才姗姗而来的暴雨。雨落到枯黄的叶子上，流过干燥的土地，在井盖上方形成一个小小的旋涡。兴奋的人们拢起双手接着豆大的雨点。漫天飞舞的纸钱被雨水一一拍落在地面上。每一个人心里都愉快地想道：上天终于把这个燥热的夏天赶走了。

要不是写作的话，我猜想我表哥不会到三里屯来。每天晚上十一点到次日清晨六点钟，他会伴随着扎啤的苦涩芬芳写上七个小时。他念高中时就养成了读书和写东西的习惯。自从我舅舅被老师告知他的儿子竟然在考试的时候也要抽出一本小说看之后，他和我舅妈两人就合力搜出了杜宇琪近十万字的手稿，把它们撕毁，同时烧掉了装在他抽屉里的几十本书。实际上家里的藏书远远不止这些。在一年多的时间里，他谎称学校收费，从我舅舅那里骗走了三万块钱，陆续买了五百本书。其中最令人心痛的一次是，他自称弄丢了一万八千元的学费而让我舅舅盲目地寻找了三个月。在那封印有武汉邮戳的信里，他向父母承认靠着那笔钱他坚持着活过了开始最艰难的三年。那种轻快的笔调令所有读过此信的人都感觉，他似乎只是在讲一个听来的笑话而不是令人心痛不已的亲身经历。我舅妈按照信中所指，从床底的最深处找到了五百本藏书，新年的时候她将这些都锁进了刚刚请人打好的书架里。在晚年时她还坚信我表哥会回来的一个最重要的理由是，他舍不得抛下这么多的书置之不理。

我看着他在呈六边形的彩光映着的白纸上写字。他说他正等着灵感的到来，之所以不停地写是为了在灵感女神敲门进来的那天不至于让她觉得自己毫无准备。我坐在高脚椅上听着他风吟般的倾诉。是啊，毫无准备，他怕灵感女神毫无准备，却不在意我们所有的人都毫无准备，就算他没有考虑自己这二十年是怎么长大的，只出于那么一点点怜悯，他也应该回到父母的身边。在那之前我就想过，碰到我表哥后我更加确认这一点，我这一生一定要负起我该承担的责任。一个留着长发的男人过来要给我们照张相，我和我表哥肩挨着肩一起走进了照片。这是我和我表哥的唯一一张合影。后来我没有见到这张照片。那个人让我们写一些他们杂志在调查的问题，上面说如果你拥有魔法将要达成什么心愿。我表哥在署名杜宾的上面写下了一句令人匪夷所思的话："让这个世界以认识这本杂志名字的方式认识我。"我不明白这是什么意思，杜宇琪也没有过多地解释，直到年底我回长春时才想起那本杂志叫《追求》。

那场命案发生一个多星期以后，雷奇队长最后一次拜访我姥爷。出于一种近乎暧昧的感激，我姥姥在他刚进屋时就赶到市场买回来各种蔬菜及肉食，然而在起火的时候她就开始蔑视自己到老了还有这么势利的行为，于是她离开厨房冲着客厅的雷奇队长笑了笑回到了里屋。奇怪的是雷奇队长这次并没和我姥爷谈什么，他放下自己带来的一大包行李，告诉我姥爷他想下棋。他说没人再和他下棋了，虽然象棋伤透了他的心，但他还是觉得象棋是他生活的依托。我姥爷和他下的前四盘棋他们各自赢了两盘。不久他们就发现试图用第五盘来决出胜负是个多不切实际的想法，第五盘他们和了。第六盘、第七盘依然是和棋，好像他们约定好谁也不赢对方一样。两个人不停地吸烟喝茶。直到深夜看上去雷奇队长马上就要赢了的时候他推掉了棋盘。"我看我们真没必要分出胜负了。”他说完这句话，在半个世界都已熟睡时一个人背着行李顶着绵绵的秋雨离开了我姥爷。十年过去了，我姥姥还在懊悔当时真应该请雷奇队长吃顿饭。因为杜宇琪的关系他丢掉了自己警察的职务，三个月之后他怀揣一张全家四口人的相片躺在铁轨上等待下一班的火车。那天是圣诞节，晚上，整个长春飘着雪花。老人们不知圣诞算什么节日，而年轻人则把圣诞当成了与恋人互送礼物和出去约会的美妙托词。雪落在每一个行人的脸上，嵌着绒毛的帽子上积起一层层清纯的白雪。世界仿佛落在了可爱的雪人王国里。

昏暗的灯光，七色玻璃球每三秒钟旋转一周，照在正下方三点五米处我们的桌子上。桌上摆放着五个褐色酒瓶，只有一瓶盛满三分之二的深黄色啤酒，另外几个是空的，每瓶都留下些许残余，其中最多的一瓶大约有二点五厘米高的酒沫，或许由于瓶壁的折射，实际上并没有这么多。我们面前各有一只高脚酒杯，一只装有半杯啤酒，另一只盛满的酒沫顺着光滑的外沿流到桌面，每秒都有几百个气泡在杯中胀破后消失。杜宇琪随着音乐用黑色皮鞋击打着四二的节拍，左手持着烟，上面积下半个手指长的烟灰，右手平铺桌面，五指留有长长的指甲，中指和无名指的亮甲油在灯下闪着荧光。他端起酒杯一饮而尽，喉结前后涌动七次，然后他展开菱形的纸巾擦拭嘴角的酒滴。分针陡然走过一格。杯底沾满酒液开成大大小小的气泡。前后有三个人从桌前走过。这种状态持续到钟响之前。

杜宇琪告诉我，有段时间他一直在练习写充满类似上面那种细节的小说，几乎不去写任何情节和人物，只是不知疲惫地构画场景。我不明白这有什么好处。“表达某种情绪。”他说。我问他为什么不直接讲明，而如此绕弯地描述。“语言的苍白无力。”他说，“人类还创造不出足够的词汇来形容这些情绪，就好比我们现在，各自在自己的荒原之上长途跋涉。”他看着那个弹吉他的长发男人。昏暗的灯光，七色玻璃球每三秒钟旋转一周，照在正下方三点五米处我们的桌子上。

雨过之后我姥姥推开了每一间屋子的窗户，世界仿佛刚刚被清洗过一遍，每片树叶上都闪着七色光泽。树上的知了将所有喜悦都宣泄在这个初秋。下午三点钟机器割草的声音将那些还在午睡的人们吵醒了。因为这场已经过去的命案，物业局将花园里成片成片的高草割掉了。从此以后除了冬季他们保持了每月都割草的习惯。草坪一直维持在脚踝的高度，风起的时候不会再出现连续跳动的蚂蚱和蛐蛐，在那之后慢慢长大的孩子们再也没有享受过在高草间追逐蝴蝶及蜻蜓的乐趣。他们还运来了两箱灯泡照亮了花园里每一处黑暗的角落，此后的几年里他们都坚持夜巡盯防那些偷偷掏出弹弓的小伙子。后来过了很多年人们夜里走在灯火通明的花园里却遗忘了为什么会变得如此惬意时，还有警察在甬道间反复地走着折线来防范再没发生过的突发事件。

上了岁数的老人总是劝诫那些离婚的夫妇要顾虑到两个人的孩子，老人们说所有像毛毛那样得不到父母关爱的孩子最终只能是自行堕落或惨死街头。这也是人们为数不多的几次回想起毛毛。毛毛已在人们的记忆中渐渐淡去。人人都有自己的生活，还要走自己的路，真的没有必要对他们同情过的人永远都念念不忘。于是在毛毛父亲死去的那一年也没有人再重新回忆起此事。有时候我就想，我表哥做得对，对于一件他此生永志不忘的事情，最合适的办法就是把它记下来，即使没有一个读者来看也要充满激情地写完它。

有个犹太人在美国写了一本叫《杜宾的生活》的小说，小说里的杜宾是个鲜为人知的传记作家；一百多年前在另一个美国人写的一系列短故事里面也有个叫杜宾的侦探。我表哥因此开始迷恋杜宾这个名字，他后来的三十年里写过十多部署名杜宾的小说。成名之前没有人读过这些书，然而当他五十多岁已不再写东西的时候，知道他的人反而多了起来，人们拼命地去买他所有的书，包括他的第一本书《维以不永伤》。我在三里屯碰到他时他才刚刚动笔，他告诉我他一直想写这部小说，再没有什么比他要讲这个故事的欲望更强烈，这也是他离开我们去当作家的目的所在。为了写好它，杜宇琪读遍了他见到过的所有小说，找到了大多数书中的不同缺陷以及令人怀念的美妙之处。他十八岁那年还在长春念书时就从一本标有四种注解的《诗经》中发现了自己小说的题目。很久以前他就确信每个人都能在他读过的书中找到一段一句甚至一个词来概括他的一生，仿佛这些作家就是因他才写作的。后来他更加认定这一点，“维以不永伤”，没有比这句话更合适的了，即使是之前吟出的“维以不永怀”也不会如此准确地彰显他写这个故事的意义。他明白打从毛毛的事一发生，强烈的自疚与负罪就会如忘不掉的梦一样困扰着他。“只有把它写下来，”他的话音混杂在碰杯声和架子鼓声中，“我才不至于在伤感的道路上孤独前行。”

我姥爷去世的时候不但我表哥，被我姥姥邀请的毛毛的父亲也未能到场。人们为我姥爷送行的那天他正坐在花园的长椅上顶着秋雨默默地数着一个小时里会有多少树叶被风吹落。什么也不能打乱他辞职后的单调生活。对女儿长时期的依恋在他心中已留下难以磨灭的伤痛。几年的时间里，他迅速变老，一个人不停地在花园里的鹅卵石路上漫步占据了他生命的最后时光。偶尔他会坐下来静静地望着对面长椅上热吻的恋人却全然不知回避，直到那对尴尬的男女不得不局促不安地离去他才自嘲般地笑出声来。所幸命运并没有过多地折磨他，不多久他终于死在了湖北荆州。

他是在秋末死去的，过了那个风雪四起的冬天，当春天将要到来的一个上午我们得知了死讯。整个冬天那些来求我姥姥织毛衣的邻居们聊了那么多的话却从未提及过他的死，仿佛重新回忆“毛毛惨案”是我们越不过的禁忌。我们揭开糊在窗框上的报纸以便更清楚地听见春天的脚步声。我姥姥将压抑了一个寒冬的热情都释放在清理房屋上面，一个上午她扫出了十一只死蟑螂，捅破了七个挂在角落的蜘蛛网。冬日午后的阳光温和地照在刚刚擦过的地板上。她用刷子润湿贴在窗框上的报纸，像个完成作业的孩子那般认真地用指甲刮掉。只有她左胸前上方一条报纸，她用尽力气也弄不干净。她将脸凑上去仔细瞧了瞧，然后下来找铲子，环视了一遍屋子后她跑到客厅打开所有的抽屉，将里面的东西全部倒出来翻过一遍后把我叫过去。“我的花镜没了，”她指着那处刮不掉的痕迹对我说，“给我念念，那写的是什么？”我走过去仰头看着，那是报纸的一条中缝，报社在上面排满了广告赚钱，在一则治疑难杂症的医院简介旁边是寻人启事，寻找一位因精神失常走失的女人，身高一百六十厘米左右，身穿红色外套。“不是，”我姥姥摇摇头，“往下念。”下面是一则讣告，简短，纸张泛黄很不清晰，全文不超过四十个字，一看我就明白随着我读出的这三十几个字，有关我少年时期的回忆就此终结了。“前财政局局长张文再先生于昨日死于湖北荆州市，骨灰将于明日由其妻朱珍珍女士运回长春。”

讣告登在晚报的中缝处，寻人启事的下面，一则征婚启事的下面，几乎无人看到这几行孤单的宋体字。

杜宾打算把《维以不永伤》分成四部来写，听起来这是个宏大的构想。这本书在我们分开后的第二年写完，又过了很久才在一个我从没听说过的出版社自费出版，初版仅仅印了三百册，就算印数这么少也没有卖出去，到最后杜宾只能像小偷一样把这些书一一塞到车上乘客的大衣兜里。即使在他被公认为大师之后，我也没读过这本书，这使得迄今为止我读过的四卷本小说也只是《战争与和平》。

杜宾告诉我他在二十岁之前始终像个试图洞晓远古时代的考古学家那样不知疲惫地寻找着讲故事的方式，他无法确定谁来作为第一部的叙述者。后来一次偶然的机会他躺在体育场的看台上仰望深蓝色夜空的惬意时刻，就在那一瞬间他发现——他手指在杯口敲着音乐的节拍对我说——没有谁会比杜宇琪的表弟更适合讲述这部分的故事了。我当时起身去招待两位来自南非的客人，我听不明白他们那种奇怪的发音。我还在想着杜宾刚才的话，他要把我也拉到这个故事里来，我不愿意这样做。我不想我本分的一生因为进到这个故事之中而彻底转变。我回到位子上安静地听着音乐。杜宾对我说他没想过让我来讲什么，他只是在虚拟一个表弟而已。然而他竟意外碰到了他一度以为是他小说叙述者的我。在构思好的故事里他会和他的表弟在此相见，这么做的好处是描述另一个人物杜宇琪会更容易一些。现实中却真的如此，他相信这是作者的安排。“你是小说里的人物，我也一样。”他抬起双腿架到桌子上，“我们被同一个作者所拥有。”

我妈妈和姨妈们在我姥爷死后的一段时间里更为频繁地去看望我姥姥，她们不想让她的晚年生活过于凄凉。不过我姥姥对此并不高兴，在那时候她每天生活的唯一乐趣就是织毛衣。那些目睹我姥姥日益衰老的邻居们不好意思再拿着毛线去求她做活儿了，于是她就将我姥爷剩下的和我们穿不了的毛衣拆成毛线重织一件，不过没人去穿它。她就这样反复地织啊拆啊直到那些白色和粉红色的毛线从中断掉为止。我回长春之前曾问过我妈妈给我姥姥带点什么好。我妈妈在那边长时间不说话。我说现在运输这么发达，北京有的家里都能买到。“是啊，”她考虑了半天告诉我，“带两盒毛线回来吧。”

每天晚上杜宾会吸二十支烟不间断地写上七个小时。四点钟以后我坐到他的对面，虽然我们实在说不出什么来，但我清楚，他希望见到我，看看我和故事里的表弟有什么不同之处。他告诉我在写这个故事的时候仿佛又回到了从前那些伤心的日子，然后他又埋头去写，打算在天亮之前完成第一部。“我们尽量不说话，”他摇着珍珠奶茶说，“不然我们所说的每一句话都将被写进去，这是我的作者告诫我的，而太多与故事无关的对话会毁掉这本最出色的华语小说。”

因为有人亲眼看见送奶人向奶桶里掺马尿以去除浓重的奶腥味，送奶人在被质检局罚了一大笔钱后便再也没有在花园的门口出现过。这成了那一段时间人们坐在树下谈论的主要话题。奇怪的是，那个坚持买了十多年奶的女人也是此事最大的受害者却没有说过一句送奶人的坏话。几年前人们去追问她是怎么发现死尸时她也保持着同样的沉默，仿佛担心自己会把不该说的话透露出来一般。

那天五点半她是在七街路口用IC电话报的案，雷奇队长带着警察在十五分钟后倾巢而来。虽然她满心都是恐惧，但还是坐到了毛毛的身旁，出于怜悯，她将散落一地的衣服盖在死者裸露的身体上，之后她收拢死者叉开的双腿，却怎么也不明白死者的腰部为何向上挺起，她将尸体翻过来，看到了那件令她无论如何也忍受不了的东西。她捡起来在警察赶到之前离开了现场，以后也没让警察知道她带走的是什么。在她看来，对于一个女人来讲，让众人见到这个是比死亡更大的伤害。她揣在怀里把它扔到了毫无涟漪的喷水池中。她目睹它渐渐沉下去，那是一根沾满血迹的木棍。

好多年前，一位指挥交通的警察喜欢上了每天上午七点半和下午五点钟都从他身边经过的那个长发女孩儿。经过长时间的追求，几乎是在十字路口，他们就相爱了。然而没多久，他发现女孩儿并不爱他，在威胁了三次之后，他把女孩儿推到了井里。从此夜里他都要钻到井下与女孩儿相爱。半个月后他站在十字路口挥动着手臂眼睁睁地看着管道工把女孩儿从井底托上来带走了。在一个没有星星的夜晚，他借着月色伤心地撬开井盖的时候，被伏击的雷奇队长摁倒在地。他绝望地哭了，他说他不能想象自己孤独地死在刑场上的情形。“相爱的人应该死在一处，不是吗？我爱她，让我死在这里吧。”

一个变态狂在十天里流窜到七所小学的女洗手间，前后强奸了六个女孩儿，其中有三个孩子被吓得永远也无法步入生活的正轨。他那老母亲跪在雷奇队长的脚下哭着告诉他自己的儿子患有精神分裂症。雷奇队长经过十七天不知疲惫的走访，查证出所有出示的鉴定都是伪造的。“谁都不能逃避自己的罪行。”他握着罪犯母亲干蔫的双手说，“人活着就要承担他该承担的责任。”

似乎是为了承担自己该承担的责任，雷奇队长在一个雪花纷飞的圣诞夜里死在了两条平行的铁轨上。

杜宾在天蒙蒙亮时要了两杯咖啡，不顾我的阻拦掏出所有的钱放在桌子上。他刚刚写完小说时就突然意识到这并不是他写的。“我只是个记录者，懂吗？像个打字员那样机械地写它。”他用吸管摇着暗褐色的咖啡。一组疯狂而无名气的乐队冲每一位还活着的人号叫。我单手托着下巴心里生出不知从何而来的忧伤。由于杯子的折射我无法确定将有多少咖啡流入我的口中。杜宾抓着自己的头发对服务生大喊着咖啡太苦了。他撕开接过来的一袋奶精倒在杯中。我们看见白色与褐色相互交融。

他说写到后来就发现自己根本不能控制小说，故事已不再顺着他的意念进行下去了。我告诉他这世界不存在上帝，没有谁可以控制你。“苦！为什么加了那么多糖还是苦？”他将文稿收起来放在包里，开始巡视着酒吧里的所有人。我不知道还能说些什么，这是我们最后一次相见，在那之后他就没再来过。我继续在这里干了三个星期，找到工作后也不再过来了。我父亲到晚年时希望我回长春陪他，他说他不想一个人冷清地死去。于是我就辞掉工作带着攒了几年的钱回去又找了个工作。从生到死我都是个很本分的人，我没法想象杜宾的那种生活。我表哥在我忙着给客人上醒酒的酸梅汤时独自离开了。他把剩下的咖啡倒在桌上，好像在寻找是否还有未溶的糖粒才使他觉得如此苦涩。下面被染黑的纸上留有一段他写下来的话，至今我还保留着这段我无法理解的文字。他说确实，这世界不存在上帝，不过每个人都有自己的作者在控制他。“你和我同属一位作者，对我们而言他仿佛是全能的上帝。一个人活在这世上的目的就是要摆脱作者对他的控制，现在我做不到，不过总有一天我会逃出作者的掌心。然后回过头去理直气壮地告诉他，《维以不永伤》是我写的，而不是你功成名就的牺牲品。”

第 二 部

一

他死了。

谁呀?

你知道。告诉我整个过程是什么样的?

外面太吵了,满世界都是声响。

我要知道事情的经过。

我对你说了又怎么样呢?

至少你就不再是唯一的知情者了。

你知道了又能怎么样?我就明白这么多年你等我就是为了问这个对不对?

你讲出来吧。

里面的人差不多都死了。

问题是只要你我都还活着,故事就没结束。知道吗?这也是我们唯一的话题。

真不该再提起它,那么长时间了,有七年了吧?

是啊,七年了。

一切都不成样子了,故事开始得很早,我像个中途进去的小角色,我出现在那个星期一早晨快六点的时候。

前一天晚上他下棋一直到两点钟才上楼。入夜之前他连杀了对手四盘,以后他就再没赢过,到最后他简直妥协到只要熬成平局就是胜利。“收棋吧。”他看着对手感到自己很丢人。尽管他们一起下了几个月的棋,可他连对方姓什么都不知道。去年冬天他们在宽平大桥桥拱认识的,当时两个人先后都输给了摆残局的江湖人二十块钱。共同的经历让他们彼此笑了笑。此后那个人每天都会把他找出来。冬天他们蹲在楼道间，夏天他们坐在路灯下。几乎从不说与下棋无关的事情。不管是谁，只要有人想说点别的话题，对手都会不屑地挥挥手：“下棋吧。”

躺在床上他想不通人的智慧为什么会受着时间的限制。十一点前他始终在赢棋，之后的六盘居然被对手连续三次重炮两回马后炮一步卧槽马这些最基本的招数杀死。按照规则他输了二十块钱。他倒在妻子的身旁，看着外面的路灯映射在圆形钟面上。妻子翻身的时候长长的发丝划过他的脸。他轻轻吹开，转过身背对着她。一只晃动着的虫影伏在窗前。它们不睡觉，他想着，枯燥而失去希望的工作，单调又穷苦的生活，生命中连昆虫的那么一点刺激都不具备。失去激情的职业，工作在平静出奇的社区，二十年里只有那么几次可以动动脑筋的案例，而分析这种案子的曲折竟不比下盘棋所耗费的精力更大。他儿子在睡梦中磨牙。他将她散在枕边的头发全都展开铺在自己的脸上，闭上双眼，却全无睡意。“一年、两年……”他默默地数着，到第二十年再数回来。多年来这成了他治疗失眠的办法。他查着自己入这一行的时间，想想每一年都经历过什么案子。每过三百六十五天他就要加上一年，这使他越来越难以入睡。打从十多年前他刚刚意识到自己终于也染上了那些年长的同事都有的失眠症时，他便开始尝试这种方法。那时很简单，也很灵验，数到“八年”就够了。

天还没亮就有一阵铃声将他弄醒，那时他觉得自己仿佛才刚刚睡去。妻子又去公园做操了。他走下床洗把脸，将窗子打开。电话还响着。他知道应该是很急的事。

“喂，是雷队长家里吗？”

“小张啊。”

“你关机了，没吵醒嫂子和孩子吧？”

“说吧，怎么了？”

“有人报案，花园西北角发现一具女尸。”

“你现在在哪儿？”

“值班室。小王他们过去了。”

“通知他们保护现场，将花园里的人请出去，大门关上戒严。注意所有留在附近的路人。我一刻钟后到。”

他给妻子留了张条：送儿子去幼儿园，中午上学校把女儿的补课费交上，五百块钱压在电视下面。随后他把枪装好，里面有三颗子弹。他走下楼梯，扶手很脏，三楼的拐角处没有灯，怎么跺脚也不会亮。尽管是清晨，却仍然很热。走过两条马路，十多栋楼房。他跳过紧锁的花园大门。野草在疯长，仿佛是向松树宣战。几个警察聚在草间。他从围成一圈的红色警戒带下钻过去。

“几点钟报的警？谁接的？”

“五点三十五，我接的。我们有三个人值班，他们先过来的，我通知别人。”

“你们来时在这儿看没看到其他人？”

“没有，晨练的人都不来这里，这儿没有灯。”

他仰头看着上方的灯罩。“被人打碎了，一直这样吗？”

“以前就是，和案子没什么联系。好早以前就陆续有人用弹弓打碎的。”

“园长来了吗？”

“没有园长，花园这么小，又不能收费。”

“这我知道。”

“原来有一些管理人员，后来没收入就解体了，花园归到物业局管理。”

“所以就管理成这样？”雷奇比量着，“这么高的草没人剪，黑乎乎的一盏灯也没有。别说是出条人命，就是在这儿搞屠杀都够了。”

“我们来时那个报案的女人也不见了。”

“电话里她怎么说的？”

“她说有人死在这里。好像是她太紧张，有点听不清。我让她慢点说，她说她已经说得很慢了。”

“记住，下次再碰到这种情况你就叫她清楚点说，而不是慢点说。”他笑着拍了拍小张的肩走过去。

死者是个十七八岁的女孩儿，上身穿着印有GAB字母的白色T恤。显然T恤被用力扯过，但只是变了形，并没有扯开。死者的肚子上有一只鞋印。“是拖鞋。”他看了看说。地面很干燥，全是灰土。他看不清到底有多少人从这里走过。“刚才你们进来的人太多了。”

“对不起。不过我们是排成一列从甬道进来的。”

“那就够了，就甬道有土，你让我到草丛里找脚印？哦，血是从哪儿来的？”

“死者正面并没有破裂的伤口，我们没有翻尸体，背面怎么样不知道。喉咙处有被掐过的痕迹。我想这女孩儿应该是窒息而死的。”

“还有，你看这里，仔细观察这两处红肿的大小，应该是男人拇指的指印，你想想说明什么？”

“哦，就是说凶手是面对面掐着死者的。”

他没做应答，闻了闻死者的头发。“好好找找这附近的烟头。”他说着将死者的嘴张开，里面的舌头已被咬破。他趴下去闻了闻女孩儿的嘴。“她不抽烟。”用指甲刮了一下死者的门牙，一层薄薄的黄渍。接着食指和拇指搓一下头发，看着自己的手指。展开死者紧握的左手，指甲里有泥。中指指甲里混有一些血迹。“刮下来化验，叫附近的居民留意一个头发很短、右手臂有伤的男人。”说着他转到另一侧。

“找过了，没有烟头。”他们回来报告。

“没有？”他又闻了闻死者的头发，皱着眉点起一支烟。

“发现一部手机，不过已经没电了。”

“在哪儿看见的？”

“甬道中间的位置，在旁边的草丛里面。”

“我早就说过，来的人太多，都乱了。手机带回去，查查用户是谁。还有，胸罩是你们扣上的？她身上的衣服是你们盖上去的吗？”

“不是。我们来时见到的和现在的情形没有任何不同之处。”

“嗯，应该不是你们。把鞋子脱下来。”

“为什么？”小张弯下腰解鞋带。

“不是说你，是她的！”

他们解开死者银灰色的旅游鞋，白袜子的脚跟和脚掌处有些泛黄。“袜子也脱了。”他蹲下来，“还是我来吧。”他从脚脖子处将袜口卷成圈，一点点翻下来，放在鼻子下闻了闻，捏着脚踝和脚心，轻轻分开脚趾，看过之后将尸体翻过来。

“这儿有个凹印。”小张指着死者的后背说。

“地上相对的位置也有一个小坑。她死后的几个小时一直压着什么东西。在你们之前有人动过尸体。”

“我们来时没发现一个人。”

“那报案的人什么样？”

"本地人，有四十多岁的声音吧。但为什么她报了警又避开我们呢？"

"很简单。"他比量着凹印的长度，"谁愿意无缘无故地搅进来？"换个位置观察死者的双腿。血是从双腿中间流出来的。"畜生！看看有没有一根三十厘米长、五厘米粗的树棍，对，上面沾着血的。别走太远，十米内没有你就永远也找不到了。"

天哪，别告诉我她就是这么死的。

说实话，这是我办过的最残忍的案子。但你犯不上这么伤心，后来的事实证明，整个经过并不像我们想的那么可怕。

"这样的树枝有的是，但没有一根是凶犯用过的。"

"去把那表摘下来，不要碰到表蒙，装好它。尸体送到陈法医那里。看看还有什么我们忘了的。"他沿着甬道出去，几分钟后又走了回来，"但愿这案子不是个简单的奸杀。"他搓搓双手的泥，"现在挺有意思的是，那些凝了的血怎么又融开的？"他说，"七点之前收工吧。现场处理干净。戒严带别摘。二十四小时留人暗中监视，一旦有可疑的人进来就通知我，自己不要动。就这样吧。"

"雷队长，一起吃早餐吧。"

"不了，我还有点事要办，对，查清那女孩儿的身份，联系她家人。"

"有人认识她，就住在这附近，邻居们都叫她毛毛。她的父亲是张文再先生，就是市财政局局长。"

"马上通知他。不要等流言传过去我们才送到消息。"他点一支烟，"我可不想让他觉得我们警察办事不力。"

I

虽然你一进来便表明自己是来自首的，然而还是无人理睬。不光是你面前的那个人，很多人都没有注意到你在说什么。然后你稍稍提高一点音量喊着：“我杀了人！”声音不大，但是人人都听见了。一时间那些与恋人打电话的呀，由于无聊而查阅过去的文件当故事看的呀，以及一个下午都在试图将九十九颗地雷挖出来的呀，现在都停了下来。一个个转过身或者侧过脸看看凶手是什么样的人，表情严肃，没有人笑，好像在等待一声令下便冲过来把你摁倒。

“哦，请坐下，咱们现在慢慢说。”坐在你对面的那个戴着金丝边眼镜的警察先打开僵硬的局面，“我想先知道你叫什么名字。”

“钟磊，一石压在二石上的磊。”

“嗯，”他先把名字写在刚刚从文件袋抽出的一张表上，“性别就不必说了，你的年龄是多少？”

“四十二。”你告诉他，不过你犯案的那一年是二十七岁。

“啊？那是很早以前了。这么多年你一直就很自由地活着吗？”

你说你也挺纳闷儿的，十五年里几十次从警察身边走过，但不明白为什么没人抓你。

“就是说你在外面像普通人一样过了十几年自由自在的生活？”他不理解有什么原因能让你突然觉悟，跑到这里来自首。

你告诉他从一开始你就是觉悟的，只不过后来忘记了，所以没来自首，一直逍遥法外。不过现在总算想起来，就跑到这里受罚，“至少也能对得起自己的良心，是不是？”

“那倒是，不过你怎么能想不起来呢？”

在你看来这是个很愚蠢的问题，有谁能将十几年前做的每一件事都记得清清楚楚呢？你猜他也不可能做到的。总得有什么来提示才是。今天不就是吗？在巴士上你算准了六点一刻下车的，不过刚下车你就看到了往常没有经过的街道，闻到了从未弥漫过的紫丁香的味道。你发现自己多坐了三站地。从楼间横穿过去需要十五分钟，走到路上你看到公告板上贴张白纸，上面写什么你并没有仔细读，不过你一眼就记住了那个醒目的标题：有关“毛毛惨案”凶犯的几处特征。你突然想起来案子不是你干的吗？而你还逍遥自在的像个局外人一般做个观众呢，这可不行，马上得过来，要对得起毛毛，要对得起自己。

“不好意思，我想你看错了。”他冲你笑起来，“毛毛是一个星期前出事的，在那之前她可是活得好好的。”

“不会呀，她明明是死在我手里的。我忘了毛毛是什么人了，她是怎么死的我也记不清了。让我想想，好像她死后我把她扔到水里了，要不然就是我直接把她淹死的，都忘得差不多了。对，你说的毛毛多大了？”

“十七。”

“没错呀，我杀掉的毛毛到今年也有十七岁了。唉？二月二十九的生日，十七岁已经过了。”你又有点不明白了，怎么对那四年才轮一次的日子印象那么深呢？

“哦，现在我明白一点了。但还有一事不大清楚，你知道你来的地方是派出所吗？”

“是呀，不然我到这里来干吗？”

“不过派出所并不是那些不正常的空想主义者发挥想象力的施展空间呀。”

幽默，无耻的幽默感。他把你当成是无理取闹的人了。

“至少在我看来是这么回事。”他一折，纸张面积变为原来的二分之一，再一折，四分之一，将只填过“钟磊”和“男”三个字的表格撕碎。

真的，为什么他不相信你说的呢？

“回去睡一觉，醒醒酒。到明天连你都会对自己的话感到羞愧。”

你说你已经九年没碰过一滴酒了。

“所以我猜你一碰酒就会醉成这个样子。”

你在里面说了将近一刻钟，而他们竟把你当成疯子看。回到家还要走同样长时间的路。汽车像等着分糖果的小朋友一样一辆一辆排在大街上。你站在十字路口的正中央等待着车流散去。那些分成四个方向的汽车给你留下一个小小的正方形空间。每一辆车从你身旁或是身前滑过，不管是往哪里你都不敢迈出一步。好多看上去很远的车转眼间就飞驰到你身后。你想不通为什么有些人躲都躲不过，而另一些人却处处得到纵容。虽然有时候你也不敢相信自己竟然是一个凶残的杀人犯，但确确实实有过这么一回事，至少这记忆不断地盘旋在你脑中。不用看表你也应该盘算得出来，你停在路口至少已经三分钟。你早就记不得从你身边擦过的都是什么牌子的汽车，似乎这和你忘掉自己杀人的经过是一个道理。死去的人叫毛毛，这一点确定无疑，开门的时候你还在想，其他的一切细节如落入水中的画模糊不清。

吃饭前你妻子从冰箱里拿出一瓶啤酒。她倒酒时说这是她这么多年经历过的最炎热的一个夏天。窗外夕阳下的树枝在挥动，你担心那是幻觉。一个多月以来每次晚饭前她都要说这句话，而你却从未打算去回应她。你知道如果哪天她再说天气很热的时候，你若应和一句“是啊”或是“比你没经历过的还热呢”，她就不会再天天重复这句话。但你知道，不谈天气，你们彼此之间就更会无话可说。从一开始你妻子就很固执，还总要掩饰自己的固执。

她说因为持续的高温，单位从明天开始放假，直到第一场雨来临为止。你的工作则不一样，天越热，你加班的时间就会越长。你在游泳池负责一米九水域的安全工作，每天都会在水中泡上八个小时以躲避高温的侵袭。她又问了一些问题，这令你感到厌烦，仿佛你妻子觉得你们的爱情会随着谈话内容的减少而渐渐消失一般。你告诉她从你担任这个工作起整个游泳区还没有出现过一次事故，而且尽你最大的努力，以后也绝不允许有意外事故发生。这样你们就真的没有任何话题可谈了。两个人默默地吃饭。游泳池？又是水。你想起自己的罪行，放下碗筷，看着窗外火红色的云向左边缓缓移动。你明白单靠思考并不能使回忆逐渐变得清晰。

“我今天突然想起过去的事了。”

“什么呀？”你的妻子走过去打开电视。

“我想起自己原来是个杀人犯。”

“那怎么没人把你抓起来呀？”她调到三十六频道，“我自个儿过还清净哪。”

“是啊，我去找他们，结果被轰出来了。”

“你去哪儿了？”电视上说明天晴，“还好，至少可以休一天假。”

“我去派出所，告诉他们毛毛是我杀的，但我想不起来她是谁了。”

“天啊，你又来了，中暑了吧？”她闭掉电视，将不断吹进热气的窗子关上，“我们一起生活多少年了？”

“差不多二十年。”

“是啊，这二十年里你干吗老是有那种自己是个罪人的错觉呢？”

你在凌晨一点多钟差点儿被水呛死，醒来的时候才发现那只不过是个令人激动的梦。在黑暗中你扶着墙壁走进客厅打开电视，所有的电视台都已休息，从一个雪花频道播到另一个雪花频道。你打开窗子，看着长到三楼的柳树。一阵凉风吹过脸庞，或许要下雨了。散落的树叶擦着地面沙沙地响，白色和粉红色的塑料袋掺杂在灰土之间随风舞动。对面的楼房有四扇亮着灯的窗户，两扇没有拉窗帘，你能清楚地看到里面的一切，却为何看不到你记忆里的东西？

打开灯你看见躺在床上的妻子正盯着门口。每晚你们都睡在一起，却没有任何亲昵行为，仿佛这是多年来的一个约定形成的规矩。

“我终于想起来了，”你看见自己影子罩在她身体之上，“毛毛以前生活在我们之间。”

“又是这样，放弃你那些糟糕的想法吧。”

你不知道自己该做什么，看着屋子的一切摆设，仿佛自己是个刚刚进到家里的陌生人。你，你们，你们两个人生活在这屋子里，好像缺少了一些什么。你妻子翻过身，你把门打开，灯光溜到客厅里。

“你睡了吗？”你问。

没有声音，你确定她没有睡，有一架闪着红灯的飞机从东南方飞过。

“那是我们的孩子，对吗？”你用只有你自己才听得到的声音说，

“我们有过一个女儿的。”

“把灯关掉！”你的妻子坐了起来，“然后你愿意干什么就干什么，只要你别折磨我了！”

是啊，你回到床前躺下去，看着无限辽阔的黑暗，看上去这黑暗一辈子都走不到尽头。你曾经有一个女儿，可是你把她杀了。后来你忘掉了，然而现在你又记起来了。你无法相信自己的过去。将头埋在枕头里，双手捂住耳朵，一只蚊子飞舞的声音从左耳进入，在一分钟的时间里荡来荡去被你的右手又撞了回来。

“对不起，你的女儿，我们的女儿，被我杀死了。”你想哭，却没有办法让你的眼泪流出来。只是无比的伤心，像最难过的星星在孤独地放射光芒。伤心的光亮照在每一片摇动的树叶上。

“别折磨自己了。”她转过来，在你胸前握住你的手。两只手像一对展开翅膀的鸟儿从你的脸庞飞起，穿过她的长发，最后停留在她胸前，仿佛降落在雨后的一朵牵牛花上。“折磨我吧，”她说，“别折磨自己了。”

二

早餐之前他还要在附近转上一圈，路上的行人渐渐地多了起来。很明显大多数人已经听说花园里出事了，那些认识他的人在很远的地方以一种奇怪的表情冲他点点头。他想不起来自己究竟在什么地方见到过他们。一个像武士一样背持一柄剑的老人拎着一瓶牛奶从他身旁走过。

“大爷，”他叫住那个穿着唐装的老人，“您这奶在哪里买的啊？”

“就在门口，不过你可起来晚了。”

他快跑几步，耳边有风掠过。有几种花在花坛悄悄地开放。他看见送奶的人将空奶桶挂在自行车的两侧。

“明天再来吧，已经没有了。”

“哦，你先停一下。我叫雷奇，负责这一片的治安，想问你些情况。”

“你是说死在里面那个孩子？”

“嗯，今天早晨你几点钟开始在这儿卖奶的？”

“我来得再早也没有用，你可知道，人是半夜死的。”

“没错，不过我要知道你来的时候有没有其他人在这里。”

“当然有，天天都有一个女的比我早，她是在这儿等着我来的。”

我当时没有听明白。

“她说舀出的第一缸奶纯，每次都比我先到。”

“几点钟？”

“不到五点，差几分钟。”

“她用黄色的奶锅盛奶？”

“不是，她用瓶装，那种大的可乐瓶子。”

“哦，”他闻到送奶人衣服上的一股奶香味，地上全是奶渍，他确定这和现场看到的差不多，“还有一个事儿，你卖的是热奶吗？”

“生的，每天四点钟刚挤出来的，那时是温的，不过到这儿早都凉了。”

“你认识那个女人？”

“不认识，但是她明天还得来，五点钟准时在这儿。”

“明早我也来，到时候你把她指给我看。不好意思，早点儿赶回去吧，麻烦你了。”

第二天她没有来，我在一侧站了两个小时，一直数着，先后有六十七个人将两桶奶分光了。

“死者家属怎么说？”他坐在办公椅上问下属。下午的阳光从百叶的缝隙中漏进来，无数灰尘在光线中轻轻地跳动。

“张文再先生很难过，同以前我通知的家属差不多，呆呆地盯着某一处什么话也说不出来。”

“在市政府里？”

“不是，家里，他家挺气派的。他妻子看上去比他还要伤心，从楼上跑下来便伏在沙发上哭个不停。”

“这种事受打击的往往是女人，不过你看着，到最后能挺得住的也只是她们。”

“但是毛毛并不是她女儿。”

他把双脚从办公桌上放下来，突然坐直。

“毛毛的父母十多年前就分开了，我感觉那女人在装样子。”小张说，“作为一个后妈来讲，她的悲伤实在太夸张了。”

“她母亲呢？”

“一个人住在铁北，张先生说他会想办法让她接受这个事实的。”

“他们还有联系吗？”

“应该有吧，毛毛以前往返他们之间，不过抚养权在父亲这边。”

“还有一些别的吗？”

“大概就这么多了，看见他们那样，我很难再问什么了。”

“尽快查到她母亲的住址，还有找找有关张先生的资料。”

幼儿园的阿姨告诉他力力早就被他妈妈接走了，还在他走出去的时候冲着他喊都什么时候了。他看看表，六点钟，半个小时后能到家。一路上听着车铃和汽车喇叭的声音，秩序很乱，需要有一个交警，这令他想起以前办过的一个案子。那件案子很残忍，不过并不难破。这给他带来了不错的声誉，但是没有多少奖金，很多都被上面吃掉了。但愿这次不会这样，他想着，“仅仅得到思考的乐趣可不能使我满足。”

“我去过了，她们说你把力力接回来了。”

“我到的时候都五点多了，要是等你，他会哭死在幼儿园的。”

他不再说话，吃着难以下咽的饭菜，枯黄的菜叶子，盐水一样的菜汤。“为什么我们会要第二个孩子？”他没把这句说出来。

“我看到你的字条了，不过莲莲不想去补课。”

“所以你没报名？你认为这会给我们省五百块钱吗？”

“那总比交钱之后她又不学，白白浪费的好。”

连自己女儿的心思都不明白，他厌恶地看着妻子，“我感觉你越来越蠢了。”

“那是因为我从没当过那种又穷又臭屁的警察。”

“说得好！”他拍一下桌子，起身从床底拽出一副象棋出去了。

“要是你以为下棋就能使我们住进大点儿的房子，离开这狗窝的话，就别回来了！”妻子在他身后咆哮。

“喂，雷队长，鉴定结果出来了。”

“我马上过来，等着我。”他合上手机，“这盘算我输，所以你只输给我十块钱，我回来再算。”

电车在中途坏掉，停在路口的正中央。人人都已经投进一枚硬币。车上的人起哄要砸开投币箱，司机一再解释他自己不可能从中赚到一分一毛。他下了车，不愿意再花一块钱，决定一路走过去。

“死者张雨卉死于窒息，凶手卡住她的脖子，至少有三分钟无法呼吸而死。”陈法医说，“时间大概是一点钟左右。”

“那到了六点钟，血应该是凝的。然而现场的血都化开了。”雷奇不明白。

“哦，很奇怪的是，死者的身体沾满了牛奶。”

他笑了笑，“那是些生奶，应该融不开血，报案的女人由于恐惧而洒在上面的。”

“死者指甲里留有血迹，经化验为O型，死者的血型为B型，死者下体由于表皮擦破刮伤流出大量的血。”

“那身上或体内是否留有精液呢？”

“我们没有找到，无法确定疑犯是否对死者有过性行为。”

“能确定这些伤痕是在毛毛死前还是死后形成的吗？”

“我们还办不到这点，只能确定二者相差时间不超过一刻钟。”

“嗯，死者的手表留有指纹吗？”

“有，都是毛毛自己的，不过很奇怪，表蒙上留有的指纹不仅有右手手指的，左手手指也留有指纹。”

“这怎么了？”

“你左手的哪一个手指会碰到你的左手腕？”

“有道理，”雷奇点起一支烟，长吸一口，“这就是说她的手表时而戴在左手，时而换到右手？”

“还有一种可能，死者在死前的几天内将手表戴在其他人手上，死者曾抓过那个人的手腕，这应该可以推知两个人关系亲密。而且我们在表链上发现夹下来的一根汗毛，死者的小臂没有这么长的汗毛。据我分析，那个人不是男人就是汗毛很重的女人。”

“谢谢你，陈法医。毛毛现在在哪里？”

“尸体被她父亲带走了，好像要办一场声势浩大的葬礼。她父亲说要给她洗一洗，换身漂亮的衣服，不想让她就这么狼狈地上路。”

“这是个挺不错的想法，”他将烟头摁下去，火星散在烟灰缸里，三秒后熄灭，“不知道你注意到没有，她有很多天没洗澡了。”

“没留神，这也不是我的职责啊。”

两个人笑起来。屋子里空空的，灯火通明，笑声在四壁间回荡。他觉得如果笑声突然停下来的话气氛将变得尴尬。

“对，还要问你一句，对于这样的暴力行为，死者的下体流那么多血是正常的吗？”

“一般来说是不太可能的，不过这次是例外，我要对你说的就是这件事。”

他凝视着陈法医。

“死者怀有三个月的身孕。”

我在出事的那天晚上才得知此事。当时我疯了，我把她撵出去。不出两个小时，她就死了，这几乎等于是我逼死她的。

你没有理由这么愧疚，你让我一一说出来，我就讲了。要是这使你更难过的话，我就不讲了。

他拨通电话：“喂，是小张吗？马上联系张雨卉的父亲张文再先生，告诉他，我，这个案子的直接负责人，将在明天上午十点登门拜访他。”

2

你离开水面，爬上高高的瞭望台，离炽热的太阳又近了十米。头顶有一把遮阳伞，却将它椭圆形的阴影留到了东北角的水面上。仿佛一个尽职站岗的士兵，你站在蓝色的游泳池上。数百人在池中游来游去，每一刻都有人淹死在你的脑中。你看着自己长期被水泡过的皮肤，像一只浮在海面翻过来的死鱼，你知道有一天这些会在阳光下发出嗞嗞的响声。从水浪中传来模糊的救命声，声音低微，无法引起水波的一丝改变。人们在水里嬉戏，没有人听到求救的呼喊。救命救命爸爸我要淹死了！别着急毛毛我马上就过来告诉我你怎么会从游泳池中间掉下去的？有人把我拽下来了现在还在抓着我不放。谁呀谁呀毛毛再忍一忍是谁拉你下水的？是你爸爸为什么要杀死我是你呀。我没有做不可能的孩子等一等我就要拉你上来了不是我做的相信我。你松手啊别抓着我不松手我就快死了。不要踢我冷静一下憋住气一会儿就好了那些不是我干的！爸爸爸爸我死了替我报仇爸爸杀我的人是你你自己就是你的仇人。

“到底怎么回事？”

你坐在水泥池边上，地面有种灼烧的感觉。一摊水的痕迹在阳光下逐渐变小。你大口喘着气，看着站在你身前那个男人凸出的肚子，“至少要怀上五个孩子。”你笑着想这出滑稽剧的幽默成分才刚刚出现。一群穿着泳衣的观众陆续爬上岸。

“我和我儿子游得正好呢，你们猜怎么着？不知他什么时候从天上掉下来把我儿子拽走了！”

肥皂剧，一出精彩的情景喜剧，演员要尽可能地博取观众的笑声。人们将视线移到你这边，该你出场了。导演！导演！提示一下台词是什么？

“我儿子吓坏了，一个劲儿踢他。他倒好，硬把我儿子扯上来了！”

你想起要说的对白了。“我以为他在喊救命，而我是负责安全的。”你指着男孩儿对观众说。

“是，你负责这个，你还负责把他吓死呢。”大肚子指责道。

那个男孩儿已经昏倒在地上，松开的泳裤下面露出一半屁股。里面的人笑了，引得外面看不到的人也跟着大笑起来。

你该谢幕了，谢谢观众的鼓励！你向大肚子里的五个孩子充满敬意地鞠了一躬，然后低着头从人缝中钻了出去。

三天后你又一次来到警察局，还是坐在上次的位子上。每个人都在忙着自己的事情。你发现这一回即使你大喊一声你要把长春炸掉，也不会有人再对此表示惊讶了。

“相信我，我那天说的都是真的。”

“不过你那次并没说什么。”他回身冲了一杯浓黑的咖啡，很奇怪，黑色液体冒出的热气却很白。

“我上次说毛毛是我杀的。”

“啊，你真是一醉三千年，到今天还没醒哪？”

“但是，我想起来了，毛毛是我女儿。”

“哦，是这样。”他站起来收拾桌上的文件，“你有过失忆症？”

你仰头望他。

“就是说你的头部曾经受到某种重物的撞击，醒来就什么都记不得了？”

“我别的事记得都挺清楚的，只是和这件事有关的是一片空白。”

“这么说你是找我们治病的？”

“别开玩笑，我是来自首的。”

“好，你是认真的，那我也很认真地告诉你，你来错地方了。从这儿出去，大门左侧有一个 64 路站牌，坐车到仁合医院，三楼有个精神科，要比这儿更适合你。”

“你不相信我犯过罪？”

“相信，可是罪犯太狡猾了，我们抓不到证据。”

“这好办。”你抓起手边一个酒桶形状的烟灰缸，抡起来向他头顶砸去，酒桶里的烟灰散出来落在额头的血滴上，像一次在惊呼声中的婚礼祝福。旁边挖地雷的女警察尖叫了一声，第九十九颗终于引爆了。你满意地点点头，冲愣住了的人们举起双手。

“真的对不起，雷队长，给您添这么大麻烦。”

“还好小张没什么大伤，缝了三针。不然严重的话，这是要负刑事责任的。到那时就不是医疗费用的问题了。”

“是，是。我想他可能是太冲动了。”

“平时你丈夫也这么不正常？”

“不是啊，他一直很不错，挺本分的人。”

“嗯，我昨夜和他随便聊了一会儿，我发现不说这个他倒是怪清醒的。”

“天一直这么热，他一定是太紧张了。我准备和他出去玩几天，散散心，回来就能好些了。”

“我查了他的资料，你们曾有过一个女儿？”

“不过没长大就夭折了。”

“按你丈夫的说法，是他害的她。”

“您别听他的，他想女儿想疯了。”

“她是怎么死的？”

“谁？”她看着窗外，一只麻雀像个音符一样停在电线上，“淹死的。”

“好像你丈夫还是干游泳这行的吧？”

“他当时一直很难受，总觉得对不起女儿。想想也是，就在他身边出的事。”那只鸟飞走了，“她和她爸爸游泳时发生的意外。”她想起自己小时候就有人告诉她，如果踩着两条电线，鸟就会被电死。

走在路上你不明白为什么你又被放了出来。“不是已经给我定罪了吗？”

你妻子在前面默默地走着。你感觉她是在迎风哭泣，她哭的时候从来就没有声音。“从明天起你请几天假，我们去北京走一走。”

“去那儿干吗？”

“让我们静一静，顺便避开这夏天。”

“不行。那样警察抓我的时候岂不算我负罪潜逃？”

红灯把你们拦在路中央，几个衣衫褴褛的孩子伏在停下来的汽车旁要钱。

“你看见那个公告板上的通缉令了吗？说是悬赏十万块。不然你现在把我领回去吧，也算是我这辈子对你的一点补偿。”

她看了你一眼，摇着头，对迎面而来的汽车无所顾忌地走过去，“你让我被这车撞死好了！”

下午五点钟她决定沿着那一条使你产生幻象的路线走一遍。两侧伸向街道的紫丁香花飘逸着忧郁的迷人芳香。那些等待开晚饭的孩子们穿梭于高草中。她不想让生活就此改变，虽然她已做出最坏的设想，做好承受不幸命运突然降临的准备，然而她还是试图做些什么来调整事情发展的轨道。坐在树下听着那些不认识的人们谈论这场命案，最后她放心地确定死去的孩子除了与你的女儿重名之外再没有任何能引起你伤心回忆的地方了。她从聚在公告板前方的人群中挤进去，看了一分钟，几乎毫不在意其他人的惊讶，将通缉令小心揭了下来。她漠然地与每个人的目光对视一遍，双手推开面前的几个人，后面的人自动地让出一条路。“卑鄙的诱导！”她手里拿着那张纸走出去的时候嘀咕着。

三

上班之前他想和女儿谈谈，从醒来到天亮的一个多小时里他想好了要对她说的每一句话。吃早餐的时候莲莲并没有注意他，还是按照以前的习惯将油条扯成一段一段地泡在豆浆里等着它们沉下去。他意识到很久以来他和女儿的目光甚至都未曾碰到过。

“我都对你说多少次了，这样弄油条会很难吃。”他蔑视自己又一次丧失了对她说话的勇气。

没人理他。力力也学着他姐姐把咬下来的油条又吐回碗里泡着。

“你爸爸让你必须去那儿补课。”他妻子先开了头，语气仿佛在挑衅。

“我说了我就是去也学不明白。”她用勺子把油条捞上来吞下去。

“但是他觉得要是把这五百块花在那儿，他就能称得上是一个称职的父亲了。”她轻蔑地笑着。

“你应该去。”他说话了，“听说能复习到挺多学校漏掉的东西。”

莲莲把剩下的一点豆浆喝掉，起身去拿书包。

“别以为你这么干就给我省钱了。”他站起来，“到时候你考不上高中就得意了，是不是？”

他妻子吓坏了，向女儿跑过去。从两个月前这个家便忌讳出现类似“考不上”这样的字眼。他有点后悔了，坐下来，想起今天应该买早报，把碗摞在一起。“快吃，”他对力力说，“爸爸一会儿送你走。”

报纸没有过多着眼案子本身，这令他很满意。大量的篇幅用在了她父亲的同事也就是那些官员对此事的关注上。市长用了一版来谴责这种暴力事件的接连出现，并允诺政府将加大力度尽快破案。“空话，骗小孩儿的把戏，到时候还是我自己一个人的事儿。”他翻过去看其他的版面。

“毛毛的手机一个多星期前就停机了，而且摔在地上，里面出了点毛病。”

“查到通话记录了吗？”

“最近一次是十天前，这个号码是七街口的 IC 电话。其余大部分是家里的电话，她父亲的手机还有她亲生母亲那里的。”

“嗯，帮我拨到交通指挥中心，调出十天前七街口，几点？”

“上午九点半。”

“九点半的录像，尽量找到那个人是谁，还有，一点之前你待在这里，我要离开一会儿。”

如果不是事先知道的话，他不相信张文再先生会住在这样的地方。数十袋堆在楼梯口的垃圾散发着让他恶心的腐臭味，一些蟑螂在垃圾间玩着捉迷藏的古老游戏。他停在五楼，摁一下右上方的门铃，里面传来轻快的铃声。

“我一直对这种事的发生表示遗憾。”他进去就对死者的父亲说。

“先抽支烟吧。我明白，谁也分担不了我的痛苦。”

他把烟点起来看看屋子里的一些摆设。大厅充满了君子兰的香味，墙上挂着几张古画，被黑色天鹅绒罩着的钢琴上立着一个镀金的相框，他认出那是死去的女孩儿。

“现在有头绪了吗？”

“才刚刚开始，还没什么线索。”他将烟灰弹在开了口的钢球中，“您最后一次见到毛毛是在哪天？”

“就是前天晚上，八点多钟。”

“然后她出去了？”

“嗯，之前因为一件小事我说了她几句，她就哭起来，说要去她妈妈那儿。我劝她先别去，睡一夜，等明早她想去我就开车送她。她不听我的，自己跑下去了。那天晚上就出事了。”

他在说谎。

我也听出来了，这不是事实，我只是在想他为什么骗我。

“哦，是这样，张先生，您说她是八点出去的。根据我们调查，毛毛死于一点钟左右。”

“我昨天给她妈妈打电话了，在那边她简直要崩溃了，我都不忍心去见她。她说八点半到过她那儿，不过又走了。”

“为什么？”

“不清楚，不过毛毛确实是个太任性的孩子。”

“你们因为什么吵架？”

“一件小事，不大。”

“张先生，有件事我得对您说，您女儿死前怀有身孕。”

“啊，我知道。事实上我们就是在吵这个。我认为这是种耻辱。”

“您什么时候知道的？”

“三个星期前，她自己对我承认的。”

“那时她已经有两个月身孕了。”

“是啊，她不说我根本不知道，我一个大男人，有些事情还是看不出来。”

“您没采取一些措施？”

“我让她做流产。但是你看得出来，对像我这样的人来说，这是种耻辱。我在找一个医术高明的医生到家里来。”

“和毛毛发生关系的是谁？”

“她不说，应该是和她差不多大的孩子。正好赶上暑假，我把她关在家里。说实话，我不想让事情变得更糟。”

“已经很糟糕了。”

“我明白。”张先生又点起一支烟，他的嘴唇在颤，满眼都是眼泪。

“我们在现场找到她的手机，发现已经很久不用了。”

“是我停掉它的，我担心她会和那个人继续保持联系。”

我看得出来，他的谎言都编得天衣无缝，但是他在掩饰什么呢？

“哦，我希望你能看一下，”他打开包，“这块手表是她的吗？”

“让我看看，我没见过她有这块表，可能是自己买的吧？原先她没有戴表的习惯。”

“手机可以当表用啊。”

“或许……”

“不过手机不能用时就需要一块表了。”

“但打那儿之后我从没让她出过家门。”张文再说。

“没准儿是当天晚上买的。”

“有可能。”

“但这又不是新表。”

“你是在质问我？”

“我想是从她妈妈那里拿的。”

“你去问她好了。”

“不好意思，张先生，”他环顾了一下四周，空调在他头顶释放冷气，“我可以和你妻子说几句吗？”

“出了这事她很难过。我让她回娘家休息两天。虽然她是毛毛的后妈，但是我知道，她很疼毛毛。我们没有孩子，她把她当自己的女儿看待。”

她和其他恶毒的后妈没什么两样。

好像你对她有偏见。后来我了解她对毛毛确实很好。

那她也是个恶毒的女人，很多事情你都不知道。

“代我向你妻子表示安慰。那我先告辞了，张先生。”

“后天是毛毛的丧事，你也来吧，我准备弄得大一点儿，这是我唯一的孩子。”他又一次难过地哭了。

没有人敢冒着热病的危险在这时候走在街上，他走进了一家饭馆，坐到桌旁才明白自己一点胃口也没有。他空肚子将一瓶啤酒慢慢喝完后回到局里。

“雷队长，通过图像我们只能看到打电话的那个人的背影，我想他年龄不会很大。”

“没有清楚点儿的了？”

“这是最清晰的一段。”

“看上去没什么价值，我们根本没法把他找出来。”

“嗯，还有一件事，我们无意中调出了这样一组镜头。”他看着，画面里一辆奥迪 A6 从路口驰去。

“怎么？”

“时间是七月二十一日午夜十二点，出事前一小时左右。”

“这是什么地方？”

“前进广场。”

“离出事地点至少有半个小时的车程，再说夜里有一辆车出现能说明什么？”

“关键是放大后所看到的车牌号是张文再先生的。”

他回身拉开百叶窗，看着外面，知了在刺眼的阳光下叫个不停。

3

尽管你和妻子早晨五点钟便赶到广场，然而还是有更多的人之前就守在那里占据了前面的位置。清晨的露水凝结在每一个人的衣领上。虽然那些颜色鲜艳的花朵在菱形花坛中低垂着还没有醒来，不过已经能看出来它们拼出的是“北京欢迎您”的字样。满天弥漫着大雾，你担心过于密集的雾滴会附在你脸上。通过白雾你隐约看到护旗队向这边走来。有人开始往前挤去，数千人组成的方阵仿佛无形中向前移了十步。你站在原地，并不想随着人群走来走去。身后的人推拥着从你和妻子之间冲过去。

“为什么我们不上去看看？”你妻子松开你的手。

“告诉我你能看到什么？”

“最起码这能让人心情激动。”

“那倒也是，在北京，这是唯一一个能让人心情激动的地方了。”你甚至没有听到国歌声就已经看到了红旗在旗杆顶端飘扬。汽车在停下来一刻钟后被允许在前方的长安街上继续行驶。雾气依然很重。

“都是你，升旗没看着，我们来北京还有什么意义？”

“你不是打算让我到这儿躲几天，避避风头的吗？”

“你又要说什么？”

“我觉得这事不对，你在和我一起犯罪。”

吃过早饭你们坐了近两个小时的汽车到了长城，你感觉自己正站在一条冬眠的巨蛇身上，层层台阶像是将要剥落的鳞片令你感到恶心。从这里登上去，闭上眼睛，你想着，整个身体直立地向下倾斜，享受一下飞翔的乐趣。

“我还是有点儿不放心，”你冲着妻子背影说，“要是我们在这儿被抓住了，判我杀人罪倒无所谓，但要判你包庇罪。”

"我再说一遍，你没杀过任何一个人。"

"你在瞒着我。"

"别说了。"你妻子不理你往前走去。

你发现怎么也无法走到尽头，这让你担心长城是首尾连接的一个圆。你留心着一路的风景，记在心里，看看能不能走回来。始终有一只展开双翼的大鸟在你头顶回旋。

"我们回去吧。"

"你累了？"你妻子坐到台阶上。

"我是说，回长春。"

"我们才刚到北京呀。"

"回去吧。"你把她扶起来，接过她手中的包。

一整天你妻子都没有对你说过一句话，进站的时候她抓着你的衣服防止你被人群冲散。你回头看看，惊讶地发现出现在她脸上的是一副将要面对死亡的悲壮神情。一直到火车上她还保持着这样令人畏惧的悲壮看着窗外。景色不断地变换，一棵树在出现五秒内从窗口消失，而从另一个窗口却可以看到。你不忍心让妻子这样孤独，去握住她的手。使你害怕的是，去安慰她并不是因为爱情，你明白以前对妻子满心的爱情早已在这十多年里一点一点地消融了，你意识到自己竟是出于怜悯才去这样做。你突然感到难过，难过地听着那个艰难推着食品车的女人的叫卖声。你左手抱着妻子的肩膀，告诉她别伤心，即使你死了你们来世也还会做夫妻的。好不容易她将视线从窗外转过来看着你，你却有些不知所措。她的头伏到你肩膀。愉快的是，她没有流下很多泪水，而是疲惫地睡着了。

你第二次去看那张通缉令注意到那比前一张更详细，白纸黑字也变成了红字。你估量着自己的身高、鞋号，确定符合你的特征。有些人在你后面低声念着，想象凶犯的大体样子。

“没有人敢相信，凶犯和你们在一起看呢。”你冲他们笑了笑。

“我今天下午去了趟医院。”

“有病了？”你妻子将桌上的碗筷全放到水池里。

“不是，看看我是什么血型。”

“干吗？外面弄出私生子要亲子鉴定？”她笑着打开水龙头，水冲到沾有油渍的碗上。

“我真是O型血，说起来像是巧合的误会。”

“那又怎么啦？”

“通缉令上说疑犯就是O型的。”

“我就说过，那是个卑鄙的诱导！”你妻子将洗碗布摔在桌上走回屋里。

水继续放着，水位迅速上涨，从左上角的豁口溢出来。

每天正午十二点，你妻子都要去看看那张公告板。像负责揭下贴在电杆上的那些广告的清扫工一样，你妻子把销毁那张通缉令当成了自己的责任。一旦站岗的警察离开此地去喝解暑的酸梅汤，她便拿出准备好的墨汁泼上去。警察总要在发现后及时补上一张新的，而你妻子的工作似乎比这还要及时。一个星期三的中午，她手拎着一瓶墨汁被隐藏在四周的警察团团围住。

你在经历了一夜不安的睡眠后被通知去接回你妻子。如你所料，在警局你又看到你妻子无所畏惧的悲壮神情，她对待每个人的态度就仿佛她散开的头发一样冷漠轻蔑。

“你怎么能干出这么蠢的事？”你扶着她走进家门，刚说出来就后悔了。于是你走到厨房去做饭，装作什么都没发生，也没说什么的样子。“先吃点儿，然后你就睡吧。”

“我一泼上去，他们就弄一张新的，然后我再泼，他们就再贴，到最后足足有两厘米厚。我累了，不想和他们斗了，谁都有放弃的时候。”

“这么斗有什么好处呀？吃亏的总是你。”

“总是我？当然总是我！要不是你看到那张糟糕的破纸，我们现在会是这个样子吗？从前你什么样儿？看看现在呢？吃亏的总是我？对，总是我，我郭晓平今天把话说在前面，从此以后我绝不会为你做任何事情。你去做你的杀人梦去，看看到最后吃亏的是谁？”

“我没做什么杀人梦。那是事实，只不过我不记得了。好多事你都在瞒着我。”

“我瞒着你？好，我今天全都告诉你！是，我们有过一个女儿，我们有过。但后来怎么样？孩子一出生你就不乐意了，你想要个儿子，这样就符合你那至高无上的传宗接代的想法了，好让你儿子的儿子的儿子祖祖辈辈的名字里都有这个可怜的钟字！你想让我们再生一个，怎么办？把女儿弄死呀，瞒过计生委再得一个生育指标啊。反正我女儿是跟你一起出去的，回来时剩你一人。毛毛怎么死的我不知道，你问你自己吧。我告诉你，钟磊，我郭晓平当时没让你碰我，今后你也别有这样的打算！想要儿子找别的女人去。我就是一辈子守活寡也不当你杀死我女儿的同谋犯！什么饭菜？狗屁饭菜。哦，你想把我也毒死？散了吧，这个家散了算了！”她掀起桌子，满桌的碗筷像雨点一样落在地上。

你站起来，走到屋子中央，双膝弯曲，突然跪在了散落的饭粒上。碗在地上敲来敲去，仿佛敲在你受伤的心上。你感到难受，倒下去，后脑磕在地面，菜汤像淌出的血沿着墙角向门底缝流去。救命爸爸我要淹死啦！有人把我拽下水现在抓着我不放是你爸爸是你爸爸为什么你要杀我呀我可是你的亲生女儿呀你看到了吗听到了吗我是毛毛呀！

你第三次来到警察局，这是你最后一次到这里，之后你就没有出来过，一直到死。

“我要自首，我每次都对你说我是来自首的！”

“你先坐下。”还是上次的警察，显然他对你已经惧怕。

“我叫钟磊，四十二岁，汉族，职业：救生员。罪名：杀死自己的女儿毛毛。要求：枪决，立即执行。把这些都记下来了吗？”

“你先慢点儿，钟先生。我们目前有一些问题还在取证，无法为你定罪。只能暂时拘禁你，但绝不会超过二十四个小时。”

“好，如果我能记起原来的事情，恨不得现在就帮你们找到证据。”

很多事情你都蒙在鼓里，譬如你丝毫不清楚那一夜我们都在讨论什么。

“你好，钟先生。昨天夜里我们找遍了有关你的所有资料。”

“怎么样？”

“当时的医生鉴定已经证实了关于你女儿毛毛的死是一次意外事故。”

“但那确实是我干的，只不过我动了些手脚来掩饰。”

“在法律的范围内我们没法制裁你。”

“我自己承认罪行还不够吗？”

“是你说的，人要对得起自己的良心。”

“要不然我生不如死。”

“或许我们有其他的一个办法能让你心安理得地死去。我不清楚你是否同意？”

“同意，同意，只要让我得到应有的下场。”

“是这样的，既然这个案子无法制裁你，我们打算用另外一个罪名来指控你。”

“什么罪名？好，好，我同意，立刻死去是我现在最大的心愿了。”

“嗯，这是有关毛毛惨案的口供，钟代表你，拿去看看，背熟你在这里说过的每一句话。”

“我录过口供？”

“我说过如果你想达成心愿的话，我们必须配合。”

你看着我，默默地点着头。

“这是整个案子的发生经过，也给你，记住这里的一切细节和时间。”

那些被你妻子掉在地上的碗在你心里敲来敲去。

“你必须时刻都明白，你要的是制裁，虽然这并不是你的罪行，但是这是唯一的办法。不能对任何人透露我们之间的每句话，包括你妻子。”

“她会把事情弄砸的，她不想我死。”

“请在口供下面按个手印。”

你想起正在你家流淌着的浓血，红色手指在纸上重重地碾了一下。**毛毛，爸爸替你报仇了。**

“好，钟先生。现在我们正式就你在七月二十三日凌晨谋杀张雨卉一案逮捕你。”我给你扣上手铐，这是我做过的最羞耻的事情，“抓紧点儿时间，背熟它，咱们这个月就要上法庭了。”

四

下午两点钟是一天最热的时刻，雷奇坐在通向毛毛母亲家的54路有轨电车上。两侧的树叶无力地低垂着。他不停摇着蓝色的扇子，扇子的手柄被乘务员用一根长线拴在了吊下来的一个扶手上。他抽出服务袋中的晚报，翻了翻，娱乐和体育的那四版已被上午乘车的年轻人带下去了，只剩下本市新闻的十一、十二版。功绩大于过错，他想着，我们的生活真的如报道所说的发生了这么大的变化？下半版是高架桥坍塌的后续报道之十九，记者除了质疑外找不到出现问题的原因。就是写到之三十也会不了了之的。

都是些低矮的小房子，沿着路边流淌着从上面下来的脏水，在炽热的空气下散发着腐烂的味道。几个年轻人像过独木桥一般从胡同里骑车出来。一个老太太在树荫下卖着茶水。每年都有城市建设的财政拨款，这样子就是他们环境规划的成果吗？他感到有些恶心，天气太热，胃里很难受。

毛毛母亲的房子和其他人的房子没有什么区别，一层灰色的塑料布蒙在门窗上，十几只蚊子闷死在里边。“有人吗？”他推门进去，惊动了一只褐色的母猫，带着三只小猫从锅台上跳下来向门外窜去。地上放着半碗变黑了的面条，几只苍蝇飞了一圈又落在上面。“袁南女士在家吗？”他穿过厨房向屋里走去。墙壁上贴着“财神到”的字画，他知道那是过年时挨家求乞的孩子们送来要钱的。有人在家，一个女人靠在炕上的一摞被子前看着像乌云一样颜色的天花板。

“你是袁南？张雨卉的妈妈？”他随即就意识到自己问话的愚蠢，这样茫然无助的神情只能从失去了孩子的母亲那里看到。“我是负责毛毛命案的雷队长。”他递上名片。

“哦，不好意思。”她双臂支撑着自己，却发现自己连坐起来的力气都没有了。她笑了笑，这令雷奇注意到她很迷人。“我已经三天没吃过饭了，就靠这一缸糖水。”

“我们出去吃点儿什么吧，有些事情我需要你的协助。”

换身衣服他发现袁南是个挺漂亮的女人，他向她杯中倒满了冰镇啤酒。“我干这一行有二十年了，最怕见到的就是这种事。每次我都想尽办法安慰死者的家人。这次我还要安慰你，女儿不是你生命的全部，你还要继续活下去。”

后来我才弄清楚，毛毛真不是你生命的全部，一半都没有。等待占据了你所有的时光。

“谢谢，老板，有空调吗？我想时间一久我会好一些的。”

“嗯。”他点起一支烟，“你们离婚多久了？”

“毛毛四岁那年，那时孩子是我的，一年后他把孩子也要过去了。”

“毛毛多长时间来一次？”

“有时候每周末都来，有时候一个月来一次，大了她就不怎么来了，家里很破，你也看到的。”

“她最后一次来是什么时候？”

“就是那天晚上，那么晚过来也不是头一回。”

“她说从哪儿过来的吗？”

“不是从她爸爸那儿吗？我平常不允许毛毛在我面前提他。”

“毛毛没说她刚在外面躲了许多天后回来的？”

“她跑出去过？”

“没有，我随便说说。她爸爸说她因为吵了一架就过来了。”

“我知道他们吵什么。”她举起酒瓶倒下去，摇一摇，是空的，“老板，上瓶华丹！”

“她跟你提过？”

“嗯，我可不像她爸爸那样感到羞耻。我只是害怕，我怕这是预示着孩子会像我这样一辈子苦命。”

他用牙签撬着瓶盖的胶塞，找找有没有“再赠一瓶”的字样。多年来这成了他不想说话的理由。

“但是她死了，就算是苦命也轮不到她经受了。”她哭了，眼泪在脸上留下了两道水迹。他想起她刚刚扑过粉。

我那时就觉得你确实很美。

这不是你和我一起生活的原因。

是的，真是的，没有别的原因。

“那毛毛是几点从这儿离开的？”

“半夜，我抓不住她，她跑了出去。”

“她和你也吵过架？”

“我打了她。她大了，我不该打她的。她骂我是淫妇，我气得给了她两耳光。我们不是因为这个吵的，是有其他的事。”

“能告诉我是什么事吗？”

她摇摇头，“我不该打她的。她已经长大了。”

“这瓶中奖了。”他笑着，“再来一瓶，瓶盖给你，老板。”他转回身，“这块表是你给毛毛的吗？”

“不是，她不戴表呀。”

“嗯，喝酒吧，我没什么问的了。”

他们不再说话，屋子里空调嗡嗡地响，却感觉不到凉气的吹来。她用纸巾擦着一缕落到酒杯里的头发，像调试琴弦那样用心。他留意到她指甲很长，涂了紫色的指甲油。

“结账吧，老板。”他实在没有什么可说的了。

提前两站他下了车，傍晚的风稍稍凉快了些。他走进花园，人们围在喷水池的四周数着水喷出的花样和水里的灯光一共有多少种变化。孩子站得靠前一些，每一次水喷出来淋湿衣服都令他们兴奋不已。大人们担心那些蕴藏在池底的电会通过水流击打到他们的孩子。没有人再想起几天前一个女孩儿死在了离这儿不到五十米远的草丛间。

他从红色警戒带下钻过去时听到了每一片树叶翻动的声音。“死亡。”他说出了这个词，但想不出任何与这相关联的意义了。有人从后面跳出卡住他的脖子，他回过头去松了口气，是个警察，没有什么危险。

“对不起，雷队长，我以为……”

“应该是我来道歉，做得对，时刻保持警惕。”

“我不知道我们守在这里有什么意义。”

没有意义，他早就想到了，只是表明该做的都做了而已。“可能会没有用处，”他说着，“不过一旦有发现的话，那将是个至关重要的线索。”

只有在气温并不是很高的傍晚时分，人们才走到外面，这是他们一天中唯一的一次出门。一些人坐在树荫下聊着天，旁边的许多人在打麻将的四个人周围围成了一个圆。他听见有人在大声谈论着毛毛。

“我想问问，二十二号半夜，有人在屋子里听到求救声了吗？”他知道这问题毫无意义，听到了也没用，什么都无法说明，好像问话只是为了摆脱面对面无话可说的尴尬似的。

如他所料，没有人听到。

“那么这些打牌的人那天一直玩到几点呢？”

“通常要到早晨，不过那天突然停电了，十二点多就散局了。”

“以前总停电吗？”

“偶尔也会。不过那天刚巧出事。后来我们都说，要是不停电的话，指定有人能听到救命什么的，毛毛也死不了。”

“试想一下，凶犯如果悄悄拉下电闸，也能导致停电吧？”

“不可能，整个社区都停电了，总闸关了，说是要电路检修。”

“哦，这么说并非人为的因素。”他对这刚刚得到的线索却马上又被排除感到失望。

我真没敢往大了想，事实证明怎么停电的真是案子的关键。

“我一直在考虑，毛毛后妈下毒手的可能性会有多大？”

他认出对他说话的是个姓杜的老人，从一汽刚成立他就当车间主任，四十多年来除了“文革”的那几年从没被提升过，也未被降过职。

“随口说说也就算了，”他接过为他卷好的一支烟，“没有证据乱猜是要负责任的。”

“说得对。”杜老爷子抓些烟丝装到烟斗里，点着火，“那么大概什么时候能出来？”

“我也不知道。”让人不愉快的人物关系，乱成一团的线索。他自己都在催促着这场案子快点儿结束。他捏住落在他头上的一只瓢虫，查着上面的星数。二十四颗，从今天起加上二十四，但愿那一天一切都会水落石出。“夏天结束之前吧，不会迟于那时候的。”

他还在门外就听见儿子在屋里哭泣，他妻子气鼓鼓地看着电视。女儿还在学校上自习。

“你看看你的宝贝儿子吧。”

“怎么了？”

“背着我们吃不能吃的肉。”

“洗胃了吗？”

“我让他吐了三回，人家小朋友吃，他也跟着凑热闹，他们是什么人？我们是什么人？”

“你打他了？”

“不然下次还没记性。”

“他这么小，你要对他讲道理，”他有些恼火，“看看他这么小。”

他打开台灯，把几天来得到的线索概括成几个词写在一张白纸上，点起一支烟，在上面画了几条线做些假设。

“老雷？”

“嗯？”

“我今天才知道，力力在幼儿园天天都吃，还问咱家为啥不吃。”

“明天我和阿姨打个招呼，注意一下伙食问题。”

“那有什么用？其他孩子都要吃的。”

“嗯。”他走过去，看看儿子，他一个人在画画。“画的什么呀？”他抱起力力。

“我再也不吃了，爸爸。”他哭着。

“我们给他换一个回族幼儿园吧，老雷。”

“再说吧，孩子长大点儿会慢慢懂事的。”

“你心疼钱。你是我见过的最抠门儿的人。”

“咱们确实没钱，再说他会慢慢懂事的，他已经说不吃了。”

“你想把儿子毁掉，是不是？”她在地板上来回走着，指着他，“要是这日子你还想过，马上换！”

“那莲莲上高中怎么办？”

“你又不是只有这一个女儿。”

“但我也不是只有这一个儿子！”他站起来，打开窗子，虫鸣声、大笑声，以及汽车驶过的声音全都吹到屋子里来。

电话响了。

“喂。”他接起电话，看着他妻子走来走去的双腿。

“有人越过警戒线，很可疑，我们把他带了回来。”

“我说过，叫你们监视就行了，不要轻举妄动。”

“但是不抓住他，他就走了。”

“嗯，稳住他，我这就过去。”他找着刚脱下来的袜子，“力力的事我明天会想办法的，你早点儿睡吧，我待会儿就回来。”

“几点钟的事？”他冲了一杯茶。

“快九点了，是个男孩儿，钻到里面坐在草间有十分钟，什么也不干就出来了。”

“他说什么了？”

“不说，我们也没问他，等您来呢。”

“嗯，”他喝了一口茶，水很烫，摸摸裤兜，发现忘带烟了，“现在他在哪儿？我看看。”

“睡了，或许是太累了。”

男孩儿倒在四把合起来的椅子上，雷奇把灯点亮，看着他。“找出七街口的那段录像。”他吩咐道，“好，靠近，再近一点，注意一下他的脑后的头发，应该是同一个人。”

“这皮箱是那男孩儿带来的，他说他不知道密码是多少。不过我们把它撬开了。”

“里面是什么？”

“钱，我们点了一下，十九万九千九百元，用不用叫醒他？”

“让他睡吧，明天我再问他。”他知道这个警察不抽烟，所以翻着抽屉，看看有没有以前掉在这里的烟。

“问题是，到明天早晨我们就没权力再留他待在这儿了，他走了怎么办？”

“哦，拿张纸，我写一句话，明早给他看一下，他会留下来的。”

“我想知道几天来你和毛毛住在什么地方。”他在纸上写着，“我们应该谈一谈。”

路灯突然亮起来，已经十点钟了。

4

星期四上午我们给你戴上手铐绕着花园走上一圈，你妻子一直跟在你的身后，从不允许任何人哪怕是警察比她跟你靠得更近。她一言不发地合着你的步子走在充满花香的甬道，到现在我也要承认你妻子是我见到的最坚强最勇敢的女人。后来一群愤怒的居民从对面赶来堵住了前行的道路。起先我想按照以往的惯例悄悄走一圈儿告诉人们案子已经真相大白就可以了，并不想让你饱受众人的羞辱。每一个人都努力地盯着你企图将你的形象牢记心中，好告诫他们的孩子作奸犯科没有好下场。你始终微笑着面对众人的羞辱，适宜的惩罚，我知道你心里想的是什么。你以为遭遇这样的羞辱会使你离精神的解脱更近一点。我得说你的确太自私，从未顾及过你那可怜的妻子。你妻子向众人大声哀求却毫无结果之后终于哭了起来。从你被捕之后她第一次如此伤心地痛哭。哭声漫过了人们的辱骂声，狂风袭过树林的沙沙声，池子里不停歇的流水声，仿佛这世界都在因她的伤心而难过不已。泪水流过她的脸滴到地上。一声大雁的哀鸣划过天际，你知道秋天来了。

几个淘气的孩子从家里拎了一筐鸡蛋不顾他们父母的喊叫向你投去，而你保持不变的微笑激起了人们的第二次愤怒。如果不是我们制止，你会如愿地死在乱石之下。一个老人走到你身边和你说了几句话后大声地告诉你他明白你是个可怜的替死鬼。怜悯，这不是你需要的，你冷漠地摇着头。你妻子用袖子擦拭着你脸上和头发上的蛋清。“别哭了。”你劝她，还是那样的笑容。于是你妻子就停止了哭泣，试图露出和你一样的笑容，你因为看着她的微笑难受地哭了。而你妻子此后再也没有哭过，即便是她第三次听到你被判处死刑而已无法继续上诉的时候，即便是她无力爬上高墙只能在墙外听到那两声枪响的时候，都不曾有一滴泪从眼角溢出。那些目睹过她晚年生活的人弄不明白她之所以孤独并不是因为失去了丈夫和女儿，不是因为一个人贫苦的生活，孤独源自于没有泪水陪伴的日子。

由于你妻子连续三天的拜访，律师事务所才尽他们所能找了一位肯来辩护的年轻律师。那些年老的律师谁也不愿意接下这场毫无胜算的命案。你妻子不知道三天的努力换来的仅仅是一位还在实习的学生。开庭两天前那个下午她去狱中看望了你。

"别固执了，就算是为了我。"她把头发拨到耳后。

你发现她头发后面的耳环不在了。

"我为你请来了最好的律师，明天见他一面吧。"

"不要再浪费钱了，我走后你还得生活呢。"

"和他谈一谈，他认为这里面的破绽很大。"

"没有一点漏洞，一切细节都符合证据。"已经背得天衣无缝了。你忍住没有说出口。

"但这个毛毛跟你一点关系也没有。"

"有一件事情我得对你说，"你摸着她的手，"要把耳环卖掉也就算了，你竟然把我们的结婚戒指也卖了。"

"我真后悔和你结婚，后悔了！"她站起来，又慢慢坐下了。

"留点儿钱吧，你又不能跟我一起走。"

她环顾一下四周，掏出两包"三五"悄悄推过去，"收起来，或许会有点儿用。"她笑着。

"你知道，我已经戒了十多年了。"

"现在不一样了，数数你剩下的日子吧。"

尽管你拒绝见律师，第二天十点钟律师还是过来了。你看出他是个新手，这令你不忍心给他带来太多的麻烦。

“钟先生，有关你的事情你太太已经对我讲过。当然，可能里面有夫妻感情的因素，她一直坚持你没犯过这一罪行。嗯，我今天来这里的目的呢，是我必须了解真相。这将有利于我的工作。我想先问你一个最根本的问题，希望你如实回答我。这件事是不是你干的？”

“是我干的。”

他绝望了。接手的第一宗案子，他想，自己的事业竟然是这么糟糕的一个开头。“是这样的，”他推推鼻梁上的镜架，稳定一下自己的情绪，“你妻子证明那天你自始至终待在家里，如果事实并非如此的话，你妻子的行为将构成包庇罪。”他想换个角度去说服你。

“但是她睡着的时候我出去了，这样她就一点责任也没有了。”

“出去做什么？”

“我忘了，”你还没背到这一段，“明天告诉你吧。”

“可明天就开庭了。”

“那时你不是也来吗？”

律师没有什么说的了。事先做好的计划全都落空。他在问自己是不是入错行了。他收起文件，成功与否只能靠自己了。“那我先告辞了，钟先生。想想你可怜的妻子吧。”

你进法庭的时候席上已经坐满了人，没有几个你认识的，你看见你妻子低着头坐在前排。

“被告钟磊，我是长春市中级人民法院的检察官，希望你如实回答我的问题。”

“事到如今，我绝不会逃避自己的责任。”

“案发当日，十二点至凌晨两点的一段时间内，你在什么地方？”

“我走在街上。”

“哪条街？请你详细点儿回答我。”

“靠近花园的七街，街上没有人，路灯每隔几盏便有一盏是坏的，有时我只能借助过往的汽车的灯光才能看清路面。我担心一直走下去我会突然掉到哪口没有盖的井里面，所以我就拐进了较为安全的花园。”你简直要把那段话背到结束。

“等等，我问你什么你就答什么好了。据你妻子证实，你当时一直睡在床上。”

“她睡着时我出来的，这不怪她。”

“出外做什么？”

“天太热了，睡不着觉，出来走走。”

“当天你是否见过这个女孩儿？”他出示了一张照片。

“见到过。”

“你们认识吗？”

“不认识。”

“从你的口供上我们得知虽然你们并不相识，但是你们却谈起话来。”

“嗯，我刚坐到长椅上，手臂就碰到了旁边的一个人，那个人尖叫起来，把我也吓了一跳。我告诉她别害怕，我不是坏人，过了一会儿我们就聊了起来。”

席上有人低声议论。

“你们都说了什么？”

“我问她为什么这么晚还在外面。她说刚和她妈妈吵过架，就跑出来了。我劝她别让父母操心，不要耍小孩子脾气。她问我我的孩子多大了。我说没有。她说好奇怪呀。我说有时想想自己也挺纳闷儿的。”

“这么说你们谈话还很融洽，但是什么事引起意外的呢？”

“她说这么晚还能碰到人算是很有缘了，她要我陪她往前走走，散散心。我就答应了。不过走到一半的时候，我们听到了草丛里的呻吟声。”

“什么样的呻吟？痛苦？兴奋？”

“我猜是有人在干那种事。当时我挺尴尬的。我看不清毛毛的脸，所以我不知道她是什么感受。”

“好，至于草丛里的人是谁，我们现在还无法查到。不过从口供上看，你用一个词来形容你的感觉，欲火焚烧，是不是？”

“或许是吧，不过这还不足以令我冲动，是她先挑逗我的。”

“挑逗？”

人群一片哗然。“安静！请安静！”法官敲着桌子。

“嗯，她说她明白了，我没孩子是因为我做不了这事。我说我能做，只是不想要孩子。她就做鬼脸嘲笑我，自己向前面跑了。”

“哦。”检察官转过身，“你好，张先生，对于您女儿的不幸遭遇我深表遗憾。”

“谢谢。”他坐在原告席上，“我们全家都很难过。毛毛的母亲没有来，她已经无力再承受这样的打击。我妻子也没有到场。家里面始终笼罩着阴郁的气氛。”

“您不必站起来，我只问您一件事，作为父亲，您怎么看自己的女儿？”

“毛毛的妈妈不在身边，我又忙于工作，对于毛毛放纵的性格我负有很大责任。我得承认我的女儿可能会说出这样的话来。”

“好，被告，假设你将她开玩笑的话当成了挑逗，而且后来的事实证明你似乎经受不起这样的挑逗，是不是？”

“不是，我当时没去理她，不过她又说了一句话，我就真的受不了了。”

“说什么？”

“她说她都已经怀孕了，而我到现在还没孩子。”

席间又出现骚动，有人发出了嘘声。

“通过调查，我们得知死者张雨卉确实怀有身孕，而当天死者与母亲吵架的原因也在于此，在这里当然没有必要去探讨这些与本案并不关联的事情。于是你追上去抓住她，是这样吗？”

“是，她不肯做。我掐住她脖子，她大声叫。别喊，别喊，我放了你就是了，我这么求她。不过她死了。”

“从现场上看，你曾与死者发生过性行为，是不是？”

“有过的，我把她拖到草丛里，然后不知怎么就做了。”

“好，最后一个问题，能告诉我你的血型吗？”

“O 型。”

“这是死者左手中指指甲中残留下的血迹的化验单，结果是 O 型。请露出你的右臂，看上面留有伤疤，不过已渐渐愈合。哪一位先生肯上来与我示范一下？好，现在您面对面地伸出双臂掐我的脖子，出于挣扎我自然要抓你的手臂，这是我的左手，在用力抓你的同时，嵌在你手臂里的指甲划破表皮，沾到你的血。伤口和被告的伤疤处恰好相符，嗯，当时就是这样子的。您请回吧，谢谢您。”检察官向自己的座位走回去，“请大家看这张放大的了照片。出于对死者的尊重我们做了些处理。这是一摊血，血的上方被我们遮掩的部分是什么？死者的下体！大家先不要说话，听我把话说完。很显然被告在这次性行为中没有得到丝毫的性快感，反而在另一种更为残忍的行为中达到了自己的性高潮。据我们分析，被告所用的工具应该是一根这么长，即约三十厘米长、五厘米粗的树棍。我的话讲完了，谢谢大家。”

前排有个女人尖叫起来，这使得在场的所有人都表现得情绪激动。法庭要求被告律师发言。

“大家好，受吉林省长春市律师事务所的委托，我将为被告钟磊先生做辩护。”他事先准备的材料全都作废了，细节都这样吻合，对此谁都几乎无能为力。他有种被耍的感觉，终于明白那些老古董为什么把这个机会让给他了。临走前他们还告诉他，只要能让被告免于一死，这就是他的成名作。“方才所论述的问题有一件事完全与事实不符，”他找到一个小小的突破口，“就是我的当事人曾经有过一个孩子，很凑巧，她的小名也叫毛毛。”

“我开始想不起来了，后来才慢慢地弄清楚，是，我们有过一个女儿。”

“大概十二年前，即毛毛四岁时出了事故，我当事人的女儿淹死在水里。”

“那也是我杀的，只不过我这些年都瞒过去了。”你对着律师笑着。

不仅仅是女人尖叫，坐在席上的男人们也跟着吼了出来。“变态！”“杀人狂！”人们一起站了起来，警察拦住了那些向你冲过来的愤怒的人们。“安静，请安静！”没人再搭理法官。律师看了看你妻子，乞求帮助。她还在静静地坐着，十指交叉拄在下巴上，以她那面临毁灭性灾难的悲壮神情茫然地盯着前方。沮丧的律师回到位子上，坐下来，收拾桌上的笔和纸。放弃吧，他想，哪怕因此而毁掉自己的前程我也认栽了。

“现在休庭，”法官急促地敲着桌子，“下午两点开庭宣判！”

“我要走了。”律师走到你妻子身旁，“钱还给你，算我倒贴你的。”

“拿去吧，”她仰头望着他，“我再也不请什么律师了。”

你将稿子拿出来，核对你上午出错没有。终于等到解脱的这一天了，你想，毛毛，爸爸来了。外面下起雨，蝴蝶挣扎着拍打着窗子。

“被告人钟磊，七月二十三日凌晨掐死张雨卉，并对死者做出了极其凶残的行为。谋杀罪名成立，强奸罪名成立。判处死刑，剥夺政治权利终身。如被告不服从此判决，可在十五日之内提出上诉。被告人，是否服从？”

“服从。”

“上诉！”声音从上面传过来，人们回头望去，看见你妻子正一阶一阶向下走来，“我要上诉。”

五

他带着儿子比平常提前半小时来到幼儿园。那些送孩子的家长们在雷奇身后不停地摁车铃表示他们已经到了。几个孩子兴奋地从他前面跑过去，进到楼里。

“爸爸。”

“嗯？”他发现儿子的眼皮还有些红肿，心里有点儿不好受。

“爸爸，你别跟阿姨说了，要不然她不喜欢我了。”

“我不说，我们说别的事呀。还有，以后谁给你也不能吃，记住了？”

“求求你，别说了，阿姨该讨厌我了。”力力松开他的手，停下不走，又哭了起来。

这让他有些反感，这是我的儿子，他想，我雷奇的孩子，这么窝囊。“起来！你是个男子汉，知道吗？”

孩子不情愿地跟着他，

“雷力。”有个女孩儿叫他的名字。

“她叫什么名呀？”他指着那个女孩儿问力力。他看见儿子的腿在抖。“再过一年你就算是个男子汉了，男子汉就要顶天立地，明白吗？怎么会怕阿姨不喜欢呢？”

“阿姨说她要是讨厌谁，谁就一天不许尿尿。”

“她也讨厌过你？”

力力点点头。

“她真的这么干了？”

“我不想尿。”力力将眼泪擦干，“我是个男子汉。”

雷奇倒抽一口气，抱起儿子，那个女孩儿还在叫着他名字。“我们回去。”他用手背抹了一下儿子流出的鼻涕，“力力，爸爸现在就带你去最好的幼儿园，阿姨也漂亮，从那里出来的每一个小朋友都是男子汉。”

他妻子打电话给他，告诉他第一科考完了。

“哦，晚上你去师大幼儿园回民班接力力，知道在哪儿吗？”

“换了？”

“嗯。”他把电话换了个方向。一只苍蝇在里外的两扇窗户之间撞来撞去找着出口。“还有，跟莲莲说，只能考上，自费的钱已经没了。”

“你现在这个时候让我怎么说？”

“算了，别说了。稳定稳定她心态，别有什么闪失。”他挂掉电话，奔警局走去。

几个警察冲他打声招呼。“不好意思，小张，上午有点事。”他拨过去电话，“那个男孩儿在不在了？”

“一大早就嚷着要走。”

“那张字条他没看？”

“看了，不过他要那个皮箱。”

“让他过来吧。”

“你们没权力撬开我的东西，”他一进来就说，“一点权力也没有。”

“坐下吧，当时我不在，不然我不会允许他们这么干的。”

“不用坐，你不就是问一句话吗？告诉你，我们风餐露宿，行了吧？”

他点起一支烟，一阵铃声传过来，食堂这时开门。他看看表，已经停了，时钟在两点多就定住了。他调到十二点整。“对了，你还没吃饭吧？”

“我不饿。”他坐下来，“给我拿支烟。”

雷奇发现他不会抽烟，第一口便咳了出来。“别学这个，不是什么好东西。”

慢慢好一些了，他稍稍吸进去了点儿。“什么牌子的？味儿还不错。”

“你根本抽不出好坏。”雷奇笑了，“你叫什么名字？”

“杜宇琪，怎么我都不认识？”

“哦，久仰大名，幸会幸会。”他想出这句话回应，随后就意识到对方并不想开玩笑，“昨晚你去花园做什么？”

“报纸上写的那儿，我去看看又怎么了？”

“原则上是没犯什么错，不过你应该合作，要是我把所有的疑点都列出来的话，你将有很大嫌疑。”

“我有什么嫌疑？”

“这么大一笔钱是从哪儿来的？”

“捡的。”

“好，你看看这录像里的是不是你？你当时在和毛毛通话。”

“我们认识，所以我才去看看她在哪儿出事的。”

“那么把你的右臂伸出来，我断定有伤疤！”他走过去，抓住他的袖子，捋上去，突然变得很沮丧。

“这是右还是左？唉？伤疤被我变到左胳膊上了？行不行啊？”他轻蔑地笑着，“警察就是一群饭桶，哪个都是！”他踩灭烟头，“再给我拿一支。”他点着烟，没再说话，琢磨着怎么吐出烟圈来。

“我知道不是你干的。”雷奇走回座位，“刚才其实是在吓你。我希望你能配合我，而且我相信你是爱过毛毛的。我不能确定你现在是不是很难过。不过如果你不想让毛毛死不瞑目的话，你最好帮我一把。”

是他吗？

嗯。

杜宇琪？我没见过他。

“说实话，你比昨天晚上那个警察好多了。”

“他们都是些新手。”

“你问吧，不过事先说明白，别逼我把所有的都告诉你。”

"我只想知道我需要的，皮箱是毛毛的？"

"嗯，走前放在我这儿了。"

"你们躲了几天。"

"十五号上午，刚放假时出去的。"

"谁提出来的？"

"这和案子有关系吗？"

"应该是她，因为你没钱。"

毛毛私奔了？

对，而且在外面待了近一个多星期。

那他们去哪儿了？

"我们打算在录像厅里避几天，不敢住旅馆，怕她爸爸查到我们，也没敢马上就走，她爸爸会派人到车站堵我们的。"

"那几天你们吵架了？"

"没有，我一直让着她，虽然我比她还着急。"

"那她为什么要回来？"

"不知道，我们都已经避了那么多天了。本打算再过几天安全了就奔上海，她却要回去，到现在我还想不明白。"

"她说干什么去了？"

"没告诉我，说第二天早上就来找我。我一直等到昨天也不见她来，就过来了。"他捂住眼睛，使眼泪不至于流下来。伤心比恐惧更强烈地吞噬着他的心。

"所以你就这么拉着她，不让她走。"他比画着，"她就将你左臂挠破了？"

"我得说你挺聪明。"他抬起头，笑了笑。

“过来看一下，这块表你见过？”

“是我给她的。她手机停机了，不能看时间了。”

“停机干吗？”

“没电了呀，那么多天。”

“她爸爸打过电话？”

“好像打过，不过毛毛什么电话都没敢接。”

“你真不知道箱子的密码吗？”

“真不知道，毛毛她不说。她走前放在这儿，之前一直没打开过。”

“但里面已经花掉一百了。”

“那我就不知道了，一直用我的钱来着。我都不清楚里面到底有多少钱。”

“有一件事得说一下，我想钱不会让你带走的。”

“我根本就没想要。钱有什么用？毛毛死了。”

“嗯，再抽一支吧。”他递给杜宇琪。

“还有什么问题都问出来吧。”

“最后一个问题，出了这种事，你打算什么时候回家？”

“或许从一开始我们就不该逃出来。我想先看看我爷爷，好好将这几天想一想，然后回家。”

“等下午凉快一点再走吧。”

“不远，走过去就在花园后面。”

“你爷爷是车间主任？”

他点点头。

“你先待在这里，随便吃点东西，我想先去和你爷爷谈谈。你傍晚再走。没什么，想开点儿，总会过去的。”

他走出去，下到二楼又返回来。“还有，明天是毛毛的葬礼，你不能去。别问我为什么。你得珍惜自己，懂吗？要不然或许会像毛毛那样的下场。对了，这半盒烟你留着抽吧。接着。”

从杜宇琪的爷爷家出来，天空已经变成了火红色。他们谈了一个下午。开始是在说杜宇琪的事，后来他渐渐明白杜老爷子对杜宇琪的出走还没有自己了解得多的时候，他们就静静地抽着烟。他留意到作为警察，在杜宇琪的奶奶那里他并不是受欢迎的客人。这使得他在吃晚饭时很不好受。警察是什么呢？走在路上他想着，如果自家没有出事的话，谁会欢迎警察的到来呢？杜宇琪的爷爷过于热情地倒酒时他说自己晚上还有事要办，有什么事呢？他苦笑着。一只足球滚到他脚下。他使尽力气踢回去。几个男孩儿鼓掌喝彩，或许是喝倒彩。去看看女儿考得怎么样，听听儿子的新幼儿园条件好不好。然后四个人就一齐挤在那间小屋子里睡到天亮。好像这就是我不喝酒的理由。他拽了拽衬衫上的衣褶。

5

虽然雨并不是很大，但断断续续地下了三天。第二天下午三点钟从窗外飘进来落在你妻子脸上的雨将她弄醒了。拉开窗帘，由于前夜的疏忽没有合上窗户，窗帘全部被淋湿了。她看着街上撑着伞艰难行走的人们，在雨停之前不打算做任何事情。从抽屉里翻出两片安眠药吃下去，重新躺到了床上。

等她再睁开眼睛的时候透过窗帘看到了模糊的阳光。她蹚着水流一路逆行走到了图书馆。整个下午她坐在潮湿的长条椅上匆匆翻阅了七本法律书，每一本都如石头一般厚重，足足有近两千页。她伏在桌前刚一闭眼就明白自己其实什么也没记住。对于一件不存在的事情，她始终坚信法律的程序并不能将其改变。她把七本书依次放回了原位。离开前，写下的那些像迷宫一样玄妙的笔记被她一张张铺在了图书馆椭圆形的桌子上。

科长在她煮面条时给她来了个电话，这使她想起自己已经快一个月没上班了。在电话的那边科长告诉她这件事已在单位所有人的口中传开了。“人人都想帮帮你，包括我在内。”他问她有没有什么需要帮忙的。

假惺惺的作态，她对此感到厌恶，强者在对弱者的同情中得到令他愉快的成就感。“没有。”她觉得回答完全是出于礼貌。她应该不说话。

“我们会给你放假，直到这场官司结束为止。你有多大把握？”

她听出对方是在压着声调说话。他应该笑，不是吗？把他心中所想的全都表现出来。“我不打算回去了。失去了这些，那失去一切都无所谓了。我要辞职。”

“没什么，我会一直留着你的工作，到你能来的那天。”

“辞掉我吧。”她摁着“5”键，话筒里传出长音，像是在鸣笛。

她去看了她丈夫。

她近在咫尺，你却无话可说。你告诉她，这几天你很平静。“别再去做那些徒劳无功的事了。”

“你为什么这么干？”她没理会你的话。

“不知道，可能是我实在受不了那女孩儿的嘲讽。”

她扭过头，长出口气。“我是说谁编的？这么圆滑的故事！”

“那是真的。你不知道，你睡着了。”

“要不是有这张桌子，我告诉你，我真想上去揍你。”

“可我比你还想揍我自己。”

“听我说，我们回去吧，我们回去好好过日子。你就算是为了我还不行吗？”

“法律不会允许我这么走的。”

“我现在才明白，”她站起来，她要走了。你突然很想留住她。“你真的很自私。”她说。

她确实没有请律师，上一个年轻学生临场的惊慌失措早已让她对所有的律师都丧失信心，尽管十天内她天天都往返于律师事务所和你那因无人清理而凌乱不堪的房子之间。前后她找过四个老律师。每一个律师在听完你妻子伤心的讲述之后都认为是场必赢的官司，然后在晚上他们花了两个小时翻看了你的口供和一审的陈述报告后，都改变了他们乐观的想法。

“我发现这和你昨天告诉我的没有一点共同之处。”

“不过这些都是他们设计的圈套啊。”

“我理解你的心情，但你不应该由着你的主观意愿随意捏造吧？”

“事实就是这样的。”她语气缓慢下来。这是她找到的第四个律师，看起来也没什么希望了。她准备离开。

“这样也好，”老律师在她出去后自语着，“不知道真相，至少不用承受那么大的打击。”

三分钟后她又回来了，原先扎起来的头发全都散开。她坐回原位。“一点希望也没有吗？”

"呃，一个人自首，承认自己的罪行。"他坐起来思考着，"对！从他精神状态下手。就是说，要是证明他当时的精神处在一种极度错乱的状态下，就能让他免于一死。不过这可能更不好，他的下半生只能在精神病院里度过了，你考虑考虑。"

"我们女儿刚死的那一年，他确实有些精神不正常。"

"这里不是说他已经承认女儿也是他杀的吗？"

"那年他疯的时候也是这么说的。"

"死亡证明是怎么开的？"

"完全是场意外事故。"

"哦，这样做，证明他那时就疯了，而这一次是他那时精神错乱的延续。"

"怎么证明呢？"

"很容易，找到那时接触他的人，邻居呀，同事呀，就可以了。"

"我明白了，谢谢您。"你妻子笑着出去了。不一会儿又推门进来了。"真的谢谢您。"她深深鞠了个躬。

三个小时后你妻子坐上了去吉林市的汽车，你们十几年前曾生活在那里。她坐在颠簸的位子上睡了一个小时。人们不时发出哄堂大笑让她不得不醒过来。所有人都在盯着前面的电视，里面在回放着春节晚会的小品。不知道为什么，原来喜欢的东西现在也令她感到厌倦。她转身看着窗外，汽车驶过溅起一片一片的泥水。几头牛在地里啃着草。快进市区了，她盘算着，还有四十分钟。人们又笑了，旁边的男孩儿不小心将可乐洒在她从家里翻出来的晚礼裙上。男孩儿并不知道他犯了错，仍然痴迷地看着电视。她用纸擦了擦。反正现在一切都无所谓了，她看看电视，是挺有意思的。她随着人们笑起来。笑星在高潮后退场了，电视里传来一阵掌声。车上的人还在笑个不停。她觉得自己似乎从未这样开心过，以至于笑得泪流不止。

当天晚上你妻子拜访了吉林的一些朋友。有些人已经搬家了，她对着门牌号歇了一会儿便奔向下一个朋友家里。意外的是，有几个原来关系很好的邻居由于疾病和车祸，或是工伤，几年前就离开了人世。在安慰那些邻居家里人时她心里很难过。几年后或许她就扮演着他们的角色。对于她找到的故人她没有直接表明自己的来意，她请他们第二天上江苏路的海鲜楼吃顿晚餐。

一共来了七个朋友，刚开始你妻子就表情严肃地向大家敬酒，然后就一语不发地坐下来。有人问她是不是碰上麻烦了。

她不停地叹气，“去次长春吧。”

“最近工作太忙了，怕抽不出空。”他们不想去。

“所有的一切损失我来承担。”她倒满每个人的杯子，“钱，现在不花，以后就一点用处也没有了。”她站起来，想起自己的裙子上留有可乐的黑色痕迹，又坐下来了，“来，愿意去的和我干杯。”

尽管七个人都和她碰了杯，但开庭那天只有两个证人到场。不过这已经让她很知足了。

直到头一天晚上，有个陌生人来找你谈话时你才想起二审的日子到了。我已不愿意再去做这种事情。总有一天他也会愧疚不安的。

你感觉好像在哪儿见过他，随后你又自嘲这只不过是对所有戴墨镜的人的相貌都无法区分罢了。

“上次你做得很出色。”

你奇怪他什么都没带来。“呃？”可能他并不是你的律师。

“我说的是一审，你表现得不错，没有任何细节上的漏洞。”

你明白他是来干什么的了。

“明天就开庭了。我想看看，那一起事情你究竟忘了没有。”

“有时候我怀疑那件事就是我干的。或许我忘了，不过目击者把它一五一十地写给我，我才回忆起来。”

“这样一来你受苦的日子马上就要到头了。”

“嗯，赶快结束吧。”

“好，那我随便问你几个问题，看看你还记住多少。那天晚上你几点钟出去的？”

你想起他是谁了。请问被告，案发当日，十二点到凌晨两点的一段时间内，你在什么地方？哪条街？请你详细地回答我！出外做什么？你们认识吗？好，最后一个问题，能告诉我你的血型吗？

“你给我听着，我做了什么我自己知道，我现在很清醒。以前我可能忘记过一阵儿，不过现在我什么都记得一清二楚。用不着你来考我。”

“那就好。”他面对着你倒着走出去，“那就好。”

六

去参加毛毛的葬礼之前他嘱咐自己女儿答卷时一定要仔细。

“我都说了，我根本就不是学习的料。”这是女儿说的唯一的一句话，之后她用勺子将扯下来的一段段油条压到豆浆里。

“别说了。”他妻子在他身后小声说，“她昨天没考好。”

那些油条像沾满水的海绵一样在碗里上下起伏，但莲莲却没有要吃的意思。她心不在焉地将豆浆搅成旋涡。

“那些小朋友都不认识我。”他儿子站到椅子上去拿糖罐。

“莲莲，只要你想念书，不管考上还是考不上，爸爸都花钱供你上学。”他看着女儿，希望能看到她眼神里的答复。然而女儿始终垂着头。反倒是碰到了他妻子的目光，他觉得妻子在嘲笑。是啊，哪还有钱了，他想着，突然觉得有些对不起女儿。“把那套西服找出来，”他起身洗手，“我得上班了。”

虽然他想过张先生应该有些号召力，但确实没想到会有这么多人参加葬礼。即使殡仪馆安排了最宽敞的大厅，还是有好多人没有座位。而且人还在陆续增多。在人群中他想去看看毛毛的妈妈，绕了大厅一圈儿也没找到。后来他想起毛毛的爸爸也不在场。所有表情严肃的客人都由几个年轻人招待。他看见杜宇琪的爷爷带着他的小孙子从外面走进来。可能是外孙，他有点拿不准。有人把灯打开，拉上了黑色的窗帘。他想过去和他打个招呼，顺便问问杜宇琪现在怎么样了。一位很漂亮的小姐拦住了他。

“请这边坐吧，刚刚加了些座位。”她微笑着给他领路。

“人太多了。”

“是啊，待会儿市长还要过来呢。”

“这么大的排场？”

“再大的排场有什么用呀？人都死了。”

“嗯。来的人心里都不舒服。”

“您坐这儿吧。”她掏出一个笔记本，“您是？”

“哦，是个邻居。”

“您总不能让我这么写吧？”她笑了笑。

“哦，杜宇琪。我来写吧。”

坐在他旁边的那个女人不停地流泪，她用一团手绢反复抹着眼睛，不一会儿她哭出声来。

“你是毛毛的亲戚吗？”他想分给她一部分同情。

“这么年轻的姑娘，死得多惨啊。”她展开手绢，反过来又卷成一团，“我看你是个好人，我女儿叫赵佳，这么高，和毛毛差不多大，要是你看见了千万要劝她回家。”

“怎么了？”

“星期天晚上她被我骂跑了，都后悔死了，我怕她也出事啊。”

“不会有事的。”

他左边的男人盯着大厅的钟表，“什么时候能开饭啊？”雷奇对他笑了笑。

“我都三天没碰一滴酒了。”他打着手势，“三天。”

“你是混进来的？”

“你也是？”他看着雷奇的表情，“哈哈，我一看你报姓名就明白了，犹犹豫豫的。”他拍拍雷奇的膝盖，“到时候咱俩拼拼酒。你喝啤的还是白的？色的？”

雷奇点点头。“开始了。”

张文再先走到前面，说了几句悲伤的话。然后大家都站起来默哀三分钟。哀乐令雷奇很难过，一百多秒里他回想了自己前半生的碌碌无为。乐声结束后是一个个领导讲话。他听不清、想不通那些人都过来做什么。好像是大人物们的一场作秀，他知道从这些讲话里得不到什么线索，还好他们不至于又把那些市政功绩的陈词滥调搬到这里。到最后他也没看到毛毛的母亲和张先生的妻子，那是他最想见的两个人。

他离开座位，走进休息室，看到了毛毛的后母。这是他第一次见到她，他感觉她并不像人们谣传的那样妖艳。她穿着一身黑连衣裙。

“几天前我已同你丈夫谈过了。”

“他现在在里面，一会儿就能过来。”

“我那天就想找你谈谈，正巧你不在。张先生说你受到的打击很大。”

“当时是这样。我确实挺不好受，我一直都很疼毛毛，但你知道更大的打击是什么吗？就因为我是后妈。人们都传疯了，说我把孩子逼死的。后妈怎么了？就不是人了？要是毛毛活着你去问问她，我对她怎么样？小的时候我把她当女儿，大了我当她是朋友。十多年来我们连嘴都没拌过一句。”

“我能理解，那只不过是不知情的人的胡乱猜测，没什么，我今天来是想找你了解一些事情。”

“我丈夫不是已经跟你谈过了吗？再说我知道的也不比他多。”

他凝视她的眼睛，足足有一分钟，直到她转过脸去，装作和别人打招呼的样子。“我想还是问几句吧，这是我的工作嘛。”

“嗯，最好还是抓紧，我还有些朋友没招呼呢。”

“毛毛死前一直待在哪儿？”

“家里呀，就因为那事，她爸不让她出门。”

“你们也不让她洗澡？”

“什么呀？”她笑起来。

“她的衣服和身上都很脏。”

“啊，可能，可能是出事时她滚在地上弄脏的吧？”

“也不让她刷牙？她的牙上有很多牙渍。”

“她自己的事儿，我怎么管得着！”

“有道理，也不让她洗脚？也不让她洗袜子？”

“我不知道，”她脸红了，“我真的什么也不知道。”

“好，当天夜里十二点你丈夫出去干什么？”

“你是审问我！”她有些头晕，指尖顶住太阳穴，她想倚着什么靠一下，但四周空空的。来来往往的人没有注意她。“你把我当成罪犯审！”她指着他，开始摇摇晃晃。

雷奇在她彻底倒下去之前扶住了她。人们迅速围成一圈。很多人胸前的白花挤掉到地上，人们踩着碎花瓣将她抬到家里。

“我告诉你，你不过是个警察而已！你还不清楚？”张文再在电话里咆哮着。

“我很清楚这一点，对于这件事我向您道歉。”他刚开一瓶啤酒，就接到了电话。

“道歉？你怎么吓她的？你给我讲明白！”

“还是您亲自问她比较合适。”他喝下一口酒，很凉，到胃里怪舒服的。

“她还在昏迷，你知不知道？我警告你，要是她有什么差错的话，你就等着瞧吧。”

“喂，您先别挂。我真是很抱歉，我想跟您打听一下，您还有钱付昂贵的医疗费用吗？”

“我请你再说一遍，雷队长！”

“我是说要是您缺钱的话，我这儿有二十万借给您先用着。”他把酒一口气喝下去，“哎呀，真是不好意思，已经被您女儿花了一百。”

那边一阵沉默。

“您还在？”

“那个男孩儿在哪儿？”

“谁呀？”

“杜宇琪。我知道他今天来了。”

“来了？”

“别跟我装糊涂，我这儿有记录。这样吧，明天我打电话给你，我们谈谈。挂了吧。”

他收起电话，又要了一瓶华丹，一股白气从瓶口溢出。吊在天花板上的风扇断断续续地吹着，一只瓢虫安稳地伏在扇叶上。他起身结了账。

“小张，查出毛毛的父亲张文再、母亲袁南和后母朱珍珍的资料，找到后告诉我。”

“有人在里边等你呢。”

“谁？说干什么了？”

“是个女人，她说找你，是不是家里的事？”

他向里走去，推开几道门。“让你久等了。”他走过去合上百叶。

“雷队长吧？我是宇琪的妈妈，他今天早上到的家，我们问他跟谁走了去哪儿了，他也不说。他父亲又发火打了他一顿，总是这样。我就想过来问问您，他都对您说了吗？”

“他让你来找我的？”

“嗯，他说我要是想背着他偷偷来的话，就找您好了。”

“他一定还说我还不算是个最蠢的警察。”

“怎么会呢？”她有点紧张，“他都走了十多天了，连去哪儿了跟谁走的都不告诉我们。我只想问问您，他和毛毛那事有关系吗？”

他点起一支烟，有人在外面尖叫，他警觉地拨开百叶望去，一切都很正常。

“一个多月前我们知道他惹祸了，他一走我们就着急了。找了好多同学才问清楚，原来那女孩儿是毛毛，我们认识的。”

“然后你们去毛毛家里了？”

“是啊，出这么大事双方家长得一起解决啊。我和他爸就去了，但人家毛毛没跟我们宇琪走。”

“没走？”

“是啊，毛毛是去她妈妈那儿住了，跟宇琪压根儿就不在一块儿。她爸爸要留我们吃午饭，我们哪有心情吃呀！她爸爸真是个好人，他说怀孕的事情他也有责任，太娇惯女儿了。不过他打算先让毛毛平静一下，再去堕胎。他叫我们别有太大的负担。宇琪他爸一个劲儿地道歉。她爸爸说尽量多派些人帮忙找宇琪，劝我们先歇歇，在家等信儿。想想也是，长春这么大，连他在哪个方向都不知道，就我们两个人怎么找啊？”

他究竟在隐瞒什么呢？

我那时就在想。看得出来他怕那两个孩子被找到。

“你先回去吧，应该没有事的。不过，这几天别让杜宇琪跑出来了。”

“他爸爸打算一直在家看着他，直到他心收回来为止。”

“不上班了？”

“工作重要还是儿子重要？”

宇琪的妈妈离开后他一个人靠在屋子里。要是我处在这样的家庭，他想，我也要跑出来的。

“我查到了，”小张走进来说，“张文再现任市财政局局长，而且这两年政绩不错。”

“你好像对我讲过这些。”

“哦？袁南在铁北自己单独生活，以前做过银行出纳员。朱珍珍现在待业，算是家庭主妇。”

“没有工作？”

“不过，她父亲是朱宇龙，就是三年前去世的那个副市长。”

“还有吗？”

“嗯，刚才市长来电话，说那天晚上张文再是去市政开个紧急会议，市里好多人都可以证实。”

他拿出烟，但并不想点着，用打火机燎着烟身。

6

“请问您的姓名？”不是昨天找过你的那个检察官，看起来这个更胖一些。

“李巧凤。”这是你妻子带来的第一个证人。你仔细观察她，确定以前你认识她。

“您现在从事什么工作？”

“十多年前我就退休在家了。”

“李太太，您应该清楚在做什么。我将问您几个问题，您必须如实回答。作伪证是要负法律责任的。”

“这我明白，我已经老了，说不出什么假话来。”

“您什么时候认识被告的？”

“让我想想，十八年前，差不多是那时候，我看着他们小两口结的婚。那时他们刚搬过来，什么都没有，就一张双人床，东西都是后来慢慢买的。”

“其间你们做了几年邻居？”

“五六年吧，后来他们搬走了，好像是全家来长春了。”

“我们为什么要走？”他呆呆地站在屋子中央看妻子收拾衣服，“而且还去那么远的地方，那我的工作怎么办？”

“你已经把工作丢掉了，你忘了？单位把我调过去的，我指定能帮你找着工作，你不是会游泳吗？一定能找得到。”

“但我们可是在这儿过得好好的呀。”

“好好的？过得一点儿也不好。赶快收拾一下吧，四点钟车就来了。”

汽车驶过扬起一米高的尘土，妻子看着随风翻动的麦田。后面传来叮叮当当的声音，天色渐渐暗了下来。

“还没到那儿家具就得撞散架了。”

“没关系，我们可以重新开始。”她激动地流出眼泪，“最坏的未来也不会像原来的日子那么糟糕。”她回望来路。再见了，吉林，我们永远也不回来了；再见了，伤心之地。

“那么在这五六年里你和被告的关系怎么样呢？”

“前几年我们相处得特别好，他们刚结婚，一点过日子的经验都没有。有一次竟然问我煮肉要先放盐还是后放盐。还有，小郭怀孕的时候连什么该多吃什么又不能吃都不知道。”

“就是说，被告其实是个很好处的人喽？”

“不是，后来我们有点小过节，当时事情闹大了，两家差点儿打起来。”

“小钟，你这几天见着我家贝贝没有？”

“哎哟，李婶，您家狗找不着了，问我有什么用啊？”

“小钟，过去咱可一直都不错。我就跟你明说吧，有人看见你把贝贝勒死了。”

“怎么会呢？您说我能跟只狗一般见识吗？”

“你损我？”

“那我可不敢。您再去好好找找，至少活要见狗死要见尸呀。”

“我想邻里之间，忍忍算了。只是我儿子忍不下这口气。”

“我说钟哥，你今天下午怎么跟我妈说话呢？”

“以礼待人呗。”

“我问你，我们哪儿惹着你了，干得这么绝？”

“你还真没怎么着我。你家狗可是把我们毛毛吓着了。”

“那你吱声不行吗？”

“我跟没跟你说过？狗还不照样撵着我们毛毛跑吗？你过来看看，这孩子天天晚上做噩梦。”

“那你告诉我，我把狗牵走还不成吗？”

“哼哼，再跑到我家来？我可养不起。”他把烟点着，长吸一口。

“你他妈玩我呢是不是？”他抓起钟磊的衣领，几个邻居跑来拉开了他们，“你给我等着，你不是怕惹毛毛吗？到时候你就知道什么叫怕了。”

“当天晚上，他扔石子砸我们家玻璃。”

“楼上的，听好了你，其他人也都给我听着，以后谁要是敢动我们毛毛的一根指头，我跟他玩命。”

“之后我们一直都很僵。不过后来我都明白了。不然我也不能来这儿。”

“您在当时觉得被告精神有些不正常吗？”

“没有，他太疼他女儿了，这事我能理解。”

“被告的女儿最终还是不幸夭折，这您知道吧？”

“知道，我当时正做饭就听外面有人哭。我头一次听见这种哭声，好像是在放声大笑，其实这是最伤心的时候。我推开窗户看见小钟抱着毛毛往这边走。毛毛的头朝后仰着，两条小腿耷拉下来，像条柔软的蛇躺在他胳膊上。他后面跟着几个人。”

“怎么了？”妻子跑出来，“毛毛。毛毛！”

“嫂子。”一个年轻人从他身后走出来，“她死了。”

“毛毛，妈妈来了，看看我呀。”她摸着孩子的脸，抬起头，“淹死的？”

没有人说话，一些好奇的人围了上来。

“你没去救她？”她拽起钟磊的衣服，“你想害死毛毛，她可是你的女儿呀。”

“是我的错，”他还抱着毛毛，冷冷地看着周围的人，“你们散开吧，滚！”

人们离开了，只是那只蝴蝶飞来飞去还不走。

“我的错。”他呆呆地说。

“他太疼毛毛了，一直就这么难受。过了那么久，小郭都慢慢恢复过来了，他还是那样子，也不上班，自己不下棋天天看着人家下棋，一看就是一天。有时候就在台阶上那么坐着，一支接一支地抽烟，跟谁也不说话。有时候我也想劝劝他。”

“小钟啊，你说李婶对你怎么样？”

“您是个好人，以前我有对不住您的地方，别放在心上。”

“那你就听李婶一回劝吧，都这么长时间了，你别太难过了。再说除了毛毛，你还有小郭呢，还有你自己呢！”

“李婶，您是好人，我不多说别的了。”

“趁你俩现在还年轻，再要一个孩子吧。”

“我不要了，就是生一百个里面能有毛毛吗？毛毛都死了。”

“但你还得过日子呀，总不能下半辈子就这么活呀。”

“李婶，您不知道毛毛死在我手里，我杀了她，还怎么指望下半辈子过什么快活日子呀？”

“您觉得被告说杀死毛毛的话正常吗？”

“没什么不正常的，毛毛是和他一起游泳时出的事，他是有点责任，只不过他太往心里去了。还有，他又那么疼毛毛。”

“好，李太太，今天麻烦您了。最后我还得再说一遍，您确定您的每一句话都是事实吗？”

“我老了，不可能说假话的。一辈子我都没撒过谎。”

你站在小小的正方形里，这使你想起好多次过马路的情形，不知道向哪个方向迈步，只等着有人把你领出去。很奇怪今天他们并没有问命案的事情，你想不明白这些和惨案有什么关系。你找不到你妻子，她在外面陪着另一个证人。这些证词构建着你的过去，你相信这里的每一句话，只是始终想不出自己是怎么瞒天过海的。

你妻子和证人一起走进来的，她坐在上面的空位子上，始终保持着那种面临灾难的悲壮的神情。

“我叫董三川，”开始他有些不自然，“是钟哥的同事，也是他朋友。”

“董先生我将问你一些问题，你可以拒绝回答，但你必须保证你说的话不能有一句是假话。否则你要负法律责任。”

“我知道这些，你问吧。”

“好，你是什么时候认识被告的？”

“从我刚进厂。开始我们没说过话。有一天钟哥格外兴奋，只要他碰到一个人，不管见没见过，都要拉住说几句话。”

“你知道吗？我媳妇给我生了个姑娘，又大又胖，有七斤重。原来我以为是儿子呢。不过这样也好，把女儿养得漂漂亮亮的，下了班别走，晚上一起喝酒。”

“你叫他钟哥，看得出来，你们关系不错。”

“嗯，我特敬重他。钟哥很顾家，比如这么多年他每天都打比别人多的菜，但自己不怎么吃。”

“你这是干吗呀，钟哥？”

“给毛毛带回去。我给她惯出毛病来了，现在她就爱吃食堂的菜，我做得再好也不尝一口，弄得我周日都得特意跑过来。”

“小孩子能品出什么来？你做好放到饭盒里不就得了。”

“这主意倒是不错。不，不行，要是让毛毛发现再学着去骗人家？

还是算了吧。”

“就是说你也看出他很疼毛毛？”

“说真的，我从没见过有谁比他还爱自己的孩子。没事他就提毛毛。”

“毛毛会说话了。三少，你说我先教她点儿什么好？”

“爸爸妈妈。”

“她就会说这俩词，再想点儿别的。”

“那你教她 XXX。”

“不会说话就给我滚蛋！嗯，这样吧，我教她‘爱’，人一辈子不就活这一个字吗？”

“尽管被告始终很爱自己的女儿，然而遗憾的是，不幸的是女儿还是夭折了。”

“其实那天我也在场，开始我不知道钟哥也来了，松花江游泳区那么大，谁看得着谁呀？后来管理的人清场不让游了。我就看到上岸的人都往人堆里扎，我知道出事了。”

他双膝跪地大口吸气，弯下腰吐到女儿的口中，双手不停地压着她的肚子。有时会有一股水从她嘴角流出来。没用，还是没用，几个穿救生服的男人从人群中挤进来。

“滚开，都给我滚！”他又弯腰向毛毛口中吐气。太阳直射在他头顶，这是一天中最热的时候。

“没用了，孩子死了。”救生员静静地说。

“死了？”他看着毛毛被水泡过的皮肤，由于充水而鼓胀的肚皮，像一只浮在水上翻过来的死鱼。他听到它在阳光下发出嗞嗞的响声。

“钟哥！”董三川推开人群跑进来，“钟哥。”

“毛毛死了，”他合上女儿的眼睛，将毛毛抱起来，“毛毛，爸爸带你回家。”

“据我们所知，此后被告就再也没有上过班。”

“我警告你，”董三川指着他，“别看你是法院的，我照样不惧你。你不叫钟哥名字可以，但我可不想听你一口一个‘被告’地叫！”

检察官不失风度地笑了笑，好像是表示理解对方此刻的心情。“我们继续说吧。”

“确实没再来过单位，我去找过他。”

“钟哥，这是厂子给你的一点儿钱。”

“走吧，把它全喝光。”

“我不想扫他兴，这可不是一笔小数目，换作平常我不可能让他这么浪费的。”

“钟哥，别太往心里去。这事总会过去的。”

“别废话了，喝酒。”

“钟哥，一个多月没过去，我们都想你了。”

“告诉厂长，我这辈子都不会去那狗地方了。”

“钟哥，你……”

“喝酒！”

“他变了不少，一句话也不说，我们一直喝到最后。”

“三少，不是我喝醉了。真事。”他凑到他耳边，“毛毛是我杀的。我明天，呃，就自首去。”说完他倒在桌子上。

“我送钟哥回去时想安慰嫂子几句，结果倒是嫂子叫我别见笑，钟哥醉成这样。我得承认，嫂子是我见过的最坚强的女人。”他竖起拇指，“钟哥，你真有福气。”

“那你听到他说的话后，你当时是否认为他的精神已经错乱？”

“没有。他很正常，虽然他喝了点儿酒，但说的不过是责怪自己的话。我知道那种内疚让钟哥受不了了。还好，没几天我再找他的时候，他已经去长白山了。”

“去他叔叔家了，我求他好几天他才走的。”

“也好，嫂子，出去散散心，比闷在家里强多了，钟哥什么时候回来？”

“快，等他病一好就回来，不会太长时间的。”

“从那以后我就再没见过他。前几天我才听说钟哥在长春碰上事了。”他转过来冲你喊，“钟哥，钟哥！还认得我吗？我是三少啊？你要挺住，钟哥。挺住就是这个。”他竖起拇指，“到时咱喝酒去。”

“酒戒了，烟也不抽了。”你笑着掏出两盒“三五”，“这个我用不上，你拿去抽吧，三少，算给你留个纪念。”

“秩序！请维持秩序！”法官敲着桌子。

所有法官都一个样，说不出话，就知道敲桌子，你冲法官微笑着。

“我的问话到此结束。董先生，你能保证每一句话都是真的？”

“当然。”

“好，女士们，先生们，”和上次不一样，这次没几个人来旁听，“一审的证据足以认定被告钟磊的罪行，而此次公审的核心是被告是否患有精神分裂症，或者是否曾经患有此症。可以证实被告现在一切正常。而从方才两位证人的口述中，我们可以得出结论：被告当时并无此症。两位证人也一致认为被告的一些胡言乱语只是失去女儿的一次短暂的打击。因此，我建议维持原判。”

“被告人钟磊，谋杀罪名成立，强奸罪名成立，判处死刑，剥夺政治权利终身。”法官似乎只有在这时候才能说上几句话。

“不服从！”你妻子在上面站起来，悲壮的神情，“上诉，我要一路告到中南海！”

七

到家的时候天已经黑了，还是有很多人在树下聊天；邻居们那么小声地议论着，他经过的时候还是听见他们在说什么，还是明白那些人为什么偷偷指着他了。从电影里他看到过太多这样的场景，他知道这意味着什么。他躲着邻居上了楼。

“终于结束啦，爸！”他女儿看见他进来就跑过去。

“感觉怎么样？”

“比我想的简单多了。其实我昨天说没考好是不想给自己增大压力，要不然今天还能发挥好吗？”

“她要出去。”他妻子织着毛衣说，“这么晚了，我不许她走。”

“所以你就告诉我你考得有多好，想让我一高兴就放你走是不是？”他笑着把力力抱起来。

“哪里呀，人家就是考得好嘛。”

“其实考不好我也不怪你，我一星期都把你关在家里，成绩就变好了？几点回来？”

“十点之前。”莲莲一路跑下楼。

“你们都当我不存在，对吧？”他妻子放下红黑两色的毛衣。

他没说话，看着这一天的调查结果，在脑海里虚拟着事情发生的几种可能。

“你这么晚让她跑出去，出事怎么办？算你的？”

他把儿子放到床上。“力力，今天又认识了几个小朋友呀？”

“我说你真把我当成透明的了。我还是不是这家里的人？”

“别说了。”

“有本事你就永远别说话。”

“我们的房子已经够小的了。”

“那你得问问你自己怎么混的。”

“我们有两个孩子，让哪个撞见对你有好处？”

“是你自己找吵的，还怕丢人？”

“哼，这么小的房子，已经住了四个人，可偏偏又要有第五个进来睡。”

“你什么意思？”

“我去下棋。”他从床底拽出象棋下楼了。

“几天没见不会下棋了？”

“摆棋摆棋，再来一盘。”雷奇点起烟，“我他妈的是长春最窝囊的男人！”

“输三盘而已，发什么火？”

“嗯，你会下棋吗？”他问旁边观棋的男孩儿。

“会，要不然我待在这儿干吗？”那个男孩儿从第二盘中局就蹲在旁边静静地看。

“会下就好，象棋是个好东西。”雷奇跳了步马，抽一口烟，“哪个狗娘养的给我扣绿帽子！”

他停住看着雷奇。

男孩儿看见一个骑自行车的老头儿慢悠悠地从他们身边经过，他起身追着老头儿往家跑。

“呵呵，你把人家孩子都吓跑了。下棋吧。”

五楼阳台上有个母亲在喊儿子的名字，楼下没人答应。过一会儿她穿着拖鞋跑到外面，一边走一边喊，后来她哭着过来问雷奇见没见到一个男孩儿，“我儿子，就这么高。”

“刚才还在这儿呢，是不是回家了？”

“哦。”她向原路跑回去。

“没想到，你人品还不赖。”

“你还不知道我是干什么的呢。”

“警察，我知道。”

“哦，我也感觉以前办公务的时候见到过你。”

“不是，你妻子告诉我的。”

“你认识她？”

“才认识的。”

雷奇抬头看着他，又拿起一支烟。“我以为你们没见过面的，”他用打火机点上，“下棋吧。”

“我们几天没下过棋了？”

“有一星期了，我得办案子。”

“嗯，前两天我在这儿等着你也不见你来，后来我上楼去找你才认识你妻子。邻居都看着我进门。你一直不在。”

雷奇坐直身子，踩灭了没抽几口的烟。“我想他们是误会了。你收拾残局吧。”

凌晨三点钟，他上床前关掉手机，拔出了电话线，在纸上写着“别叫醒我，我要睡觉”。虽然他确实累了，却依然睡不着。他明白那些邻居不会无聊到去说些捕风捉影的事情，但是他没证据。如果抓到了又会怎样？难道让我去毙了他们吗？尽量想点儿别的，想女儿，想儿子，想“毛毛惨案”。什么都令人厌烦。别叫醒我，我要睡觉。

他觉得他是被太阳晒醒的。阳光刺眼，他翻了个身，从床头抽出一支烟，家里人都出去了，只剩他一个人。他起身看看妻子在桌上留下什么字条没有，只有那张“别叫醒我，我要睡觉”的字条。他突然有些不理解夜里为什么会有想要休息一天的念头，还有好多事情等着他办的。他看了一眼钟表，已经下午三点了。他想起张文再说是要找他谈话的。

“喂，小张。”

“雷队长啊，是我，王力新。”

“哦，上午有人找我吗？”

“没有啊，不过下午局长来过了，正巧你不在，我们说你病了。给你打电话都打不过去。”

“他说什么了？”

“他问这案子谁办，我说是你。他就问你哪儿去了，我就说雷队长请病假。他让我们尽快破案，说市里很重视，要是觉得力不从心的话，市里要派专人下来。”

“对，小张呢？”

“送医院去了，被人打伤了。”

“打伤了？”

“嗯，有个疯子跑过来自首，说他是杀毛毛的凶手，说的前言不搭后语，小张叫他回去。他不干，就砸伤了小张。”

“自首？怎么说的？”

“没做笔录，反正和这案子没一处相符的，别理他，他都来两次了。我们正扣着他呢。”

“好，我一会儿过去问问他。”

“局长当时也在场，整个场面乱糟糟的。他一挥手，谁都没明白是怎么回事，小张就倒下了。”

他挂掉电话，打开手机，从呼叫转移看看这一天有谁找过他，九点十一分，局里的，十点钟还打来一次，下午两点多一次，没有别人打过电话给他。

“喂，你可真够沉得住气的，张先生。”

“谁？啊，雷队长，沉不住气的是你。我是受害者家属，而你的工作是查案。我看你该比我着急吧。”

“那是开始，等案子查出来就不是这么回事了。”

“好啊，那时你我都高兴，毛毛也得以瞑目了。”

雷奇笑了一下，“你就没想过到时候怎么庆祝？我劝你还是提前庆祝吧，不然到时候你就没什么心情了。”

“你是指那二十万我拿不到吗？无所谓，就算留给你们做经费了。”

“我要见见毛毛的母亲。”

“因为这事她受了点刺激，我送她去长白山了。”

你真的不在，我当天去了，几只猫饿死在屋子里。

我有点儿记不清了。

“大娘，这家里的人呢？”

“哦，你说小袁？走了，她丈夫把她接走的。要不然她得死在这里。”

“怎么了？”

“疯了，听说她闺女死了，她成天坐在树下唱歌，一到半夜就连喊带叫地挨家挨户敲门，说是要打仗了，让我们提高警惕，毛毛是第一个牺牲的烈士。”

他坐54路车回警局，电车不时发出令人头疼的响声。都是那些饭桶，他打开报纸时想，硬要把电车留下来，说这是长春的特色。车上没几个人，对面有个男人呆呆地看着他。他举起报纸挡住脸，几天的报纸都在这儿。体育版整版都在讨论足协取消亚泰冲A资格的偏袒行为。他读了一遍，不得不佩服报纸的煽动水平，以至于像他这样从不看球的人都感到气愤不已。他按照高架桥后续报道的顺序把这几天的报纸排好，从之四开始到今天之二十五结束，中间缺了几张。他从头开始看，渐渐明白新闻是怎么炒出来的了。事故刚发生时，记者作了几个可能涉及黑幕的假设来吸引读者，等我们对此事渐渐失去了兴趣的时候，报纸把它归结为一次简单的意外事故收尾。其中他看到张文再的名字，在那里他信誓旦旦地宣称建设高架桥时所用的都是最可靠的工程队，钢板水泥都是货真价实的，绝不是廉价货。雷奇摇摇头，在公众面前显得很磊落，生活里却要隐瞒自己女儿的私奔，除此之外，雷奇下车时想着，他还隐瞒了什么呢?

“小张的伤势怎么样？”他问值班的警察。

“缝了三针，没什么大事，雷队长，太不像话了，竟然跑到局里打警察来了。”

“给小张两个星期假，那个人在哪儿呢？”

“里面关着呢。”

“我去看看。”

“雷队长，您可小心点儿，他真有病。”

他看见那个人面对墙壁上的一只爬来爬去的瓢虫微笑。

“看上去你很得意呀！”

“对呀，终于把我抓住了，毛毛总算没白死。”

“你他妈的认识毛毛吗？”雷奇跳过去抓住他衣领，强压下怒火，放开了他，“打我的人！”

“认识，我认识。我跟你说，没有人比我更认识她了，她是我女儿。”

“等等，你说你是她父亲，毛毛是你女儿？”

“嗯。”

“父亲把女儿杀了？”

“我知道你不相信，你们都不相信我。”

“相信，我相信。”他点起一支烟，“通知他家人，他可以走了。”

“他不肯走，再说我们得为张哥出口气，告他个妨碍公务，殴打警察。”

“我让他走，你听见没有？”他手指点着桌子，“他可帮我大忙了。”

什么大忙？

他使我明白这种事情是可以发生的。

这种事情？

这么说吧，如果一个女孩儿是被强奸致死的，什么人最先被排除？

女人。

对，反过来说，要对付一个狡猾的凶犯，最先排除的人就是最可疑的人，所以女人也会有作案的可能。还有两种人也在其中，就是这女孩儿的兄弟，以及，父亲。

不可能的，你别骗我了，不可能！

他给家里打了个电话，告诉妻子，这几天他将住在局里。“太忙了，我要守在这儿。”他实在不想回去。

“这多好啊，你总算离开这狗窝了。”

然后他又拨了个号码。“喂，张先生，多年来我始终保持一个优雅习惯，即每次案子结束前我总是私下里先找疑犯谈一谈，这是件令人兴奋的事情，所以我还不想打破它。您今晚好好睡一觉，我们明天痛快地喝一顿。我想您不会跑的，以您这样权贵的身份。”

7

只要还有机会，你妻子就不能眼睁睁看着你死。几个晚上她关掉灯，躺在床上却一丝睡意也没有。她总是在想些别的事情，后来她索性打开窗户，将头伸到外面淋着秋雨。这个秋天的雨很多，几乎没有一天是干燥的，仿佛是在偿还刚过去的干燥夏天的雨债。她突然很希望自己就此病倒，一直昏迷到行刑的那天，这样一切就都过去了，她不必再徒劳地四处奔走。她渐渐开始明白——尽管她很怕想到这一点——她的每一次上诉只不过将你的生命延期了十五天而已。

广场上的夜空中飘荡着《东方红》的乐曲声，那是零点到来的标志。随着声音逐渐扩散，对面有几户被震醒的人家点亮了小灯。在你死去的第二年春天，那座大钟再也不会发出乐声了，原因是附近的人们谁也不愿意在不安的睡梦中等待着《东方红》的出现使自己重新醒来。又过了一年，那座大钟四个方向的指针也彻底停了下来。总有几只小鸟在上面玩，时针和分针被鸟儿们拨动得有些飘忽不定。行色匆匆的人们因为看到了面北大钟的时间而放慢了脚步，等他们慢慢走过去回头看面南的时间则不得不焦急地向前奔跑。而那些鸟儿也因为四个方向的钟面如此相似，常常找不到前一天藏在指针槽中的食物，以至于那上面的死虫子越来越多，为了躲那些不时落下来的风干了的虫壳，行人不再从钟的下方经过。这就是你死后的长春。

你妻子又一次回到了吉林，这次她并没有找律师再咨询什么。她知道即使是最神奇的律师也不能再为此案提出合适的建议了。对于这次吉林之行，她自己也不清楚还该做些什么，不再有上一次那种明确的目的，没有方向，仿佛仅仅是在表明她尽力去做了，虽然已做不出什么来。为了避免再一次在车上笑得那么难过，她决定改乘火车，至少火车上没有电视。

她先是回到娘家住了几天，她母亲问她钟磊为什么没有一起来。她不愿意说谎，更不想把事实告诉母亲令她伤心，于是她只是沉默不语，同时还要掩饰自己的悲伤。

她不打算再寻找什么证人了。她知道即使这次她请一车的人回长春，也不会比二审好到哪儿去。几天的平静生活让她明白以后若真到了独身的时候，她可以回来和她母亲一起生活。

在吉林的最后一天，她去了精神医院。有一位和她不错的同学在那里工作。她们从池塘边一路走到林子里。几十个病人在操场上做着奇怪的早操，还有些人一边挖蚯蚓一边说着一些模糊不清的话。她迎着风声把整个事情的经过对同学讲述了一遍，然后她叹了口气，看着压下来的阴云。她觉得要是哭出来的话或许会好一些，最起码能感动对方。但是她早就没有泪水了。要下雨了。

“我不能去，你好好想想，就算去了也于事无补。”

“但当初可是你出的点子，事情这么糟糕你就没一点责任？”你妻子对自己竟然说出这么怨恨的话感到惊讶，“你怕我把你也扯下来是不是？哦，你都升到副院长了。”

“那时你要不听我的话会更糟糕。想想吧，至少这让你们过了十三年的幸福日子。”

她看看四周，那些穿病服的人抱着头往回跑。有几滴雨打在她脸上。

“他到底杀没杀过人？”

“没有。”

“你太感情用事了。想过没有，也许真像口供里讲的，在你睡着的时候他出去了？”

“不会的，他一定是清白的。有人给他扣帽子，你知道吗？那些警察抓不着人就拿钟磊顶罪，从头到尾我们都陷在阴谋里了。”

一个女人举着一根树枝挡住自己的脸笑眯眯地走了过来，上面的树叶摇个不停。

“回去，回去，不想吃饭了是不是？”

“暴露目标了？”那女人沮丧地往回走，“哦，树叶太少了。”

“那你打算怎么办？”

“找你，去长春作证，这是我唯一能做的了。”

“我不去。你说我去了又有什么用？他犯的是这宗罪。他杀了人，我能证明什么？”

“他没杀人。我们被人算计了，我说过的。”

雨突然大起来，很急很密。两人的头发都被淋湿了。

“下雨了。”她淡淡地说，仿佛是在说赶紧回去吧。

“你必须得去，到时候法庭会找你的。一审二审我没来找你，但这是最后的机会了。原谅我，别怪我过河拆桥。他是我丈夫。”

火车启动时她泪流满面，后来她把这当成没有干掉的雨水。雨点打在车窗上，慢慢汇在一起流了下来。随后又有一些新的雨点落在上面。她忍受不了眼前的情形，推开车窗。这引起了其他乘客的抗议，对此她无动于衷。一个男人走过来气冲冲地关上窗子瞪了她一眼，看到她冰冷的表情，他的情绪马上从愤怒变成了恐惧。他对她笑了笑，“如果真难受的话，开一半好了。”

她在两个多小时的旅途中想起了各种各样的事情。很奇怪没有几件是与你有关的。过去的回忆一幕幕毫无联系地浮现出来。她想起那天夜里有一个帽子上全是雪花的人把她从睡梦中敲醒，隔着门告诉她丈夫死在了工地上。她挺住打开门，外面的人已泣不成声，这反而让她对安慰她的那个人笑了笑。她想起原来有一个小伙子在松花江划船时向她求婚，她提醒他自己是个寡妇，“但结婚了就不是了。”他在船头上抱起她，小船摇摇晃晃就要翻了，她吓得哭了出来。

长春也在下雨，但比吉林小一些。下车后她拦住一辆出租车。好多情侣都在撑着一把伞静静地走着。她在后排闭上眼睛。小时候她就知道，如果和一个女人结过婚的她的丈夫一个个都死了，那她就注定是个克夫的女人。汽车驶入人民广场，有些老人聚在亭子里唱戏。这时她明白之所以和你结婚似乎只是为了摆脱自己还是寡妇的尴尬境遇，而此时她全力挽救你的性命看上去也只是不想使自己真的成为一个克夫的女人。从始至终她都没有爱过你，这么多年来她只是在维系着这场失去爱情的婚姻的最后防线。她不敢再去看你，摇开车窗。雨停了。

“司机，往回走，不去监狱了。”

你以为妻子会来看你的，检察官也会过来考考你忘了没有。结果他们谁都没来。十五天里你都在窗前望着外面，这成了你活着的唯一乐趣。一直在下雨，偶尔会晴一两天。你看着天一点一点变冷，总想把这些记下来，但是这里没有纸笔，只有一张床。你躺在床上把它们记在心底。十三号下雨了，十四号雨还没停，十五号中午放晴，但是夜里听到了雷声，有三个闪电，不过没下雨。后来你都弄乱了，仔细地回忆到底哪天是晴天，前天没有雨，那是几号呢？你都忘了今天是几号了。

董三川来看过你一次，你坐在他面前，找不到什么要说的。你意识到你所有的感情正在慢慢消失。

“钟哥，嫂子都对我讲了，出来吧。”

“杀了人，能说走就走吗？”

“你杀人了？你要是能杀人，我他妈都够下地狱了。”

你对他笑笑。“我真的罪有应得，毛毛是我杀的，她是我女儿。”

“过去的事你都忘了？”

“至少我还记得你。”

“钟哥，吉林那些朋友都挺想你的。小李现在我们都叫他老李，孩子都快十岁了。赵三儿不上班做买卖去了，发了点儿财，上个月还请客喝酒呢。强哥这回可出息，他儿子今年考北大去了。”

“王麻将还玩不玩了？”你想起了这些人。

“王麻将那年把房子输出去了。他老婆要跟他闹离婚，后来他戒赌了，说戒就戒。两口子在外面租房住了几年，又攒钱买了套大房子，谁想到没几天好日子就……”

“怎么了？”

“他也死了。跑货到南方被人劫了，尸体运回来我们去看他，全身刺了十一刀。十一刀啊，我伸出两只手都查不过来，肠子都被捅出来了。”

他伏在桌上哭了一会儿，抬起头看着你。“钟哥，我还想和你喝顿酒呢。咱哥儿几个别一个个都走了啊。”

“下辈子，咱有的是时间，犯得上着急吗？”

“行，下辈子！”他笑了。

外面又下起雨，雨打在房檐发出噼噼啪啪的响声，好像有人在摇签算命。

“钟哥，这烟你拿回去，总有你抽的时候，这瓶酒你揣起来，还有这只鸡，你都收着。我寻思你这几天挺闷的，买个小游戏机，你没意思就玩会儿。”

“你现在有吗？”

“你要什么？我给你买去。”

“没别的，就少点儿纸和笔。”

八

“说实话，我头一次到四星的酒店吃饭。不错，我真希望以后每一个对手都是你这身份的。”

“我今天四十三岁，已经坐到局长的位置。你知道我为什么会成功吗？”他抽出云烟递给雷奇一支，自己点一支，“很简单，就是我始终保持着那种博爱精神。我会满足各种人的要求。不过我担心我今天的到来实在满足不了你这么自负的成就感。”

“没关系，咱们慢慢来。说太快了，白瞎这一桌子好酒好菜了。这么多样式，又记到哪笔账上啊？”

“我私人请你的，算是替毛毛对你表示感谢。”

“有道理。二十万都没了，你还差这点儿钱吗？还有，钱再不抓紧花可就没机会花了，你说死了留给谁呀？你妻子？她家里可不缺钱。”

“你要是只想在我这儿蹭顿饭的话，我请你就是了。别扯这些没用的。”

“好，说正题。我昨天去看毛毛她妈了。”

“哈哈，我都说她不在了，我把她送走了。你还不信，你愿意白跑一趟我可拦不住你。”

“是不在，不过没白跑。”他打开文件包，“这是我在车上带回来的报纸，你看看，收获有多大？”

“怎么了？”

“下面，你看看下面写的。”

“高架桥的事，哦，这是记者对我的采访。”他放下报纸，“和毛毛有关系吗？”

“是，没关系。要是把那二十万也插进来，关系可就大了。”

“你这二十年来就靠着想象力办案吧？”

“对，想象力很重要。但是我想象不到有谁可以用那种方式杀死自己的女儿。”

“我确实得佩服你无边无际的想象。”

“好，我从头到尾跟你说说。毛毛是那天夜里一点钟出的事，我到现场时是早上六点钟，之前除了一个报案的女人来过，还没有其他人。那女的动过尸体，我当时能确定凶手没有重新来这里干过什么。因为报案时间是五点多，之前天还黑着，想要在黑暗中做些什么破坏是很容易的。”

“听起来像那么回事。”

“我到现场以为这又是个再普通不过的奸杀案，或许凶手就是个夜里游荡的流浪汉。说实话，这一度令我失去了兴致。但是我马上发现一个很有意思的细节，就是附近没有烟头，一个烟头也没有。”

“这很正常，凶犯不抽烟，或者他之后把烟头都捡起来了。”

“后者不可能，我说过那时候很黑，他找不到烟头的。凶犯应该抽烟，因为我在毛毛的衣服和头发上闻到很浓的烟味，倒在地上五个多小时还没散尽。我就推测，毛毛并不是死在这里，她是死后被人拖过来的。然后就地用一根树棍对毛毛实施暴行，他应该没有进行性行为，死者体内没有精液。这样我就勾画出一些轮廓，毛毛死前一直和凶犯在一起，身上那么重的烟味应该是在屋子里熏的，之后两个人有了分歧，凶犯就疯狂地掐死了她。我在附近转了转，没发现哪里有这样的小屋子。而太远的地方又不可能，凶犯是抱着尸体过来的，地上没有拖拽的痕迹。凶犯很狡猾，特意做了强奸毛毛的假象。到此为止我能断定那是毛毛认识的男人，只是不明白他们是在哪儿谈的，谈些什么，不过后来你提醒了我。”

“我说过什么？”

“你没说什么。只是不多久我知道你的车当天晚上出现在前进广场那一带。我当时突然明白是在车里，毛毛在车里和凶犯见面的，而且一定是私家车。我考虑过出租车，但是我查到毛毛认识的人没有一个是干出租这一行的。我想你应该和案子有些联系，不过你很幸运，不止一个人能证明你那时在开会。”

“我确实在市府，所有在场的人都看到了，我不明白你怎么能怀疑我呢？他是我女儿你知道吗！”

“因为你向我隐瞒事实，你说毛毛死前一直在家，还把手机的事和去她母亲那里的时间编得那么圆滑，那么合情合理，显然这是有预谋的。还有，连杜宇琪的父母你也瞒着，还劝他们别再找了，你派人去找。而你始终没让人找过他们。你女儿跑了，你却无动于衷。因为你怕找到了他们，那二十万也就公开了。我确定那是黑钱，你怕受贿的事暴露出去，这样你不但丢了职位，还得坐牢，是不是？”

张文再苦笑了一会儿，点上一支烟，扔给雷奇一支，把两个人的酒满上。

“你是我这么多年里见到的最毒的一个人。”

“除了可以告我受贿，你还不能拿我怎么样。可那钱是正当渠道来的。”

“由于毛毛有三个月的身孕，所以开始我怀疑过使她怀孕的那个男孩儿。杜宇琪的第一次出现是在现场，有人看见他确实没干什么，坐在那儿不停地哭而已。还有，他带着那二十万，显出毫不在乎那些钱的样子，这样他的又一个动机也不存在。最后，重要的一点是他没有车，这使他根本干不了这件事。”

“那孩子对你讲什么了？”

“事实上他什么都不知道。我告诉你，张文再，你别想打他的主意，不然我雷奇让你不得好死！”

“你太激动了，如果没有十足的把握，我今天是不会来的。”

雷奇把一杯白酒一口喝下去，然后将烟头扔到杯中。“他只说毛毛突然要回去，也不说为什么，拦都拦不住。所以我想她不知何时突然知道这是黑钱，所以她把钱留在杜宇琪那里，回来找你要挟什么，我不清楚她要什么。不过他们已经买好了去上海的车票，打算第二天就走。她找你要钱吗？”

“第二天就走？”张文再呆住了，转身看着包厢外面走来走去的服务生。

“有什么事吗？先生？”一位身着旗袍的小姐停下问他。

“没有，没有。”他对她笑着，身子转回来，满眼都是眼泪。

“好像你刚刚已经承认了吧？张局长？”

“承认什么？”他仰头把杯中的酒喝光，“我为我女儿感到难过。”

“是这样吗？如果那天晚上你没见过毛毛的话，你根本就不可能知道他们还在长春，你以为她早已走了。事实不是这样，毛毛联系到你了，你因此变得紧张起来。她向你提一些要求，我不知道是什么。你没答应，反而杀人灭口，对不对？”

“是吗？我从十二点半到三点半一直在开会呀。”

“这些一定是伪证。我会调查明白的。”

“很遗憾地告诉你，你永远也查不出来。”

雷奇没说话，夹了一个炸成焦黄色的丸子。他从未吃过这东西，他以为里边会是肉馅，随后便觉得口感不对，他闭上双眼想着，真不可思议，居然是鸡蛋清。

“放弃吧，雷队长。”

“那不是男人所为。”

“那二十万你拿走，应该比你这二十年挣的还多。”

“是，我没见过那么多钱，不过我还能安安稳稳地再干二十年，而你呢？自己寻思去吧。”

“要是你真查了，别说二十年，一天都不会让你干的。”

“你没这个能力。”

“你绝对扳不倒我的。”

“就凭你那声名显赫的岳父挺着你吗？”

“你真不赖，这都查出来了。首先他死好几年了；其次，就是他活着，他也没这能耐。”

“你倒是真比我还自信呀，张先生。”

“不然我不会来的。我提示你一下，我想你已经知道当天晚上停电了。”

“知道，只是偶尔，和案子没关吧？”

“但你知道电是临时被掐断的吗？因为当时外面的人太多了。”

“开玩笑，”雷奇又夹了一个油炸丸子，“好像这不在你的权力范围之内。”

“正因为这不在我的权力范围之内，”张文再伸出右手指着他，“所以你扳不倒我的！你是聪明人，好好想想。”

雷奇放下筷子，看看外面还有没有下雨。这个夏天都出奇的干燥，他想喝酒，但端起的酒杯又被他放到桌上。酒杯里全是烟头。烟头立在上面，像几把刺在尸体上的剑。

“放弃吧，除了那二十万你将再得到二十万。”

雷奇沿着街道向回走，全身都在发热。他从没喝过这样的烈酒，血在他体内一圈一圈地跑。他有点儿醉了，想回家睡觉，醒来后再继续睡，一直睡到死，永远也不出门了。

当看见几个坐在门口的邻居那种奇怪的表情时他就后悔回来了。他飞速向五楼跑去，左手在包里找钥匙，同时右手疯狂地捶门。过了一会儿，门开了。

“你想震死我呀！”他妻子开的门。

他看看屋子，窗帘被合上了，床上的冰席有一半落在地上。屋里弥漫着茉莉花香水的气味。

“我刚睡着。天太热了。”

“是呀，太热了，太热了。”他笑着，床下隐约露出一截黑色的腰带。他走过去，“力力，我不是对你说了吗？以后别往床底下藏，会闷死的。”他摸着腰带的右侧，那是他放枪的地方，我杀了你！我毙了你！“力力，出来吧，你看爸爸给你带什么来了。”到了床边他弯下腰，握紧枪，你他妈等死吧！“力力，我数三个数，你赶快出来，不然爸爸可就不理你了。好，一，二，三！”

他掀开低垂的床单。

里面。一个男人。趴在地上。潮湿的地面。恐惧的眼睛。望着他。

“我真想不到你除了下棋还有这一手。”他掏出手枪，顶着对方太阳穴，回头看着他妻子。

她没看到他拿出了枪，但她知道他身上有枪，那里面有三颗子弹。正好一人一颗。“雷奇，雷奇！以后让力力、莲莲怎么办？”

他叹了一口气，把枪收起来。起身从包里掏出了工资，他抽出三百，把剩下的扔到床上。“我要办案，在局里住几天，钱你支配着花。”他夹起皮包，指着已从床下出来的男人，“还有，你收拾残局吧。”

他不想回警局。下半辈子都在局里过，这让他无法忍受。正午十二点的阳光让他把自己的影子踩在脚下。他走进一家饭馆。他已经在酒店吃过了，所以他只喝酒。他试图数清杯中的气泡。一个，两个，三个……三十七个，三十八个。有一些新气泡冒出来，刚查出来的气泡却又一个个地胀破。周而复始的东西，永远也查不清。他想着，闭上眼睛，头很晕，仿佛在空中飞。他倒在了桌子上。

饭店老板硬掰开他的嘴灌了些醋。他睁开眼睛，摇摇头。“对了，酒钱，给你。”

“来洗把脸。”老板端来一盆热水。

“洗不干净的。”他摇摇晃晃地往外走，“老婆跟别人跑了，还有人骑我头上拉屎，谁他妈能洗干净啊？”

由于阳光的照射，他稍稍好些了。他去找杜宇琪的爷爷。不知道为什么，他想把所有事都告诉他。不过等他说完了才明白，其实这一点用处也没有。那是个很善良的老人，他知道。但这有什么用？谁也帮不了他。开始他以为自己是这世界上最懦弱的人，不过他慢慢看出来，老人其实和他一样懦弱，只是对此感到气愤却无力伸张。不单他们俩，这世界上所有的人都会这样。这令他很难过。甚至是悲哀。临走时候他握着老人的手，忍住没掉下眼泪。

“有时候我就想，这世界是个天平，好人在一边，坏人在一边，我们不能把所有的坏人都揪出来，否则好人也只会就此坠下去。一坠到底。”说着说着他还是动情地哭了。

8

“您好，我想先问问您的姓名。”三审开始了，他们又换了一个检察官。前后有三个，或许以后还要有新的检察官来审判。你知道，不管来了多少个，审了多少次，结果是不会变的。

“米欣红。”你看看她。确实不认识她，你想，她来证明什么？

“米欣红女士，请问您现在从事什么工作？”

“精神病院的副院长。”

“哦，那么十二年前您在哪里工作呢？”

“医院的档案室工作。”

“您应该了解您站在这里的意义。我会问您一些问题，如果不想回答，您可以保持沉默。但是对于您说出的话必须保证句句真实。否则您将承担您该承担的法律责任。您是否同意？”

“我同意。”

“好，您以前是否认识被告？”

“认识，不过不太熟。我是他妻子郭晓平的中学同学。只在他们结婚的时候见到他一次。”你想起来了，好像有这么一个人。

“我什么事都没有，去那种地方干吗？”他感到惊讶。

“什么事都没有？那为什么你总对人说我们的女儿是你杀的？”

“是我杀的！难道我想这样吗？”

“是，你杀的，你把毛毛弄死了，还冲着我发火？”她抹抹眼泪，到厨房做饭去了。

到了晚上，她在黑暗中走到床边，“你睡了吗？”

“睡不着，我觉得我对不起你，晓平。”

“钟磊。”

“嗯？”

“去一次吧，我有个同学在那儿上班，有她在，谁也不敢把你当疯子看，就待几天。”

“这么说您是通过被告的妻子认识被告的。那么您和他妻子的关系如何？”

“还可以。”

“从被告妻子反映的材料看，就凭着这种还可以的关系，在十二年前她曾经就为丈夫的事情找过您。这是真的吗？”

“有这回事，晓平把她丈夫的情形对我讲了，问我这算不算精神失常。”

“从你刚才讲的来看，你丈夫已从自责的心理转变为严重的负罪感。这已经是精神失常的表现了。”

“当时您是怎么回答的？”

“我说这不算，只是因为他太悲伤了，过一段时间就会好的。”

“您的证词和被告妻子所提供的有不符合之处，她说那时您认为被告是失常的病症。”

“我都发过誓了。在这里我说什么我会负责任的，你们也可以调查清楚。”

检察官笑了笑。“当时被告妻子做何反应？”

“那怎么办？”

“我劝你让他来治疗，不然真的很难想象病会发展到什么地步。”

“晓平认定她丈夫疯了，求我帮忙让她丈夫进来。我劝她不能这么做，否则一个人好好的在院里待久了也会变疯的。”

“这几句话又不一致。我们继续，被告妻子是否听从了您的建议呢？”

“她听从了。”她转过去看你妻子，发现你妻子一直在盯着她看，这让她很不自在，“她说那就去钟磊的叔叔家待几个月，散散心。他叔叔在长白山，那儿的风景确实可以让人摆脱伤心。”

“那他住院的这几个月，邻居们问你丈夫去哪儿了，你怎么说？”

“嗯，我说钟磊去叔叔那儿了。”

“当时被告确实有几个月不在家里，被告的妻子也的确告诉别人他去了叔叔家。我们查过被告有一个叔叔那时独自一个人在长白山守林。很遗憾三年前他死于风寒，无法证明被告当时是否住在那里。然而被告妻子告诉我们所谓去叔叔那里不过是你们骗众人的一个托词。她说被告在那三个月里一直在你们医院里治疗。”

“事实是什么样的，你们可以去查呀。”

“问题是我们查不着，没有钟磊就诊的记录。”

“这不是已经查明白了吗？”

“而十二年前您刚好在档案室工作。”

“你想说什么？”

“哦，被告妻子是这么说的，在被告病愈出院的时候，你利用工作之便在被告出院时销毁了他的住院记录，把他的个人档案也从中抽走了。”

“这些都给你，要不是看在老同学的情分上，我是绝不会做出这种事的。”

"谢谢你，全烧掉吧。"

"你不留着吗？说不准哪天就有用得上的时候。"

"永远也用不上了，"她笑了，"他病好了，我们可以重新生活了。"

她又回头看了看你妻子，两个人互相盯了几秒钟，转回来。"可能吗？一点理由也没有，我为什么这么做？"

"因为等我丈夫病愈了，他还要工作的。"

"留着那些记录也一样能找到工作嘛。"

"那怎么找？谁会去要一个得过精神病的人呢？"

"这倒是真的。不过我确实不能这么干呀，被发现我连工作都会丢的。"

"帮帮忙吧，他住进来后我跟谁都不提，一出院我们就去长春，再也不回来了。"

"原因很简单，不需要我过多解释什么，这社会确实在排斥那些有过污点的人，这是我们不得不承认的。米欣红女士，按您的说法，被告从未到医院治疗过，而档案的事情更是无中生有的，是吗？"

"是这样的。"

"好，我的问题问完了，您必须保证您说的每一句话都是真的，否则您很可能会被起诉。"

"这我明白。我理解晓平，这事要是我碰上，也会这么不择手段地救我丈夫的。"

你妻子突然站起来，同时外面开始打雷。在雨点下落之前她又坐下了。脸上保持着惯有的悲壮。

第二个证人刚进来，你就认出了她。

“刘太太，您一直在医院做护理工作，是吗？”

“嗯，我九五年退的休，之前一辈子都在那儿工作。”

“十二年前，也就是八九年，您和一个叫吴琴的护士一起负责您那一组病人的护理？”

“是，不过吴老已经不在了。”

“吴琴于九七年死于心脏病，所以我们只能把您从吉林请来作证。您看看这个人，对他有印象吗？”

她转回来看着你。雨下起来了，当当地敲在玻璃上。“没印象。”

“您再仔细看看，或许他是您十二年前的一个病人？”

她又转回来。你闭上眼听着雨声。“确实没印象，我接手的病人太多了，大多数都记不清楚了。”

“那么这个女人您见过吗？”他指着你妻子，“她说您那时和她说过几句话。”

“刘护士，你看我丈夫最近怎么样？”

“好多了，我们在慢慢使他忘记从前那些难受的事，他基本上已经正常了。但是我得提醒你，出院后别再提你们的女儿，也别提和女儿有关的话。最好还是搬家，我跟你说，他都忘得差不多了。让他换个环境。”

“行，只要他能好，我们去哪儿住都行。”

“我记不得了，我年纪一大，挺多事都忘了。”

“好，刘太太，谢谢您。您可以走了。那么请问被告妻子郭晓平，刚刚两位证人的证词与您上诉的材料极为不符，不知您作何解释？”

“我丈夫确实在医院治过病，我能说出准确日期，八九年四月三号到七月十五号。”

“您有其他的证据吗？比如医生的诊断，或是开药的单子。”

“那些都一起烧了呀。不过我每周都去看他，他一次比一次对我好，最后那回他抓着我的肩膀都哭了。”

“晓平，我是不是太让你失望了？”

“别说了。”他们沿着雨花石路走进草地，一群在地上蹦蹦跳跳的小鸟一拥而起，飞上了树梢。

“你不该嫁我的。”

“你别说了。”

“我要说，我是男人，自己不挣钱，靠老婆养我，还让你花钱给我治病。这成什么事呀？”

“我叫你别说了。一切都能过去，这只是暂时的。”

“晓平，”他扶住她的双肩，“我好了，让我出去吧。我要赚钱，我把烟酒都戒掉，我要对得起你。”

因为他哭了，她也忍不住哭了。

“但这些并不能证明什么，您还没有新的证据。”

“新的？我有，那个叫张雨卉的是被奸杀的，是吧？”

“这一点已确定无疑。”

“毛毛死了十多年，我们为什么没再要孩子？”

“被告已经说过，他已不想生别的孩子来替代毛毛。”

他吻着妻子，闭上眼睛解开她睡衣的扣子，妻子的头发从他脸边滑落。左手握着她右侧的乳房，右手轻轻地抚摸着她的腰。他睁开眼睛，灯在开着，他看见妻子平滑的腹部。妻子在下面搂着他的肩，而他停住了。

“不想生？那是他不能生。”

“我们再试试吧。”

“算了，我真的不行，我一到这时候就想起毛毛，圆鼓鼓的肚子，里面都是水。”

“能试着不去想她吗？”

“不想，你叫我怎么不去想？她是我女儿，我害了毛毛啊。”

“他住院前得下了那种病，后来出院了，但还是那样，虽然他已经不记得毛毛的事了。”

“我原来就这样吗？”

“没什么，大不了不做呗。我们两个是禁欲的老苦行僧，等着得道成仙哪。”她笑起来。

“这不行，”他下床点灯，屋子里突然亮了，“我们离婚吧，不能苦了你。”

“把灯闭了！我不答应。要知道，我们不是因为这个才结婚的。”

尽管前来旁听的人不多，但议论的声音很大，像一群蜜蜂在你周围飞来飞去。你站在被告席上双手插在一起，听着他们的嘲笑。你已无法忍受他们的轻蔑，对于你，对于一个男人的轻蔑。“我没有病。”话一出口你就后悔了，然而你还得说下去，既然选择了一条路，你就下定了走到底的决心。“从没有得过病，那只是对你，一点感觉也没有，对别人我不这样，你放弃吧，别自作多情了。”

“不可能的，”她摇着头，带着绝望的悲壮神情摇着头，“不可能的。”

你知道你彻底伤了她的心，同时也在撕割着自己的心。你瘫在被告席里，双腿支撑着勉强站住，检察官说了一长串的废话，注定是败诉，谁也改变不了。然后是法官，他说判你死刑。你已经是第三次听到了这样的判决，很高兴没人再问你是否上诉的问题。这是最后判决，不再有任何机会了。结束了，一切都完事了。你赢了，奖品是死亡。十五日后领取。

你看看你妻子，她在一侧静静地笑了，从今以后她终于可以不必再四处奔波了，不必再被噩梦一夜一夜追个不停了。她尽力了，这样即使你死了，也没人再怪罪她了。你冲她笑着，告诉她："为什么你不哭呢？哭出来会好受些的。"

九

他很怕妻子会把电话打到警局来，不是因为不知道说什么好。几天里他已经想好了，可以用那种最宽容的原谅来报复她。而假如妻子要他的答复，他实在无法摆明自己的态度：是马上回家，还是永远也不回去了。所幸每天晚上他回局里时并没有人告诉他白天有电话找他。这反而令他有一点失落，躺在临时搬来的床上能想象妻子那副乞求原谅和充满自责的孤独表情。似乎她已经失去了打电话的勇气，而这也使他回去的日子不断向后延期。没有人叫他回去，让他怎么往家走呢？值得欣慰的是，这几天他一直睡得很好，用不着再用那种查年数的方法了。

越来越多的事实表明这很可能是他当警察的最后一年了。这倒没什么，干了二十年，换谁都会腻的。走就走吧。他现在唯一的希望是把"毛毛惨案"彻底查出来，这已不是关于一个人死亡的命案，比他刚看到现场那天所预料的还要复杂。他说不清后面牵动着多少黑幕，不过这更加使他感到兴奋而不是畏惧。早上他给大家开了个会，讲解录像片段将嫌疑人定在杜宇琪身上，这样他便可以一个人去查了。

一个星期之内他去了三次市政府。

第一次他在下午三点差一刻直接找到了市长。屋子里檀木和君子兰混合的浓烈气味使他无法说出早已想好的那些话。他沉默着，接过市长递来的烟。

“这么说，张局长女儿的那个案子是由你来负责的？”

“到现在为止，我已经调查近半个月了。”

“有什么进展吗？市里面很重视这件事。就我个人来讲，也很着急。”

“应该快了，目前正在取证阶段。”

“有什么需要我帮助的吗？只要我力所能及。”

“我今天来就是求您帮忙，我想请您给我看看近一年来的建筑承包资料。”

“我有些不理解，雷队长，这跟张局长女儿的死没有关系呀。”

“我想可能会有很大关系。”

“不过那有很多政府的机密。”

“这您放心，我们警察是有职业道德的。”

“哦，”他掏出手机看看时间，“当然可以，不过三点半我有个会议，你明天来吧，我的秘书会在今晚给你准备好的。”市长站起来和他握手告别。

他明白这是个拖延时机的托词。

第二天上午他在接待室翻阅那几本资料的时候更加证实了这一点。全都是无关痛痒的材料，很明显这些在昨晚被筛减过才传到他手上的。一点用处也没有，以至于他看了一半就扔到桌子上。

“市长在吗？我想和他谈谈。”他走过去问秘书。

“他上午出去了，不然您下午过来吧。”漂亮的秘书对他微笑着。

“那我还是在厅里等他吧。”

“我去给您倒茶。”她还在笑，似乎稍稍勉强了点。

他坐在沙发上看着墙壁上的油画，数了数，一共是八匹马在画里奔跑。画的上方镶着“清正廉洁”四个金字。他听到秘书在屋里打电话。声音很低，像是将这世界都隐瞒的丑闻告诉另一个人。他感觉她在跟市长联系，叫他别回来，有恶狗在门口守着您呢。他感到这有些无耻，使劲儿把烟头摁灭在黑色皮制的沙发扶手上。

“已经三点钟了，你说他下午会回来的。”他走过去说。

“您一直在等，没吃午饭？”

“帮我找他，我有很重要的事。”

“您应该事先和他约好的，他很忙，要管理全市工作嘛。”

“别拿市长的头衔吓唬我。”

“这样吧，周日上午十点钟，市长可能会在。”

五天之后他又来了，他决定不管事情成与不成绝不再来这种地方了。这一次他全身穿着警服，腰间别着手枪，像个奔赴战场的战士。他已经穿了五年便装，五年也是他当队长的时间。

“真不好意思，市长刚出去，临时有个紧急会议。”

他倒吸了一口气，盯着秘书，“我等他。”

“那我给您倒茶。”她总是保持那样的笑容，一点变化也不曾有。

他又坐在原来的地方，想起上次在这里用烟头烫过一个洞。他看着扶手，右手缓缓地摸着，平滑如初。然后又检查起其他的扶手，看看是不是被调过位置了。也不是，他们换了个新的。他想到这儿，把烟头扔到烟灰缸里，他没兴致再这么玩了。那八匹马还在跑，排序也没有改变。他走过去看清左下角的日期。它们跑了六十二年，而且看上去还要无休止地跑下去。他真想用打火机把这幅画点着，看看哪些马会烧死，哪匹马能逃离火海，成为真正的千里马。

隐约听见市长在说话，从会议室里传来笑声。他有种被人玩的感觉，这令他怒不可遏。他大步走过去，不顾秘书的阻拦推开门。

有八个人在里面开会，市长坐在主位，他的正前方，其余六个人需侧身才能看到他，最近的一个人却要全身都转过来，这是张文再局长。

“有什么事吗，雷队长？”市长的语气像是在责问。

“没事，没事，进错屋了。”

他退出来时想给自己两个耳光，但随后又原谅了自己的懦弱。在家他就这样，到这儿他仍然这么无能，每次还得给自己找什么理由，骗自己说这可以理解，是为了他的两个孩子。

外面突然下起雨来。兴奋的人们从屋子里跑出去，感受着雨点滴落在身上的凉爽，慢慢填充着他们那早已消失了的关于雨的记忆。雨并不大，不过还是宣告着炽热和痛苦的夏天结束了。他想起那次对杜宇琪爷爷说过的话，案子会在雨来之前破的。已经破了，那又怎么样呢？

“你的头好了？”

“没事了，雷队长，不过我够倒霉的了，头一天来上班又碰着那人了。”

“哪个？”他用毛巾擦着淋湿的头发。

“就是说杀毛毛的那个。”

“让他回去。”

“他不走，我算是怕了，我让他在那空屋子里待一夜再说。还有，”他走近一步，放低声音，“局长来了，发挺大火，里面等你呢。”

他往里走，想着跟局长说什么。

“我前后来两趟，哪次你都不在。”

“我上午查案去了。”

“我知道你查案查哪儿去了。”

“那是个误会，我没想到里面有那么多人。”

“咱不说这个，我问你案子怎么样了？”

“就差取证了，嫌疑对象已经确定了。”

“你倒是查得很好，这边都有人自首了。”

“他不是凶手。”

“一个人两次跑来自首，你说他没罪？”

“他是个疯子，局长。”

“疯子？你知不知道市长怎么说我？他说他真难以相信上午咱们局里有个疯子带着枪闯进会议室。”

“自首的人是冤枉的，我上午去是为了查案。”

“市里面对你的举动很惊讶，我不多说别的了，提醒你几句，你不想接这个案子，市里会派人去查；你不想当这个队长，能力强的人有的是；你要不愿干警察这行，马上有人顶你的位置。你好自为之吧。”

他在晚上给张文再打电话：“喂，张先生吗？”

“雷队长啊，我们上午见过面了，是吧？你走什么呀？”

“我承认我斗不过你，不，是你们。我在考虑你那天开出的条件，一会儿我们谈谈吧。”

你就这么放弃了？

不是放弃，我在用我最后的办法，尽管这招数不道德，但没别的办法了。

什么办法？

第二天我去了，我开始不明白这么热的夏天他为什么选个吃火锅的地方谈话。

“让你久等了，张先生。”雷奇左手插在裤兜里坐到他对面。

张先生拿出钢笔，在一个带来的本子上写道：“考虑好？”给他看看，然后团起来从火锅下面塞到火炉里。

他在干什么？

他防着我，从头到尾他只说过一句话。

“你太多虑了，上次你为什么不这么干？”

“上次你太自信。”他依然写着，扯下来，给雷奇看过后扔到火炉里。

“那是我的错，一共多少钱？”

他低下头，写了一会儿：“再，三十万，原二十万，共五十万。”

“呵呵，”他看后笑了，“这些钱并不是从你腰包出，有人替你拿吧？”

“条件。”他继续写着，“你辞职，三个月，从长春消失。”他给雷奇看一遍，随后烧掉了。

“就算我留在这儿，你们也不敢杀我灭口。你们也只能杀个小姑娘。我告诉你，张文再厅长，你他妈的是个畜生，我真想一枪毙了你！”

“我愿意？你以为我愿意？是他们逼我的！”他站起来推着桌子激动地喊出话来，“她可是我……”他重新坐下，展开餐巾纸擦眼睛。

这是他说的唯一一句话。

你录下来了？

这还不足以指控他。再说我不想拿他这样的话来作为证据，那样太卑鄙。

“走不走，在于你，我们，为你的安全着想。”他写完在雷奇的眼前晃了一遍，扔到火里。那里面冒着黑烟。

“我答应，但你得清楚一件事，别碰那个叫杜宇琪的孩子，他不知道什么。要是他哪天出事了，我让你们吃不了兜着走。”他右手在裤兜里按了结束键，这办法一点儿用也没有了。

地上的水迹映着灯光，他在路边走的时候任凭汽车行驶时泥水溅到他身上。晚上还要回警局去住，以后就一直住到那里。但是他们呢？他想，他们不下棋，他们做爱，不分白天黑夜地做爱，直到世界末日。他有些气闷，捂住胸口坐到地上。一辆出租车停到他身旁，他看着司机把车窗摇下来。

“去迎春路派出所。”

“嫂子刚才找你来了。”值班的门卫告诉他。

“她说什么事了吗？”他说完就觉得这问话怪蠢的，他妻子当然不会见人就讲那么丢人的事。

“她说你女儿找不着了。”

“什么？”他转身走出门，边跑边给妻子打电话，“喂，莲莲怎么了？”

“我上午说了她几句，她跑出去，到现在还没回来。我都急疯了。”

“你说她什么了？”

“成绩出来了，莲莲落榜了，我也没多说她什么呀。”

“没说什么？我可知道你都能说什么话！我告诉你，我女儿考不上高中我花钱供她，跟你一点关系也没有！”

他挂掉手机，拦过出租车。“沿这条路慢慢走，路过一个网吧就给我停一下。”

广场上传来《东方红》的乐曲声，已经十二点了，他前后找了十三家网吧，他知道女儿根本不上网，但网吧毕竟是避雨的好地方。哪家都不见女儿，他给司机三十块钱，下了车。雨还没有停，他不清楚莲莲的同学都住哪里，要是她真的在谁家过夜他也就放心了。他路过体育场时想起上次他和女儿来这儿看球的情形。他走进去，往看台上爬，台阶很滑，他摔了下来。当他确定腿并没有骨折便又使足力气跳上去了。

他走在看台上，将附在额前的滴着水的头发拨到脑后。“莲莲！莲莲！”他大声吼着，仿佛这两个字成了他心中最能抒发情感的词语。从案子一出现，他就陷进了倒霉的泥潭，家里，工作，事事都开始倒霉。喊出来他觉得好多了。他打算绕着看台走一圈。他想要是冬天就好了，他会就此冻死在这里。

“爸。”走了一半有人在上面叫他。

他向上走去，看见女儿坐在那里。

“我听见你刚才在对面喊我来着，我就想，你一定能过来。”他坐在她旁边，握住她的手，什么话都不想说。

“我今天才知道你为什么住到局里不想回家了。”

“不管怎么说，她是你妈。”

“你受不了她，我也受不了，我要是有个地方我也出去了，再也不回家。”

他们静静地坐着，他很高兴自己没有马上说出劝她回家的废话。雨渐渐小了，他揉着莲莲的手，他觉着父女俩的心从没这样贴近过。突然发现女儿长大了，为此他开心地哭了。

“别难过了，”女儿捧起他的脸，“我都说过我不是个学习的料子。”

“莲莲，只要你能坚持，我就陪你坚持到底，只要你想念书，我会想尽办法弄到钱的。”

那一刻我屈服了，终于放弃了。

他拿起电话：“喂，小张，白天自首的那个人还在不在了？好，你让他等着我，我一个小时后也就是两点钟过去。我已经有足够的证据证明他就是杀害毛毛的凶手。”

9

董三川第二次看你的时候带了钢笔、圆珠笔，以及一盒彩笔。

你查了查，一共有十二种颜色。“刚好够我一天换一支的。”

背着看守，他给你点上一支烟，之后他就双手抱拳泪汪汪地看着你。

“我都十几年没抽烟了。”隔着烟雾你对他笑着，“一直没回吉林？”

他点点头，随后又摇摇头看看门外的看守，站起来，“钟哥，我得走了，我总想看你，但嫂子让我别在你面前哭出来，我真忍不了了，钟哥。”他转身走到门口，像个打架回来的孩子那样一边走一边哭出声来。

一直到晚上，你都在想着怎么把这次探监记下来，你可以完整写下你们说出的所有的话，然而却无法填充两个人话后面的空白。你在墙上写了一遍又一遍，没有一个令你满意。然后你向窗外望去，看见人们穿的衣服越来越多了，要入冬了。你想冬天降临之前还会有一场雨的，你决心要活到那天，把那场雨清清楚楚看一遍，写下来，作为你生命的留言。

反正是夜里，也说不上几点，你听到了雪的声音。那些六角形的白色精灵把你从梦中惊醒了。你突然从床上坐起来，推开窗户，双手伸到铁栏外接着大片大片的雪花。你看着顷刻间在掌心化掉的雪感到伤心。下雪了，这表明雨不会再来了。只有等到明年，那时候你在任何地方都能看到雨。在黑暗中你抽出不知是什么颜色的彩笔摸着墙壁写下你刚刚被打断了的梦：从前有个骄傲的人，很骄傲，他想有一个儿子，但妻子却生了个女儿。你不知道故事的结果会是怎样。回到床上，你打算马上睡着把梦续完。一个小时过去了，你发现自己还没有睡着，也许那个梦就在这漫天映红的雪夜里偷偷地跑掉了。

天色渐渐发亮的时候，你看到墙壁上的字是绿色的，你想着这颜色的含义。生命？希望？后来发现这不过是那些无聊的人强加给它的意义。不要这样，会把绿色累坏的。

下午雪停之前你对妻子讲了这个梦。你看着她毛衣上的雪花。

“从前有个骄傲的人，很骄傲，他想有一个儿子，妻子却生了个女儿。”妻子缓缓地跟着你说道，像是雪山上的高僧在诵读着普世的经文，“不过他依然很爱自己的女儿，很爱很爱，全世界没有任何一个人像他这样爱自己的女儿。”

“然后呢？”他想知道梦的结尾是什么样子。或许昨夜你们都做了同一个梦。

“比爱他的妻子还要爱女儿。”

“比爱他妻子爱他自己还要爱女儿。”你说。

“我知道你没爱过我，我承认我也确实没爱过你。我真不明白我们为什么结婚。”

你微笑着，不是冲妻子一个人，而是对全人类微笑。

“要是那时候船真的翻过去，把我们淹死在江心就好了。”

“什么？”你忘了。

每天你都在墙壁上写字，写这一天思考的问题，墙壁上写满了各种颜色的字，这使你想起你这一辈子还从没有写过日记。二十七号那天你在思考这样的问题：今天雪停了，雪在地上化成了水又冻成了冰，下午有三百二十四个人从窗前走过，其中一百七十三个穿着羽绒服，为什么会比昨天下雪的时候多呢？二十八号你留下了问题的答案：出门之前许多人不知道会下雪，所以没穿羽绒服，后来人们看见下雪了，就找出来穿上了。但是为什么雪是白的而不是像雨那样没有颜色呢？这个问题你想了三天也不理解，反而又产生了新的疑问：为什么那些隐者都跑到树林中修行，而不到监狱来呢？显然这是更合适的地方。在下面你用红色的笔标明了日期：十二月一日。这使你意识到你的生命就要走到头了。五天后故事将结束。

三号的傍晚外面又下雪了，你趴在窗前吹着哈气，看会不会冻成霜。几只冰雹敲在玻璃上，你仰头望着天空，惊喜地发现这并不是雪，下雨了。雨在上空变为冰雹打着路面。你愉快地听着雨声，终于可以见到雨最后一面了。你用钢笔在墙上写着：今天下雨了，下雨了。你换成圆珠笔，这样写起来舒服多了。路上的人很忧郁，他们走得快极了。像是追着雨点跑，不过有一个人可不着急，他慢悠悠地走在人群中间，拉住了一个孩子：“小朋友，这附近哪有酒家呀？”那个孩子骑在牛背上，指着西边，“就在前面呢，你看哪，三个大字：杏花村。”你在墙壁上摸着字体凹进去的痕迹，笑了笑，这是你最满意的一篇。

吃过午饭，你妻子又来看你。你对她带来那么多衣服感到奇怪，“还剩三天了，我又不出去，穿这些东西干吗？”

她没说话，把给你看过的毛衣一件件叠好，推过去。

你能听见她手表秒针转动的声音，以前在家你们就是这样，两个人坐在一起，几个小时也说不出话来。你想在这时就不该沉默不语了，但你始终无法给自己的话题找一个合适的开头。于是你静静地微笑着。

“你到底做了没有？”她说话了。

“那孩子是我杀死的。”

“我不是说这个，我是说毛毛，是不是你弄死的？要是你，我亲手杀了你，你立刻就死。”

“是我干的，我在水下抓住她的腿。她淹死了。”

“那你当时可没对我这么说！”她喊出来，气得用手拍桌子。看守从门口走过来看看你们。“没事，没事！”她冲着看守摆摆手。

“我怕你会离开我。”他说。

你妻子转身看了看返回到门口的看守，把皮包放在双膝上。“不管怎么样，我还是得帮你。”她拿出牙具，“听着，这是最后的机会了，你必须照我的话做，牙刷后面拔下来有个长刀片，你明天有机会的话就挟持一个看守出来，我已经找好地方了，可以让你藏一辈子。”

“我不能这么干。”

“你必须这么干。拿着！”

你接过来，“就算我出去了又能好到哪里去呢？我们的女儿死在我手里，我没法原谅我自己，再说你能忍受和杀了毛毛的凶手生活在一起吗？”

“到那时候我们会离婚的。”她合上皮包，“我真想给你一刀。”

你对她笑着，“这几天我过得很平静，我感觉自己的心从没这么宁静过。我只是在等死神来找我的那一天。”

“我不想听这些话，你收下了，就等于答应我了，我只是在尽我的责任。”

“我不会出去的，我收下是因为我怕你一会儿出去时会有麻烦。”

“你想把我逼疯是不是？”

“我一直在想你那天说的话，那些我们死在江心的话，昨天晚上我想起来了，我要说那时我确实爱你。到现在为止你还是我这辈子里最爱的女人。”

“别跟我说这个。”

“他们来看我总是对我说保重什么的，其实这两个字对你更有用。我活着的时候给你那么大的伤害。我就要走了，我不想让这伤害更大。你要挺过去，找个可靠的人嫁给他吧。”

“别说了，我不会嫁的，要是嫁我早嫁了，我为什么要守十三年活寡？”

“把你双手给我，望着我，对，就这样笑一笑，保重。”

你妻子在回去的路上买了三大袋的菜和肉。站在厨房里她像个学厨艺的学生做好了每一样菜而不去动一筷子。桌上摆满了酒和菜，然而没人去吃。她看了一个多小时的电视，四十五个频道平均每个看两分钟，她无法想象新的生活就是这样开始的。

她穿上大衣，走出去，来到警察局，“雷队长在哪儿？”

“他辞职了，快三个月了。”

由于这件糟糕的案子，我不仅失掉了职位，我丢掉了一切，包括我的良心。

“你帮下忙，给我他的住址，我是他以前的朋友。”

你妻子按照字条上的地址，走过昆仑一路，穿过锦程大街，从车百广场插过去。在晚上六点钟的时候她一口气爬上五楼，推开门，“是雷队长家吗？”

“我爸在外面下棋呢。”我儿子告诉她，“出门往左走，在路边就能看见他们了。”

“谢谢。”她跑下楼梯，几个孩子在打雪仗，一个雪球飞到她肩上，她拍拍衣服，继续寻找着。“雷队长。”她向我走来。

“你是？我想不起来你是谁了。”

“马上你就想起我是谁了！”她向我扑来。

“刀！”看棋的男孩儿喊。

我闪开你妻子向我胸口砍过来的一刀，同时她又接着向前刺，手不停地乱挥，有一刀划破了我的手臂，裂开的羽绒服抖出了浸染鲜血的绒毛。刚才还在和我下棋的人摁住了她，夺下她手中的水果刀。她脸上呈现出做好准备承受苦难的神情。

“我想起来你是谁了。”我过去扶起她。

她看了我半分钟，几个跑来跑去的孩子没有注意到他们打出去的雪团有些是红色的。“看上去你好像比我更难受，但你为什么设计我丈夫？”

“如果不是我做，也会有别人去做的。我想通了，我不过是个替罪羊，就像你丈夫一样的角色。”

“你手怎么样？往前走走，我想找个人谈谈。”

顶着飘落的雪花，她缓缓讲出了一切。我们走在雪上咯吱咯吱地响。三天后你死在雪地之上，二十天后我也永远离开了这里。

“那你们的孩子到底是怎么死的？”

“我也不清楚，开始他说是意外，后来他又不这么说了，还有另一个毛毛的死。”她停住脚步，仰头冷冷地看着我。

“那接下来要做什么呢？”

“把这些都告诉他，让他回心转意。”

“你认为这样有用吗？”

“那至少让他死也死得明白呀。”

“好吧。”我答应了，我答应要一点不漏地告诉你，但不是在你死前，而是现在。我要将这全部细细地讲给你听，起伏不定的风吹进墓园，我不知道哪座碑是你的，同样不知我的那座在哪里。我们都栖息于此，不同的是我活着但明白自己已经死了，而你死的时候却想着你将在另一个世界降生。

十

到了辞职那天他才回家。他拒绝了那些不明白他为什么突然离开的同事执意要请他吃顿告别餐的邀请。若是送别免不了要喝酒的，那样他就无法预料酒后会说什么，这会把其他人也拉进这个旋涡里来。更令他担心的是他的两个孩子，他害怕孩子会遭到报复，从莲莲出生的第一天起他就认为，即使他死了，孩子也是他生命的延续。

回家之前他拜访了杜老爷子，这次他没有再说什么，只想和他下棋。他知道除了杜老爷子以外没有人再陪他下棋。他在前四盘两胜两负，之后他们又下了四盘和棋。“我看我们真没必要分出胜负了。”最后他坚持不住的时候借着月色带着自己此生的档案回家了。

他妻子对于他一个月以来首次回家感到不知所措。他没说一句话，衣服也不脱就倒在床上睡着了。

醒来的时候他告诉妻子自己没有工作了。与以往不同的是，她并没埋怨什么，“那你还可以重新找份活儿干嘛。”他以为妻子满心的愧疚使她改变了从前的脾气，或许生活会比原来好一些。后来他发现事实并不是这样，漫长的时间使一切都恢复了原样。月末他妻子算账的时候终于发火了，“我真弄不懂你在想什么，干了二十年的工作，说扔就扔了。你就看着我天天跟狗似的干活儿养你和全家吗？”

“我们不久会有钱的。”

“有钱？你连工作都不找怎么有钱？”

“我出去下棋。”他拽出象棋下了楼。

走到外面他情不自禁地笑了，二十年来每次下棋都是逃避妻子的借口，而这次他却忘了正是象棋给他带来那么大的耻辱。他拎着象棋漫无目的地走在街上。第一场雪下过之后外面的人已不多了。他点上一支烟，坐在还没干的台阶上看着过往的车辆。

“我天天都在这里等你。”那个下棋的人竟然来了，“我想你一定会来的。要是不下棋的话，生活就失去意义。”

雷奇漠然地看了他一眼，在地上摆上棋盘，“你知道我不会杀你的。”

他们默默地下着棋，像是在无声地对抗。第一盘那人赢了。他直起腰说："那时候我去找你，我说过你当时不在，你妻子先是骂我，说你总是借着和我下棋躲她。她又说已经二十年了，家里越来越穷了，一点儿过好日子的指望也没有了，一辈子就这么跟个穷警察混日子，而你却还躲着她。家家都有不幸，我知道。她说我是第一个听她诉苦的人。后来她伏在我肩上哭了，我就把她抱起来。"

"别说了。"雷奇将烟头弹出去，"下棋吧。"

星期一是护士学校开学的日子。星期日他送莲莲去报到，宿舍外那落光叶子的柳树被秋风吹断了枝条，卷起的柳条无力地拍打着玻璃，风吹进窗户的夹层发出的响声仿佛是谁在伤心地低吟。他和女儿坐在门左侧下铺的床上，看着新来的学生收拾东西。他告诫自己不能在这里抽一支烟。

"三年就毕业，一晃就过去。"他女儿摇着他的手臂，"等一出去我就能上班挣钱了。我说过，咱们的苦日子熬到头了。"

"爸爸没能耐，要不然你就念高中了。"

"我都学九年了，"她向雷奇展开双手，只有左手的拇指贴在掌心上，"我可不再念下去了。"

"你要上高中的，然后考大学。这不是你该走的路。"

"上大学又好到哪儿了？好多大学生都找不着工作呢。爸，我这包分配。当个护士不是挺好吗？"她弯下腰，捂着脸哭了，"一辈子，当个护士。"

他掏出烟叼在嘴上，想想又放了回去。

几个新来的女同学奇怪地看着这里怎么有人哭了。

"学校环境还是挺好的嘛。"他说着摸摸莲莲的头发。

“是啊，培养出来的可都是像我这样的人才，白衣天使。”她笑了。

他看到了女儿的眼睛。女儿望望他，抿住嘴唇转过身去。“跟我回去吧，莲莲。再读一年，明年考个好高中，就算考不上我也想法儿赚钱供你。”

“我不走，在这儿挺好的。再说力力后年上学你就不用钱了？”

回家的路上他越想越难过。他答应女儿会弄到钱的，现在真的有钱了，他却不敢再拿出来了。年轻的售票员叫了他三遍：您买票了吗？请买票，一元一张。买票呀！他转过来，掏出一枚硬币递过去。售票员低声骂了他几句。他没听清她在说什么。车到站的时候他忍不住哭了。后面的乘客从他旁边一一走过下了车。他右手扶着车门，左手不停地擦着双眼。

有一天上午在七街那里有个男人自杀了。人们将灰砖路上的一摊浓血围成一圈。有个老人告诉他这人是忍受不了屋子里刺鼻的煤气味才从五楼跳下来摔死的，“这么大的锁，他把自己反锁在里面，钥匙扔出来才打开的煤气。”

他问为什么这样。

“下岗了，老母亲和他一起过，娘儿俩都受媳妇的气。听说他前两天买的保险，遗嘱说得的钱儿子一半，老太太一半，一分也没给媳妇留。钱是够他老娘用到死的了。但你想啊，这钱她能花得出手吗？”

下午他去保险公司给自己也买了份保险。不过和死者不一样，他有钱，有太多的钱，以至于他根本不敢拿出来用。他害怕向儿子女儿解释这一切。还有市政那边，他死了，他的孩子就没有危险了吗？

他考虑了一个多月，累了就倒在床上睡觉。他妻子还在不停地冲他抱怨。厌烦时他就出去下棋。象棋成了唯一能令他意识到自己还活着的东西。尽管他和对手彼此从不说话。

“我输了，给你钱。”雷奇把二十块钱扔到盘上。

“不下了？”

“下，不过这么玩儿太小了，我想跟你赌把大的。”

“只要别赌命就行。”他对雷奇笑着。

“这张卡里有二十万，密码是830617。这盘棋你要是赢了，钱就是你的。”他把龙卡扔到棋盘上。

“这我可赌不起。”

“要是你输了的话，钱也是你的，但你一个子儿也不许动，全都得花在我两个孩子身上。”他把中卒压在卡上。

“我怎么花？”

“我会离开这里，你和我老婆结婚。”

他点上烟，站起来跺着脚，抖抖身上的雪，天很冷，看不清他喷出的是烟还是哈气。“这钱不是你的，是黑钱，前天要杀你那女人的，对不对？”

“我问你赌不赌？”

“你他妈也不是好人，弄了黑钱还装孙子，让我替你花。”

“别跟我孩子说。钱就是你的，跟他们父亲没关系。他们还要做人的。”

那个看棋的男孩子跑过来，等着看他们下棋。

“来吧。”他扔掉烟头，“我陪你玩。”

龙卡在棋盘上滑来滑去，不时有雪花落在上面。男孩儿这次还有三步就看出来了，“你输了，叔叔。”

雷奇笑笑，“拿去吧，我可以放心了。”

他又点上一支烟，长吸一口，“我有老婆，我儿子都上大学了。”

“那你就不该赌！”雷奇捡起卡，“下棋吧。”

这盘棋下到一半男孩儿就回去了，“冻死我啦，”他跑到楼上冲着五楼喊，“妈，我帽子呢？”

“你什么时候走？”

“我还走个屁啊！”雷奇用绿车重重砸在红马上面。

“你走，我马上就离婚。”他掀起棋盘，棋子落到雪里形成几个圆坑，“我下棋从来都输得起。”

雷奇感觉到了难得的轻松，直到入睡前还保持着这样愉快的心情。躺在床上他动情地摸着妻子的腰，把她弄醒了。

她转过身，瞪了他一眼。“我都说了，那是我的错，我绝不会再干那种事了。你干吗天天还要找他去下棋？你想逼死我是不是？”

“他是个男人，最有魄力的男人。”

“哪有你有魄力啊，你不是有枪吗？枪呢？拿出来呀，冲我这儿开，杀了我。”

“等我死了以后，你要和他一起生活。”

“死？”她从床上跳起来，“你去死吗？死呀，少在我面前吓唬我。”

灯突然亮了，被吓醒的力力摸着开关看他们，张着嘴不敢说话。

“我会死的。”他下床抱起儿子，“到时候你必须照我的话去做，还有你，力力。”

那次之后他们就没再下过棋，有时候他们就一起没有方向地散步，什么话也不说，像飘落的雪花一般寂静无声。后来有几天雷奇住进了医院，出院当天晚上雷奇就在亭子里遇见了他。

“你五天没来，气温一共下降了五度。”

“我第二次服安眠药被她发现了，她把我送到医院。”雷奇说。

“你根本不想死。”

“我是不想死，难道你想吗？”

“我只怕离婚，这几天我都说不出口。”

一个小伙子推着一车糖葫芦从前面走过。雷奇买了两个。山楂被冻得咬不下来。雷奇拼命咬下去，半个山楂和他的一颗门牙一起掉在了冰面上。他把门牙捡起来，看了看，笑了。

“你哪天走？”

“明天。”雷奇把牙嵌到那些孩子在下午堆成的雪人嘴里。

“几点钟？”

“晚上十一点，T60次列车。”

“你放心，我会和她结婚的，钱丢不了。”

“谢谢，我确实对不住你，把你也拉到这悲剧里。”

“一路保重，我不送了。”

“我死后三天你还是要送我的。”他们第一次握了手。

你睡了吗？

没有，我在听。

我现在不明白毛毛那天晚上为什么要回来，二十万够她花了，她回来还要干什么？

我们那夜就是为这个原因吵的架，不然她死不了。

几点了？

天亮了，拉开窗帘吧。

我们就这么过的年，咱家买炮仗了吗？我出去放两个。

真的是他把毛毛杀死的？

不然我也不能睡在你身边。

10

早上醒来之前，被子就已经掉到地上了。你发现玻璃上结了一层乳白色的霜。光着脚踩在被子上你走到窗前。现在什么都看不到了，你对着玻璃哈气，指甲费力地刮着，却始终无法划开冰霜。外面响起汽车喇叭声，你侧身贴在窗前仔细倾听，猜测这应该是从东向西行驶的汽车。不时还传来铁锹铲雪的声音。不知从何处冒出的寒气将你左耳凝在了玻璃上，忍着剧痛你将还带着冰的耳朵从霜上缓缓揭下来，捂着通红的耳朵，但是依然很痒，直到死你都在承受着奇痒无比的痛苦。你妻子在你的尸体上伤心地看到了那只被挠得露耳骨的耳朵。

看不见外面的世界使你一整天都无所事事。你伏在墙壁上看着这几天写下来的文字。二号是这样写的：咦？毛毛的那只布袋跑哪儿去了？在这句的下面是：我就要飞了，这是我这一生最轻松的一刻。斜对角一段话的日期是三号：还有那只闹表也不见了，表蒙被毛毛摔坏的那个。你在上面一字一字地读出声来，然后躺在床上看着天花板，一片空白。有一天我要在那上面写字。你起身又看了一遍你刚刚读过的一句：我就要飞了。你摇摇头，这不是你写的。要飞了？你想着，大声问门外的看守今天几号。

“四号，明儿你就上路了。”

“四号？”你想最后留点什么，于是你写：这是我这一生最轻松的一刻。

你妻子又来看你了。你们还是说不出什么话来。她把嘴唇咬出血了。

“那我们就此永别吧。”

“不，我明天还来看你。六点钟，在刑场，不见不散。”她笑的时候露出染红的牙齿。

“还有十六个小时。”你的眼睛随着墙上的钟摆来摆去。

“钟磊？”

“呃？”

“你要是忍不了就用我给你那牙刷提前解决吧。”

“那可不行，咱们都说好不见不散了。”你冲她笑了。

她摸摸嘴唇破皮的地方。

第二天她的确来了。但是你先违的约，不到六点你就走了。

晚上看守问你想吃什么，“多要点儿吧，这可是你最后一顿了。”

你想了许久，看看窗上厚厚的白霜。古人上刑场之前总能有飞鸟相伴。现在是冬天，什么都没有了。秋天来了，一群大雁飞走了；冬天到了，大雁已经不在了。

“要盘花生米吧，蘸盐吃，那玩意儿又好又下酒。”你写完冲着外面喊。

喝了酒的你话特别多，似乎想把从前没说的话全都说出来。“这酒你尝尝，”你从下面递给看守，“怪辣的。”

“你多喝点儿，到时候迷糊了就一点儿罪也不用受了。”

“这可不行，我得看着自己死。一辈子就死这一回可不能稀里糊涂的。你跟他们说说，明早别蒙我眼睛，我看看子弹能不能从我身体里穿出去。”

“成。你尝尝花生米，味道合不合适？”

“其实我也没吃过。书上这么写的，说过去有个圣人砍头前就吃这个。”你抓两粒尝着，“好像这也不怎么好吃呀。”

“是不是我们没做好？那人怎么说的？”

“他说煮了吃，要不然就是炸了，我忘了。那人叫什么来着？”你挠着自己的冻红的那只耳朵，“好像是金朝的。”

“金朝？”看守看看附近没人来，偷偷喝了口酒，“成吉思汗吧？”

“不是，不是，他姓金，金……”你感觉有点晕，“反正是个圣人。”

“喂，你到底犯了什么罪呀？”

“杀人啊，两个毛毛都是我杀的。”

“毛毛？小名啊。你怎么跟毛毛这名犯相啊，”他又喝一口酒，吃了几粒花生，又吐了出来，“多亏我儿子不叫毛毛。”

“不对呀，我就杀一个呀，前一个我记不清楚了。后一个我可熟，我给你背背：大概在十二点我从家里出来，我妻子当时睡觉，我出来是因为我睡不着，我走进花园是因为怕路边没盖的井危险……”

“行了，这也显摆？不过你妻子可真厉害，谁都不怕。不然你早死了。”

“我知道我对不住她。”你倒上酒，“怎么这么熟呢？”你靠在墙角弓起腿，下巴顶在双膝之间回忆着，“不对！这是我背的词儿，不是我干的！喂，后面的毛毛不是我杀的。”

“你没杀人那他们抓你干吗？行了，喝酒吧。”

“我想想，前一个是我女儿，我想要儿子，结果是女儿。”

“你也太老套了吧，现在一家一个，男孩儿女孩儿都好。”

“是啊，我也这么劝自己的。”

“护士，怎么样了？顺利吗？”

“是个姑娘，七斤多重。”

他站在门口，迟迟不愿进去。里面传来他女儿的哭声。

“我以为这事我多苦呢，一挺就过去了。你看，一眨眼，我肚子变平了，变出个孩子来。”

“没剖腹就好，我们还能要一个。”

“你怎么了？一点表情都没有，你可是当爸爸啦。哦，你失望了对不对？我怀孕时你就跟我念叨儿子。”她气得转过身去。

“你别生气。”他说着，声音小得几乎被哭声淹没了，“女儿挺好的，挺好。”

女儿被他抱起时突然不哭了，他看了十多秒，笑了：“挺好。”

“啊，我明白了。我那么疼她只不过是在嘲笑我陈旧的思想。原来我并不是从心底真正去爱她。”

外面没人回应，他在黑暗中回到床上，脱光了衣服躲进去，双手将全身摸过一遍，到了明天就会变成一堆烂肉。他缩进被子里，看到月光透过冰霜映在墙壁上。

“爸爸，爸爸！”

他听到女儿在喊他。

你找出那盒“三五”，抽出一支才想起自己没有打火机。

没人注意到他停在水中央不动了，看着下午两点钟的阳光。“爸对不起你，你不是男孩儿，但你弟弟就是了。”救生员从瞭望台跳下来游向浪花击起的地方。附近游泳的人看到这里出事了。有人叫起来。

“毛毛，爸爸来了！”他拼命地向前游，游泳圈越漂越远。毛毛渐渐沉下去，水面趋于平静。他从水底抱起毛毛，游向岸边，“爸爸不是人，爸爸不想让你死。”

你从地上摸到衣服，捡起一件件穿上。你妻子是对的，你没杀过人，你没有罪，但死刑却是你最终的解脱。毛毛死后的十几年里你疯了两次，第一次到精神病院接受治疗，第二次你将在这里永远卸下你的痛苦。死刑对你来说已经不是惩罚，而是变成了赏赐。对你而言，极刑是继续活下去。

在夜里你睡了又醒，醒了又睡，之后你干脆坐起来看着时间一点点溜走。快点儿吧，我要早些见到毛毛。你捶着铁门，叫醒了看守。

“刚五点钟，你再收拾收拾吧。”

“收拾什么？你要我背着行李走吗？”

“就是你把这辈子经历过的事好好整理一遍。待会儿他们就来了。”

外面还漆黑一片。

他们已经准备好步枪，尽管你打算对着枪口死，却还是不由自主地闭上了双眼。你尽量让自己心静如水，保持着微笑。“三、二、一。”你默默数着，还没有开枪。你睁开眼睛，与此同时枪响了。树林里惊起一群飞鸟，它们在上空转了三圈向北飞去。你真想不到方才还万物静寂的世界只因为一声枪声竟然会出现那么大的骚动。很奇怪你居然没死。

那是试枪。

这回枪口真的是在对准你了，你下决心一定要睁开眼睛。爸爸，救我啊。不要再想了，你摇摇头。砰！枪响了。虽然你盯得很仔细，却还是没看清子弹飞行的路线。你估量着枪口所对的位置，目光慢慢向自己这边移动。大概是对着心脏，你低头看时意外地发现自己的胸口穿了一个洞。树枝上最后三只幼鸟从窝里飞起来，一只实在太幼小，从半空中摔到雪地上，剩下两只直接奔着群鸟消失的相反方向飞去。砰！又是一枪，这一次你不知道子弹打在了什么部位，全身都在痛。你看看自己没有新的伤口，还是胸口的一个洞。你怀疑射击者拥有百步穿杨的功夫。有几滴血从你眼前落到了脸上。脑门儿！子弹打进了你的额头，这让你清楚自己马上就要死了。毛毛，爸爸来了，爸爸替你报仇了。你双腿顶住子弹向后的冲量，想让自己往前倒下。然而后面却有一种力量拉扯着你。你不想在最后时刻对这个世界屈服，于是头用力向前倾，试图带动身体倒向前方。没用，还是没用。后面抓着你的力量虽然并不比你大，但也不亚于你。爱，只是为了嘲讽陈旧的思想。你回头看看是谁拽着你不放手时突然发现自己很滑稽：你是被绑在柱子上的。这使你死时的笑容显得有些难以捉摸。

第 三 部

0.0.0

在第三部每一小节都会出现一个由数字组成的标题。其中前边的数字表示叙述此节的人物，中间的数字表示此节讲述的是谁，后边的数字表示从时间顺序上看此节在第三部的位置所在。这样的做法使得小说除了按着页码阅读之外，还会有三种不同的阅读方式：以三位数字的顺序依次阅读。在这里，作者向你保证，每一种重新组合的文本都会令你有新的发现。

1. 张文再
2. 杜宾
3. 张雨卉
4. 袁南
5. 朱珍珍
6. 雷奇
7. 周贺
8. 李佳毅
9. 邻居
10. 杜宇琪

2.2.6

我妈妈为我留的房门。我轻轻推了一下，随着门渐渐打开，从屋里泄出来的阳光在门外形成一个四十五度角的扇形，我倚在门旁迟迟不愿进去，我的影子是这扇形的角平分线。一个扛着自行车上楼的邻居冲我打招呼。我认识他，但实在不想和他说什么。我看了他一眼没吭声就走进去。

“这么晚才回来？”我父亲在饭桌旁等着我，“你真不如在外面住一宿。”

“你快走吧，你爸会骂你的。”她坐在岸边，两只脚伸进湖里画圆圈。

“出了这种事，你叫我回去怎么说？”

她拾起草丛中的一颗杨树籽，揭开表皮，里面冒出像棉花润湿了一样的东西。“要是再过几天就好了，等这些都长熟了，满天都是飞来飞去的白毛毛。”

“学校晚上补课。”我放下书包洗手，水龙头震耳的响声令我有些头晕。我不愿就这么坐到我父亲对面。

“老师们单给你一个人补课是吗？”

“我都说了，”我甩甩手上的水坐到位子上，“你别总去学校找我，那些同学又不是就我一个人有爸。”

“你怕丢人是不是？那你就别像个野孩子似的跑出去撒欢儿。”

我看看我父亲，没再说话。这些饭菜我根本吃不下去，我全部夹到碗里，闭着眼睛往嘴里送，“你们一直没吃饭？”

“嗯。不是我说你，宇琪，”我妈妈说话了，“你看现在多乱啊，今天上午就有个逃犯跑到三楼来了，警察在外面砰砰地放枪，吓得人都不敢出门了。”

“你的意思是让我去抓逃犯？”

我爸瞪了我一眼，“她叫你按时按点儿回来。”

我抬头望望窗外，夕阳斜射进来，我盯着阳光直到眼睛胀痛。

“我到你们学校的时候刚放学，”我父亲把那么多没滋味的白菜夹到我碗里逼着我吃，“成双成对牵手走的可真不少。我告诉你，你是去十一中学习的，可别跟我整这事儿。”

“是啊，听说高一有个女生还怀孕了呢。”我知道该怎么说了。

“真的假的？”他听后站了起来。

“起初我也不知道，就是觉着有点儿怪。”她仰头望着他，抓着他的手叫他坐下，“我查了，两个月。”

“还能有这事儿？”我妈妈有点儿不相信。

“怎么不可能？”我父亲又添了一碗饭，“十七八了，按理说什么都懂了。”

“就那么一次呀。”他双手不停地抠着泥，从没感到这么惊慌失措。

“比六合彩还难中。”她居然笑起来。

他开始厌恶她的笑，于是看着远处缓缓行驶的游船。

“这事儿谁家摊上都不好受，问题是那姑娘可怎么办呢？”我妈妈又流露出她那过盛的感情。她总是这样，看电视剧她都会好几天伤感得叹息不止，报纸一篇煽情的报道就可以让她泪流满面，而对自己现实中的生活她却出奇的冷漠，甚至都有些麻木不仁。

“那怎么办？”她噘着嘴，“我该生在古代，那我就能上吊自尽，我妈我爸不但不拦我，死了还给我立贞节牌坊呢。”

“我可不希望你就是这么想的。”

“要不然我就生在中世纪的欧洲，教会怎么打我骂我我也不说孩子的父亲是谁，然后再含辛茹苦地把孩子养大，让他当个骑士，跑去对教皇说，啊，尊敬的教皇，有关于我卑微的身世乃是世俗的流言，我那值得景仰的父亲便是当今声名远扬的宇琪·德·杜伯爵，而我可怜的母亲则是我此生的骄傲。”

“我跟你说，现在可不是我们说笑的时候。”

“那你要我干什么，对着你哭哭啼啼的吗？”她看着他，两只大眼睛溢满了泪水。

他不说话了，低着头用右手拇指抠着其他九个指甲里的泥。

“真丢人，”我父亲说。“这在你们学校传开了？”

“你都跟谁说了？”他问她。

“就你呀。”

“还有呢？”

“我爸，不过我用不着怕他。他气得上了楼，我就出来了。”

“就我一人知道。”我看着我妈妈，她显然没在意我的话。

“认识她？”

“嗯。”

“那她怎么就跟你一人说？”我父亲笑起来，“你是她知己不成？”

“因为，”我把碗推到中间，几乎一口饭都没吃，我明白自己马上就要承受什么，“因为那女孩儿说我是孩子的爸爸。”

“我才四十五岁。”我父亲站起来，双手比画着数字，然后抓住我的衣领，抽了我一个耳光，“你他妈就让我当爷爷了！”

我母亲坐在原位不动，双手叉腰静静地注视了我几秒钟，突然从厨房走到屋子里神经质地喊叫起来。她回来时抓起所有不值钱的东西向我这里摔。因为我并不闪躲，她再次被激怒了，她先向我身上的各个部位掐去，看到我没有表现出痛苦的样子便抄起拖布杆朝我后背击打。在第二根拖布杆被打断的时候，她蹲下来，头反复撞着墙壁伤心地哭了。

我父亲又给我一巴掌，他指望着我哭出来，仿佛我的屈服将等同于他的胜利。我的眼镜掉在地上，被我父亲走动时踩碎了，他听到玻璃破裂的声音。看着我，回去又看看角落里的母亲，他跪在地上，弯下腰。下面很暗，他在桌下像寻找一只他药死的蟑螂一样徒劳地去搜寻那副失去镜片的空镜架。

我躺在床上，窗帘像泄了气的气球无力地贴在窗户上。我父亲在里面的屋子里不停地说啊说啊，我母亲低声哭泣着。夜晚仿佛绽放的花朵一般寂静无声。我企盼夜色将他们融化。我打开灯，重新读了一遍我和雨卉以前的通信，然后我靠在墙头看白炽灯刺眼的白光，如一个上了年纪呼吸困难的老人那样按着自己的胸口走到桌前。我想给她写几句话，写了半页左右我突然发现这些话并不是为她而写，那是送给我慰藉自己的语言。我关掉灯躺回床上，在风吹着窗帘的一瞬间数着对面楼里亮灯的窗户。

我妈妈在黑暗中摸进屋子里来的时候撞倒了路中央的椅子。她在椅子落到地板之前停止了哭泣。她捂着膝盖跨过横在地面上的椅子、书本以及摔碎在地上的玻璃杯，在我床前抓着我的手，低下头轻轻对我说：“我打你了？”

“你没打我。”她的头发滑过我的脸，我转过身面对墙壁，悄悄地哭了。

“你真的太伤我的心了。”我妈妈松开我的手，向我全身摸去，寻找着伤口。

“我哪次都伤你的心。”

“干吗跑这么远来？他们还等着我回家呢。”他们从林子深处向湖边走去，他跟在她身边，看见几只松鼠在树梢间跳动。

“我想告诉你个事儿。你先坐下。”她神秘地笑着脱下凉鞋，双脚伸到水里。

他看出那种笑意是经过事先预演的，他怕她会在这里让他表白或是说其他一些山盟海誓的话，虽然她还没有求他说过，但他讨厌这个，讨厌以这种方式筑造的爱情堡垒。如果真要那样的话，我转身就走，他想。“好，你说吧。”

她并没有说，只是张着口不发出声来，同时指指自己的肚子。

他盯着她的嘴，按着口型自己说了一遍：“我怀孕了？”随后他闭上眼睛顺势躺在白云之下绿草之上。

“宇琪？”

我没说话，我妈妈的影子映在墙壁上。

“我和你爸想好了，你先把考试过去，然后我们给你转学，远离此地。”

“我会远离此地的，以后再也不回来。”

“嗯，你睡吧。”我妈妈站起来，“那女孩儿是谁？”

“你打算接下来怎么办？”他侧身看着她，风吹动她耳边的头发起起伏伏。

她捡一颗石子向湖中抛去，石子跳出水面又落入稍远的水中，击起点点涟漪。“来个痛快的。”她双手各抓起一只凉鞋，仿佛在比较哪只手的力量大一些，然后一起朝水面扔过去，凉鞋在几乎平行的位置溅起两处水花。她抽出水中的双腿，光着脚踩在泥里，“我该怎么办？”

10.2.1

我们在前面简单介绍了杜宾童年及少年时的状况。在千位以“一”为开头的最后一年，杜宾升入了长春的一所高中，高中三年他依然没有显露出半点儿令后人惊叹的那种文学才能。与大多数同学类似，他度过了较为平庸的高中生活，学习成绩始终停留在中等偏上的位置。虽然有很多评论家都根据他的作品认定杜宾是个比较独立的人，然而那时候的他就像后来的他一样，只会用文字表明自己的观点，绝不付诸言语行动。与众人为数不多的几点不同之处之一是他曾因为偷换试卷受了一次大过处分，原因在于替他考试的枪手承认自己答得很糟糕，于是他在弄来的一套空白卷上填满正确答案后混进教研组换回了那份充满错误的试卷，整个计划进行得很周密，愚蠢的是近乎满分的成绩暴露了他的作弊行为。（笔者交代此事只是为了令读者对杜宾了解得更多一些，看上去这个与他之后的文学生涯没有丝毫关联。）另外还有一件有意思的事是在三年里他从未交过老师布置的作文。为此笔者去拜访过那位姓黄的班主任，一个下午她都在不停地摇着头，我相信即使到现在他的语文老师也不肯承认后来达到无限辉煌的杜宾就是她当时的学生杜宇琪。

在十一中的三年是他一生中阴云密布的三年，是他心里面卷起狂风的三年。这三年过去后他就把自己的名字从杜宇琪改为杜宾，彻底与长春切断了联系。（笔者先声明，虽然笔者也叫杜宇琪，但绝不是上天安排的巧合，也绝不是笔者由于对杜宾的顶礼膜拜而更改的笔名，一切都归咎于我那对杜宾无限依恋的母亲。）众所周知，在十一中他开始了自己第一次恋爱，正是由于这场刻骨铭心的恋爱所引起的伤痛回忆才使杜宾选择了文学的道路。笔者想把此事作为本章的重点来描述。

使杜宾的整个人生就此转折的，是二〇〇〇年九月的一天，杜宾在十一中一楼与二楼之间的楼道口首次见到了那个比他小一岁的女孩儿。杜宾的小说里没有一处场景讲过这件事。当时和他在一起见到那女孩儿的是他的高中同学，也是他的大学同学李佳毅。按照校友录所留下的地址，笔者找到了现在已年过古稀的李老先生。他住在稍显冷清的郊区，离市区大概有两个小时的车程。对于老人来说，那是个安度晚年再好不过的地方了。辽阔的田野、宁静的夜晚，以及与花鸟为伴的惬意生活都会令人享受到生活的美妙。李老先生看到我的名片略显惊讶，他眯着眼睛观察我，仿佛在找我和这名片的相似之处。我告诉他我是杜宾的养子，显然他没有听明白我的话，继续回忆着自己为什么对这个名字有如此深的印象。我说杜宾以前是您的同学杜宇琪，当上作家后才改的名字，而我打算写一本关于他的传记，所以不得不前来打扰您。

“你一提作家我就想起是谁了，”他点点头，“宇琪真的成作家了？”

我告诉他杜宾不但当上了作家，还写出了几部本世纪最负盛名的华语小说。

“五十年了，”他掐指算着，“我们从没见面。”他问我杜宾现在怎么样。

“已经死了。”我对他说，“或者说是失踪了。”

他说懂得我的意思。“他一直都在逃避生活，”他靠在安乐椅上摇起来，“不然我也不会坚信他是天才的。”

一个十七八岁的姑娘，看上去是帮李老先生收拾家务的钟点工，走到院子里告诉他饭菜做好了。他坐起来，冲我钩钩手指。这手势换在其他人做出来都会令我觉得带有轻蔑的意味，然而出现在他身上便有一种不可抗拒的力量。于是我欣然接受了他的邀请。

饭菜并不丰盛，但是十分可口，他一边给我夹菜一边讲述过去的事情。访问一年多的经历使我知道，这是了解真实情况的一个相当合适的时机，无须我特意去问什么，对方自然会点点滴滴地回忆出来，这样就避免了我本人主观诱导的可能。（倘若我问那时是否如何如何的话，对方由于想不起来通常会选是，而很少有人会承认是自己忘了。）不过李老先生说出的事情有些散乱，从杜宾向同学借了一笔钱后消失了说到杜宾在老师进来之前在门上拴上三根一拉就响的鞭炮，要不然又说起杜宾的几首伤感得有些滥情的诗作。我不能做笔记，因为经验告诉我，被访问者要是看到他的言语正被一一地记在纸上，会产生很大的压力，无法说出更多的事情。我仔细地听他说话，拼命地把这些没有顺序毫无联系的细节一股脑儿塞进我构画好的时间框架里。

李老先生饭量不大，吃得很慢。吃完饭他点起一支烟还在对我说着。可能是他本人也已经意识到他所知道的就这么多了，以至于有些事情反反复复地说了好几遍，所以他笑了笑，闭上双眼去想一想还有什么漏掉的。借此空闲我整理了一下方才他的那些回忆。李老先生所回忆的都是些无关紧要的东西。我想知道杜宾的那次恋情以及那之后他情绪的变化，这些李老先生只字未提。而且我发现他说的这些事中至少有一半杜宾是不可能做的，譬如杜宾他不会去搞在老师后背贴字条这类幼稚的恶作剧，也绝不会同时周旋在四个女朋友之间。或许是李先生记错人了。我无奈地笑了笑，除了这顿令人回味的午餐，这一次来访好像没有其他的收获。

我接过那女孩儿递过来的茶水告诉他我想要一些真凭实据的东西。

“有。”他想了一会儿回答。然后他从衣柜里掏出了一个铜匣子，“这些都是他的信。”他说，“好像也有我的。”

不同的信纸写着各式各样的字体。有一沓是李老先生写的家书，上面说大学里组织学生每人给父母写二十封信，我查了查，刚好二十封。还有几十封女孩子的情书，前面的称呼是“宠物熊”，下面署名是“番茄”。

"你能记起这是给谁的吗？"

他接过来，重新将信读了一遍，"我的。"李老先生皱着眉，仿佛在想是自己什么时候的女朋友，随后一股莫名的感动浸染了他，"这些一定是宇琪的。"他指着几封订在一起的信说。

我认出这是杜宾的字迹，他那糟糕的字几十年都没改变多少。"嗯，这些情书都是杜宾寄出去的，为什么会转到你这里呢？"

他看了半天，记不起来了，"你收着吧。"

临告辞时我还是问了他我早就想了解的问题，就是杜宾和他那次恋爱的女朋友第一次见面时的情形。

"哪个？"他问我。

"就是信上写的这个。"

"哦。"他说那是高三他们刚开学，新来了一批高一新生。半个班的男生决定下去看看这里面有没有漂亮的女孩子，其中好像要数杜宇琪最活跃，他带着男生往下冲，跑到二楼的时候撞倒了迎面上楼的一个女孩子。当时热播日剧《一吻定情》，就是讲在这种情况下两个人会很意外地吻到一起。现实中虽然不致如此但也足足令后面兴奋的男生哄笑起来。杜宇琪扶起那个脸红了的女孩儿，捡起散落一地的新书，翻开封面的扉页看到了那女孩儿的名字。他盯着她，把书递过去，却不肯松手，指着那本书的扉页说："我每本书这个位置上都写着杜宇琪。"

汽车驶过一片绿油油的麦田，连成一片的麦子向同一方向倾倒，坐在车里我努力地想象着那时一见钟情的情形。老实说，在事先笔者假设的几种开局中没有一个像李佳毅老先生所讲的这般庸俗。我开始渐渐明白为什么杜宾先生在他那么多本书里面写了他们的相爱、热恋及离别，却唯独不诉说他们是如何认识的。"不必去寻找故事的开头，重要的是一个完美结局。”这是杜宾在他的《第三人》里说过的，基于此，他没有一个故事是从头讲起的。

一共是七封信，都是写给张雨卉的。这是个陌生的名字，但如果叫出她的小名“毛毛”的话，读者就再熟悉不过了。杜宾后来特意写了一本书来纪念这次恋爱，纪念毛毛的死。那本处女作叫作“维以不永伤”，分为篇幅不一的四部分来写。本传记将在下一章讨论此书。七封信顺着时间排在一起，字迹相当潦草，勾抹得也很厉害。比如第一封的首句便写着：“以前没有人告诉过你吗？你早该意识到自己很美。”随后就用红笔画掉，取而代之的是风格较为轻松的开头：“他们说张雨卉是十一中最漂亮的女孩儿，我探寻了一个星期就认定唯一有资格叫张雨卉的女孩儿就是你，在我看来你比他们所说的还要迷人。”两句都是令人着迷的夸赞，下面的语言显然更加轻松，在中间他勾掉了那些描述柔和的月色、凋谢的花朵、满天的落叶这种布局式的描写，或许是杜宾觉得太多伤感文字会使对方觉得滑稽吧。不过他不得不对毛毛挑明了自己的真实感受，大意是说头几天他想着她的美丽的容颜总能甜蜜入梦，而三天之后再想着她的样子反倒难以成眠。情书到结尾处又开了一个小小的玩笑：“我不在乎从此以后你是否会接受我的爱，然而讲述你的美丽是我应尽的责任。若是你还不希望爱情到来也不必为想不出怎么回绝我感到难过。因为我也是从别人那里收到的，看看背面吧。”背面写着：“将此封抄写十份送给你认识的朋友，你将能达成许下的一个心愿。否则……后果自负。”省略号是笔者加上的，省去的部分说的是几十个人因为没有抄写此信，或者容貌被毁，或者遭人遗弃，更为悲惨的几个人此生孤独地生活至死。

杜宾前面写了七封情深意切的信来击溃毛毛的爱情防线，后来他们热烈的爱情令他终生都无法忘怀，如果说他们第一次见面只是类似于媚俗小说的情节的话，那么这七封充满智慧的信一定算得上故事里令人兴奋的开局。晚上我又读了一遍试图找些对本传记有用的细节。入睡之前我突然发现，每封信的署名并不是杜宇琪，也不是杜宾，而是那位记忆已近乎错乱的老人李佳毅。在信里面我没有看到半句杜宇琪自我介绍的话。我明白了，这才是真正的杜宾，一生都在近乎懦弱地逃避，喜欢上一个心动的女孩儿，却又不敢张口，以替别人给那女孩儿写情书的方式来逃避爱情。

1.3.5

本来大家说好了这周日一起去净月潭爬山的，可是一大早那些为此苦等了一个多月的同学们提前赶到楼下找毛毛的时候，她却不愿去了。

“怎么了？”

“我看今天会下雨的。”毛毛睡眼惺忪地对楼下的人喊。

“不可能，到现在还没下过哪。”

他们说完就走了，看来这丝毫没有影响他们游玩的兴致。毛毛原来还以为她要是不去的话大家会很扫兴的，没想到缺了她别人照样会玩得很高兴。当初可都是我一手策划的呀，她想着，现在你们又不带上我了。后来她想想自己这么想是不是太不讲理了，不过能和大家一起出去的确是件很开心的事，那次她不是和朋友在南湖一直游到晚上十点多才回家，而让焦急的朱姨气得几天都不理她吗？要不然就先把眼前的烦心事放一放，不去想它，跟他们一起去吧。她跑到阳台上看到他们已经走得很远了，她连续喊了四五个名字也没人回头。唉，她叹了口气，关上窗户，有点儿不乐意地回到客厅。

爸爸从楼上的卧室走下来。昨天晚上他就拔掉电话线，关掉手机，想要在这难得休息的星期天睡到十二点的。谁知道这么早就被毛毛的同学们叫醒了。“他们要干什么呀？”他打开冰箱，里面溢出一股很浓的巧克力味。爸爸揉揉眼睛，想找找还有没有可以当早点的东西。

“早都吃光了，你又不去买。”毛毛想把一肚子的委屈发泄在爸爸身上。

“行，正好今天我还没有什么事儿干，你给我写张清单吧。”就剩几片吐司和半瓶爸爸讨厌的草莓酱了。没办法，爸爸只好拿出这些。“他们叫你去哪儿呀？”

“你还不会吃哪，”毛毛走到爸爸身边，“中间抹这么多，边儿上怎么吃呀！”

“什么时候学乖了？有人找都不去。”

“人家身体不舒服嘛。”毛毛把涂好的吐司递给爸爸，“牛奶也要买的。”

爸爸冲她笑了笑，那表情怪怪的。

他想哪儿去啦？毛毛看着他，噘着嘴躺到沙发上，抓起遥控器打开电视，没什么有意思的节目，依次换了五十个频道又闭了。她拿起一本《铁皮鼓》看起来。有人在摁门铃，是送报纸的邮差来了。

“娱乐版给你。”爸爸抽出一张推过去。

“全都是广告啊，”毛毛浏览了一遍又放回去，“还没有我们学校的事情好玩儿呢。”

“什么事啊？”他看见一个醒目的标题：

北京申奥成功将带来巨大商机

“我们班有个同学要生小宝宝了。”

“那可不是什么好玩儿的事。”文中分析的是人尽皆知的道理，比如促进旅游业的发展呀，引进大量外资呀。爸爸翻过去。

中国入世在即，十三年谈判终成现实

“不是啊，好玩儿的是她不敢跟家里说，还偷着问我吃什么堕胎药好。”

“她不能这么做，应该坦率地告诉家人。”爸爸放下报纸，看着毛毛，“因为这不仅仅是她本人的过错，整个社会、家庭都有责任帮助她走出困境。这么说吧，如果这种事埋在心底的话，很可能她这一辈子都摆脱不了心中的阴影。”

“那你要是碰到像她父亲这样的状况会怎么做呢？”

“我就你一个女儿，怎么能碰到？”爸爸笑了，“其实这时最急需的是安慰，而不是责骂。要知道女儿的伤痛是远远大于家人的，虽然家里人会认为这种事很丢人。”

“哦。”毛毛不再问，接着看她的《铁皮鼓》。

爸爸看看体育版。

上上签能否拯救中国足球？文中说这次十强赛中国人如愿地避开了伊朗和沙特两支强队，又没有日韩参赛，百年一遇的机会就在米卢面前。接下来是分析同组四支球队的实力和特点。爸爸饶有兴趣地看完全文。“我一会儿去超市，你要买什么都写上。”

“等一会儿，我就快看完这本书了。然后一起去，我都记着呢。”

“什么书呀？”爸爸从她手中拽过来，“君特·格拉斯？”

“嗯，前年得的诺贝尔奖，不过有点儿看不懂。”

“现在的小说啊，越写越不成样子了，就像群疯子说梦话。上次你给我看的那本《白雪公主》，起先我还以为是那个童话呢。”

“不是啊，这本书不好读是因为格拉斯总是变换人称，一直都是‘我’来讲故事，写写又变成‘他’了。不细读还真分不清。”

“我早就说了，现代文学没什么新鲜的。这种方式在《死魂灵》里就用过，那便是‘你’‘我’‘他’三个人称写的小说。”

“那这三个人称指的都是同一个人吗？”

“什么？”爸爸听不太明白。

“《铁皮鼓》里‘我’和‘他’指的都是一个人，讲了好多‘他’的事情，实际上那就是‘我’的经历。”

“哦，《死魂灵》里‘我’是庄园主，‘你’是死农奴，‘他’吗？”爸爸想不起来了，都是好多年前看的了，他还记得当时在老家点着煤油灯读这本书的情形呢。唉，光阴似箭啊，他摇摇头，又拿起报纸，翻到“春城新闻”一版。

西郊路立交桥昨夜坍塌！

昨夜十二点左右，西郊路立交桥突然从中间断裂坍塌。死三人，伤十一人。此桥于三月前正式开通，不到百天时间便出现如此重大的事故。事故原因正在调查之中，有关人员证实毁掉的建筑材料为劣质品，并非财政拨款所购买的材料。

记者用了整版来报道此事。爸爸变得有些紧张，细细读完之后去楼上拨打电话，电话那边占线。他回到客厅看着毛毛。

“我看完了，”毛毛起来，“走吧。”

“你刚才说什么来着？”

“哦？我说格拉斯的小说里‘我’和‘他’是一个人啊。”

“嗯，之前呢？”

“去超市呀。”

“不是这个，”他挥挥手，“再往前。”

“我们班有个女孩儿要生小宝宝了。”

“就是这个，”爸爸盯着她，“好，‘我’和‘她’是一个人，对吗？”

毛毛的脸变红了，她转过去打开电视。楼上的电话响起来了。

爸爸甩一下手臂，“跟你妈妈一个样，”他说着跑上楼去接电话，“都是贱货！”

8.2.8

还有一个星期就要年终考试了，杜宇琪在自修室找到我，他拉着我跳出校门去那家韩国风味的自助烧烤店，在弥漫紫罗兰气味的屋子里他向我借钱。我问他需要多少。

“你能借我多少？”他忙着烤鸡翅，仿佛对此事很不在意似的。

鸡翅有点儿咸。“盐放多了。”我说。老板送我们两瓶燕京清爽型啤酒，倒在两个杯子里。

“这顿我请了。”他递过盐罐叫我自己放。

“这无所谓。”我知道宇琪的性格，我们认识五年了，从高一到现在大二他都是这样古怪。我明白借钱这个话题根本岔不过去，不过我还是等他自己再提起来。

“‘洗衣机’说要和我分手，帮我想个办法留住她。”我说。

“她走了不是还有三个吗？”

“但是从此就没人帮我洗衣服了呀。”

“有道理，买台洗衣机多少钱？”他问我。

“好的要上千呢。”

“嗯，”他尝尝刚烤好的牛肉，“就为了这一千块你也得留住她。”

我们笑起来，一个蛮漂亮的长发女孩儿推门进来。我对宇琪使了个眼色，他回头望了一眼又转回来。“我打算退学。”他说。

“去哪儿？”

“哪儿也不去，就留在北京。”

“你爸妈答应了？”

“他们到时候是找不着我的。”

“这等于离家出走，你知道吗？”

“那是小孩子的说法。”

“你以为你很大吗？”

“我都二十了，”他在烤炉上添了两只鹌鹑，不一会儿便发出嗞嗞的响声，“过了夏天我就要为奔而立之年使劲儿了。”

“什么时候到古稀通知我一声。”

之后我们就没有再说话，忙着吃东西。除了盐放得太多，杜宇琪手艺还算不错。我打了个响指，又要了两瓶燕京。打响指的声音尽量大些，以吸引那个漂亮女孩儿的目光，她对我笑了笑。我看出来她在等人，我示意宇琪帮我写几句话给她。

“没时间。”他说，“我正想怎么修‘洗衣机’呢。”

我冲那女孩儿摆摆手，她以为后面有人来了，回头看看。她瞪了我一眼将椅子转了半个圈背对我坐着。这有点儿扫兴，要是我能借助宇琪的才华，钓到她应该没什么问题。宇琪唯一的愿望是当个作家。在我看来，当作家最大的好处就是能写出令所有女孩子都着迷的句子。真可惜宇琪不会利用自己的天赋，只有在替我写的情书里他才能自如地发挥那过人的才华。五年里他帮我追上了十一个女孩子，只有一个例外。我忘了那女孩儿叫什么了。只记得当时我接连抄送宇琪写好的七封情书给她，后来她居然成了宇琪的女朋友。现在想起来都觉得莫名其妙。

一般来说，我谈恋爱是不会像宇琪那样不顾后果的，一切都要随缘。两个人在一起开心就好了，高中时候若是被父母啊老师啊什么的阻挡，那就分手呀，为什么还得像个游击队员那样提心吊胆地躲躲藏藏呢？谁也没有冒险相爱的义务。宇琪就不是，他竟爱到要和那女孩儿私奔的地步。我真怀疑他们两个是不是古代人，到二十一世纪了还玩这个。他临走的头天晚上我们并排坐在屋檐下，很大的风让我们误以为要下雨了，然而雨没下成，那个夏天都没下过一场雨。风声渐止的时候他告诉我他要从长春消失了。其实我没听明白，“消失”这个词的含义多了。不过那次他也是向我借钱。我把兜里的五十块钱都给他后就知道是什么意思了。

“回去我写封信，你抄好给‘洗衣机’，保准照样能用，”他说，“然后你借我个修理费，五百吧。”

“这回又要跟哪个姑娘逃跑？”我又起开一瓶啤酒，感觉这瓶跑气了，因为不起沫。

“你知道我已经对谁都不再感兴趣了。”

这倒是真的。三年前他们跑出去二十多天，开学像什么事都没发生过，他照样来教室上课，只是我见不到低年级那女孩儿了。后来听说她死在家门口了，我听后真是吓了一大跳，想去问宇琪到底是怎么回事，不过没敢问，他突然变得太冷漠了。虽然高三那年他还是先后帮我给四个女孩儿写了情书，我却一个也没追到手。之后我细细读了这些信，发现这些其实都是写给同一个人的。我想哪个女孩儿都不会容忍在自己收到的信里面读出写信人对另一个姑娘的无限思恋。

“小心点儿吧，”我说，“对女孩儿没兴致是种病。”

他笑了：“说借好听，不过你明白我不可能还你的。”

“上次你可还我了。”

“对不起，我不是有意的。”

是他父亲还我的五十块钱，我真不想收下来，他父亲一直冲我大喊大叫来着，说我纵容他儿子出逃，仿佛没那五十块宇琪就走不了似的。

“你准备在外面待多久？”

“直到我死。”

“别说你明天就死，”我用筷子敲着玻璃杯说，“这是北京，五百块钱连房租都不够。”

“我还要去借的。”

“谁能借你？”我问他，“除了我。”

“不知道。”他不再说话，忙着往牛肉上撒调料，阵阵香气溢出来。

“熟了吧？”我有点迫不及待了。

“嗯，”他递给我几串，“靠文学要饭。”

“你以为文学能和别的艺术比吗？那些穷困潦倒的音乐人可以坐到地下通道弹吉他唱歌活命，饥饿的画家会把画卖到跳蚤市场混饭吃。你的文字卖给谁？”

他点起烟，看看四周，到中午了，人渐渐多起来。他坐直身子说：“我一定要走的。”

“能告诉我为什么这么想走吗？”

“我也说不清楚，或许是对生活厌倦了。”

“那你逃掉就不生活了？”

“不生活，”他笑了，“没日没夜地写，看着我王国里的子民生活。”

“真有意思。”我不想再和他说话了。我敢保证他现在头脑热得自己都不明白自己在想什么。我的目光跳过对面的宇琪可以从镜子里看到那女孩儿迷人的样子，我看了很久直到她发现我。

“我早就想走的，”他用快燃尽的烟头又点上一支，“毛毛的事情只不过是个契机，即使没有那事儿，我早晚也要走的。我只是对她说如果我有钱我就带着你远走高飞，结果她就真的弄来了一大笔钱。她不该走的，怀孕的事没什么大不了，解决之后的生活依然会平静如水。她想和我私奔仅仅是为了满足她对那种未知生活的孩子般的好奇心。结果她死了。我天生就是个悲剧人物。我无法原谅自己将摆脱不掉的悲剧气氛也笼罩在她的周围。”

“你太爱她了。”

“你知道吗？在北京将近两年的时间我把自己的过去仔细回想了一遍，不幸的是，我发现自己从来都没爱过谁，包括毛毛。我注定没有爱的功能。如果毛毛没有钱的话，我很难相信我是否还会带着她。现在我如此怀念她，纯粹是因为不安和内疚。”

老实说，我没怎么听懂他的话，不过我已渐渐觉得他是对的。我确信只要坚持住，他一定会成为天才的。我避开他那看上去与世界抗争的表情，向他后面望去。那女孩儿一直苦等的男朋友出现了。看得出来那是个头脑简单的家伙，蠢到要解掉衬衫的扣子来露出胸肌吓唬人的地步。显然那女孩儿对他说了些什么，他握紧拳头狠狠盯着我。我苦笑着冲他摆摆手显出自己很傻的样子。这把他逗乐了。真糟糕，好不容易吃顿烧烤还得四处装孙子。我心里挺郁闷。

“走吧。”我对坐着发呆的宇琪说：“你来埋单，我们去银行。”

5.1.7

毛毛待在家里已经五天了。

她爸爸星期一早上去的学校。在寂静的走廊他来回走着折线等班主任下课出来。

“您是张雨卉的老师？”他走上前去，“她病了。”

赵老师不认识毛毛的爸爸，相反她非常厌恶地打量着这个弄出一地烟头和满走廊烟味的陌生男人。

“这是我的名片。”她爸爸递上一张自己值得夸耀的印满一连串头衔的名片。

“哦，张雨卉的父亲，我是她的班主任。”她笑着去握手，“你说她病了？”

“不是，”他意识到自己开始时说错话了，“她手臂骨折了，可能要错过这次考试。”

“昨天爬山弄的吧？我刚才还训他们来着，这帮孩子，都什么时候了！”

“她昨天没去，是车撞到的。”

“出车祸了？”

“没什么大伤。”她爸爸笑了笑，不是对老师，而是对自己临场发挥的故事表示满意，“不过期末考她可能要错过了，加上一个暑假，伤会养好的。”

然而这五天毛毛并没有照她爸爸的话去做，她坚持待在家里。星期一她在读《圣殿》，显然她看不懂这本预示她悲惨下场的小说，硬着头皮读了一个下午便放下来看着窗外。她惊喜地发现已经有柳絮在空中飘了。“六月雪。”她觉得这个比喻怪神奇的。到晚上她不厌其烦地描述这些白毛毛，直到睡意袭来为止。

第一天过去了。

第二天她将五十个频道前后拨了十几圈，之后她跑到楼上给杜宇琪打电话，当她听到是那男孩儿的妈妈接听而不是他接听时便一语不发，等对方挂掉她依然拿着话筒。“咦？”她感到很奇怪，“你在？”那边许久没人说话，她才挂掉。到了晚上她趴在床上写了两个小时的日记，然后把它锁到抽屉里，没人知道她写了什么。

星期三垃圾桶里的一个纸团上面写着：“有人偷看我日记。”后面的一句是：“我最无助的时候却找不到你了。”字迹很潦草，中间划去了一大段，有一些能够辨认出来：“我们分手吧，我越来越觉得我和肚里的宝宝是你的累赘了。”这是她写废的一张日记。

中午她给她妈妈打了个电话，她妈妈怪她这么久了都不过去。“我正准备考试呢，”毛毛语调轻快地说，“过两天我就去。”她妈妈挂掉后毛毛用手指敲着话筒，“真奇怪。”她说着也挂掉了。

下午学校的考试结束了，一大帮同学成群结队地来到楼下。

“你们上来呀？”毛毛站在阳台上冲着他们喊。

“哎呀！”一个眼睛挺好使的女生惊叫起来，“你怎么把绷带给拆啦？”

“我没有啊。”毛毛低声嘀咕着，“什么呀？”

一辆奥迪 A6 停靠在学生们的身边，她爸爸从车里下来了。对那些同学说了几句话。孩子们听完就撕开打算送给毛毛的两大袋水果，一边吃着一边各自高兴地回去了。

“你再往前倾斜一点，就非得从六楼摔下去不可。”她爸爸上来对她说。

毛毛闷闷不乐地从阳台走回客厅，“你把他们都撵走了。”

“给你妈打电话。”她爸爸提起话筒说。

“我打过了。”

“把事情告诉她。”

“你去跟她说好了。”毛毛不理他，打开电视。

“这事是你干的还是我干的？”

毛毛拨到音乐台，把声音调到最大，满屋子都是歌声。

“不行！”由于歌声太吵了，他不得不吼出来，“叫你妈带你去！”

“我不去。我还要在家给你生小外孙呢。”毛毛冲他笑着，想办法气他。

“闭了！”他走过去关掉电视，“你要是敢，我就把你踢出去！”

“那为什么你不和我一起去？”毛毛语气有点软了。

“没时间，跟你妈去有什么不好的？”

“你怕丢人是不是，张大局长？”

她爸爸笑了，摸摸她的头发，“不去就算了，我给你找个大夫吧。”

“哼，”毛毛冷笑着，“就那些长得跟流氓似的江湖郎中？”

“我找全市最好的。”

“小心点儿，最好的大夫也是最好的喇叭，他们会跑出去到处跟人说的。喂，听说了吗？有个姓张的局长家里出了那么那么大的一桩丑事。”毛毛说完跑上楼，反锁房门。

她爸爸敲了半天门也不开，他叹口气：“待在里面吧，死也别出来！”

毛毛果真就没出来，晚饭也不吃了。她爸爸示意保姆不许给她送东西，不过这招也没制伏她。直到第四天上午她爸爸上班之后她才从楼上下来找吃的，吃饭之后又回到房间里。为避免那部令她疑神疑鬼的电话，她决定用手机打电话，不过手机已经欠费了，她还是拿起楼上客厅的电话拨给他。

“你不来了？”电话那边问。

“我爸把我软禁了。”毛毛说，“我正忍受着苔丝，还有那个背红 A 的女人叫什么来着？忍受她们两个的苦难。”

他好长时间后才说话：“你把我想得太坏了，我会负责的。”

“呵呵，”毛毛笑起来，“那我就是珍妮姑娘，老议员死了，也就是爱莫能助了呗。”

“嗯，爱莫能助。要是有钱的话，我一定会带你远走天涯的。”

“你爱我吗？”

那边没说话，毛毛听着对方的呼吸声。“等等！”毛毛说，“你感冒了？”

“没有啊。”

“那你咳嗽什么？”

“我没咳嗽。”

“你别偷听我电话！”

“谁呀？”

毛毛没回答他。不一会儿传来噔噔的下楼声，毛毛跑下来，推开书房，“你要干吗？”

没有说话。

“你监视我好几天了，你有什么资格？”

“不管怎么说，我还算是你长辈，别冲我喊。”

毛毛拿起书房的分机，电话那边已经挂了。她默不作声地放好话筒，缓缓向外走去。看来她又要回自己卧室哭去了。

“他说最大的障碍是你们没有钱，对吗？”

毛毛转回身，表情有些无助。

“有钱你们会走？”

“但是没有钱。”

“有的，你爸那里有。”

“你明知道他不可能给我。”她苦笑着说。

“你可以自己拿嘛。”

她坐下来，疑惑地望着。

“保险柜里有的是钱。”

“我不知道密码呀，”她摇着头，“再说这是要犯罪的。”

“密码是你的生日。”

她低着头沉思着，猛然抬起头说：“你希望我离开对不对？然后这个家就是你一个人的了！”

“那你就留下来吧，十多个房间，够你生一窝小宝宝的。”

“我走。”她站起来退出书房，“但我绝不会感激你的。”

因为保姆始终在楼上楼下忙来忙去，毛毛就又拿出《圣殿》看起来，到晚上她出奇的安静，陪她爸爸在客厅看电视直到深夜。父女俩要是不提那事氛围还算挺和谐的。后来她爸爸试着提了一句：“女孩儿要是太早生小孩儿会变老的，你看，你才十七，没准儿生了小孩儿就变成七十一岁的老太太啦。”

毛毛没应声，依然盯着电视，这让她爸爸摸不准她的想法。“省医院的王大夫说哪天来看看你，就算你想要，也得让孩子顺利生出来呀。”

毛毛又不说话，这等同于默认了。她爸爸很高兴，到时候只要王大夫看过之后说几句胎位不正啊，或是生出的孩子是畸形啊，那时堕胎便是顺理成章的事了。回到床前他脱衣服时还炫耀着：“我早说过了，我天生就是个杰出的演说家，什么人都能说服。”

“你说服不了她的。”

“你不信？”他钻进被里，“等着瞧吧。”

“那就等着瞧吧。”

第五天上午保姆出去买菜，毛毛在楼上给宇琪打了个电话，没有人听见他们说了什么。不一会儿她眼睛红肿着走进她爸爸的卧室。

“打不开。”她在乞求帮助。

“七位数，四月前面没有零。”

毛毛拧开了保险柜，里面堆满了大大小小的文件，最下面压着一个黑色皮箱。

“钱在箱子里，同样的密码。”

“有多少？”

“二十万吧，够你们用的了。”

她托起皮箱，变得有些激动，手不停地发抖。

“九点钟我得出去办点儿事，走之前锁好门。”

“你这是在推脱自己的责任。”她抬起头冷冷地说。

“不管你们去哪里，一定要先在长春找个角落避几天，不然你爸爸的人会在火车上就把你们抓回来的。”

“朱姨，”她望着半开的门，“我祝你们以后过得幸福。”

“不可能幸福的。”门关上了。

张文再，你听着，我将你的军呢，看看你下步怎么走。

6.2.9

我想先请大家观察一段长达三十七分钟的录像，这是由交通指挥大厅提供的，时间是七月十五日上午九点一刻，案发前八天在七街口的情景。好，现在一切正常。三分钟内左右两个方向共有三十七台机动车从路口驶过，请留意这里的 IC 电话。冲我们这个方向一个年轻的女孩儿在打电话，从画面上我们只能见到被她长发遮住的背影。此人与本案无关。我们在等另一个关键人物的出现。停！请大家注意从马路对面驶过来的这辆捷达出租车，它在向这个方向转弯。好，请继续。它停靠在电话亭旁，从车里出来的就是我今天要分析的关键人物。停！由于拍摄位置过远，图像略显模糊。这是我们所抓住的能显出此人面孔的最清晰的一瞬间。现在无法看清他的表情，不过可以确定此人为年龄在十七到二十岁之间的男孩儿。继续，请大家留意他是空着手从车里下来的，直接奔向电话。他先使用那年轻女子对面的电话，似乎没有打通，一分钟后走到那女子的身后。我们昨天去七街口看到对面的电话直到现在还无法使用，无人修理。那女子回头对他说了几句话，十多秒钟后便挂掉电话离开。显然那孩子是在催促她快些结束通话。

他接连拨了两次电话。小张，请播放文件二。看，这是张放大了的电话幻灯片。我现在通过图画的慢放来模仿他手臂挥动的位置点击这张幻灯片。1、3、1，下一个应该是9，之后我无法确定他点的是4、5、6中的哪个，这是0，无法确定下一个，然后1、8，此后无法确定，最后一位是8，好，拼起来是1319*0*18*8，除去不确定的几位，刚好与现场找到的手机号吻合。电话没有接通。他暂时离开电话，四处寻找着什么东西。我们查过毛毛的手机，她是在七月十五日九点二十分左右补交的话费，之前手机一直处于欠费状态。他回到电话前又拨了一次，这回打通了，此时时间为九点二十七分。他捂着右耳来抵挡不时传来的汽车声。通话持续了十八分钟，这一段时间我仔细看过三遍，没有找到什么异常的地方。只有一个很明显的细节，他不停地换手握话筒，谁都能看得出这是他情绪紧张的体现。

九点四十五，他挂掉电话。与此同时一辆红色出租车停在路旁。那孩子跑到车前打开车门。我们还看不到车里面的人。只是那孩子倚住车门不肯进去，而里面的同样也不愿出来，显然他们在大声争执着什么。前后持续了两分钟，车里的人不得不出来。停！这张更为模糊，根本无法看清女孩儿的脸，但是她的着装与案发现场毛毛的衣服别无二致，可以认定这便是毛毛。她带着一个皮箱，在前天晚上我们已见到了这皮箱，现在还无法推测他们在见面后打算去哪里，要做什么。不过此时他们继续吵了三分钟。九点五十左右他们终于不再拌嘴，静静地坐在道旁看着过往的车辆。那男孩儿先后冲三辆开来的白色捷达挥手，随后又失望地坐回原位。能够想象他们在等一些有用处的东西。

第四辆经过的捷达不等他挥手便停在了他身旁。他先到车前看看司机，然后跑到车后打开车厢。我们知道他在等什么了，一个黄色的大旅行包。十九日晚上小张在出事现场抓到那孩子时，他也依然背着这个旅行包，对，还有那皮箱。包里面装的并不是什么很重要的东西，出乎我们的意料，只有几十本书。好，现在只剩下最后一分钟，请仔细观察，那孩子拎着包回身要拉毛毛上车。看毛毛推了一下他伸过来的手臂，没有理会他为她打开的车门，反而从另一侧上了车。画面随着那辆捷达的消失结束。

好，现在将以二倍的速度重新快放一遍，同时我再把我们所见到、已查出的线索和初步的推断串起来讲述一遍。整个事情经过或许是这样的：杜宇琪——这是那孩子的名字，和毛毛是恋人的关系。毛毛在一个月前发现自己怀孕了，两个幼稚的孩子经过协商决定一起私奔。为此毛毛偷走了市财政暂时存放在她父亲保险柜里的二十万元公款。他们约好在七街口会面。因为毛毛要去付话费而未能准时到达，提前来到的杜宇琪在电话里催促毛毛，却发现自己带出来的一包书忘在了车上，请留意仅仅是一包书而已。毛毛到场时他却不肯上车，执意要再等等看司机会不会把东西送回来。我推想为了避免外人的疑心，他们事先讲好谁也不许带行李。所以毛毛对他的行为无法理解。他们应该是为这件事吵架。

试想一下，两个决定远走高飞的年轻人在还未出发时便已产生矛盾，那么此后漫长的旅途中必定会出现越来越多的争执。双方心里也会渐渐滋生彼此厌倦的情绪。我们已经查证，这辆捷达并没有把他们一路带到火车站，他们依然留在本市的某个角落里躲了几天。此时我们还不清楚他们躲在哪里，这需要进一步调查。那二十万元钱，正是本案的关键。杜宇琪自己也承认那几天里两个人花的都是他从家里偷来的钱，这些钱很快就被花光。杜宇琪想让毛毛从箱里拿些钱，毛毛却以不知道密码为由一再推脱。这自然会引起杜宇琪的强烈嫉恨。后来发生的情况我们掌握得还不够，所以在这里我不便多说。总之，事发之后，那笔钱就落到了杜宇琪手中。他说他不知道钱箱的密码，但是已经花掉了一百元钱。我们所了解的以及由此推测的大概就这么多，今天早上在这里我正式宣布，杜宇琪为毛毛惨案的第一号嫌疑人。之后我们工作的重点放在这里。在事实还不明朗的时候，我希望不要打草惊蛇。嗯，大家还有什么问题吗？

哦，这问题我也考虑过。确实如此，全市跑出租的捷达有上万台。啊？还要更多？如果这条线索实在无法查下去的话，我们另换其他角度来查。要记住，别放过一处不起眼的细节。还有人问点儿什么吗？好，没有了。那么现在就开工。散会！

4.1.13

文再给他父亲的信里面有两次提到他发现那份附有五个人签名的合同书不见了。第一次提及此事是二〇〇二年十月二十三日，毛毛死后九十二天，信里面他承认他是在毛毛出走的当天晚上才察觉的。第二次谈起于次年秋天的一封信中，前后似乎存在着矛盾，他在那里写道："直到现在我才明白，如果没有人把合同书放在箱子里，它是不会凭空就和钱混在一起的！"同那段时间他写给父亲的其他信一样，这依然是充斥整张纸的许许多多的废话之一。奇怪的是只有这一句——他给父亲写了那么多的信也只有这一句——的后面打上了惊叹号！

他记得"那一天已经有一连串的打击向我袭来"，这是第一封信里面的原话。他已不再认为这一发现会比其他的打击更让他疼痛。他将合同末尾出现的包括自己在内的五个名字一一记在纸上。然后他给另外四个人拨了电话。他后悔打电话给他们。每个人都对突然接到他的电话感到意外，奇怪地问他有什么事吗？

“啊？没有啊，问个晚安。”他尽量保持着轻松的声调，硬着头皮与对方说了几句话，再找个合适的时机挂掉电话。

后来他鼓足勇气给市长打过去。然而他还是没敢把真相说出来：“我，今天身体有些不舒服，想休息两天。”他很高兴自己及时想了个绝妙的理由来敷衍他打电话的目的。

“注意点儿身体嘛，别太劳累了，”市长在那边安慰他，“再说你本人就有给自己休假的权力呀。”

放下电话他长舒了一口气。是该休息了，他想好好地睡一觉，虽然他害怕想到明天早上。到时候同样是一团糟，一点儿也不会改变。他回到卧室看到他妻子忧心忡忡地望着墙壁。他感到她在分担着他的忧愁。

“她走时没说什么吗？比如跟谁走，去哪儿？”他问。

“我是在你之后才回来的呀，”她动情地用五指梳着他日益稀少的头发，“你能告诉我毛毛为什么要走吗？”

他没说话，点起一支烟，慢慢回想着，“还有，她怎么知道密码呢？”

“不就是她的生日吗？”

“我知道。”

“我记得好像你跟她说过的。”

他皱着眉，将过去的事情细细地筛选了一遍。他记起好像是有这么一回事。当时他刚买保险柜，毛毛还小，费尽力气去拧也打不开。他笑着告诉她这是有密码的，然后给她解释了好半天密码的作用是什么。“那是多少呀？”她问。“就是生你的那天。”他满怀爱怜地告诉她有一天即使他死了，他的女儿也能打开这柜子。“爸爸不会死的，不要死。”她急得要哭出来了。是啊，他想，我不死。他觉得毛毛辜负了他的爱，这使他比遇到任何事情都伤心。

他妻子在一旁关切地看着他。他生出一阵莫名的感动。但他还是不愿和她谈心里话。要是毛毛她妈妈在这里就好了，那时候他每天最幸福的事情就是在入睡之前和她聊天。中午他还打电话给她呢。他听到她还在问毛毛的考试怎么样，便确定女儿并没有去她那里。他咬着嘴唇挂断电话时一些伤感滑过他眼前。不过这也挺好的，躺在床上他想着，至少在这种关键时候，但总是缺少点儿什么，不像她妈妈。唉，那时还年轻。他怀揣着美好的回忆睡着了。

夜里醒来之后他将屋子彻底翻了一遍。那些钱确实不在了。他点起一支烟，茫然地靠在沙发上。

"把她抽屉撬开吧，"在客厅里一直帮他找的妻子说，"看看有没有，至少也能从她日记里知道她去哪儿。"

他感激地对她笑了，不然他真的一点头绪也没有了。抽屉里有几张照片，好多是他们一起照的，有一张是毛毛和一个男生的合影，他知道就是那个男孩子。他拿起来盯了许久，并不认识他。他将日记翻到最近几天看了看，里面说了些充满思念的话，却没有说要去的地方，更没有提合同书的事情。

"那张合同书你见到了吗？"

"哪个？"她有些听不懂，看见他转过身继续找，说，"也没了？"

"我没放在钱箱里吧！"他站起来扬手道，"根本就没有！"

"我放的。"她想起来了，"那次有人来修电视，我怕他们看到……"她的脸变成绯红色，仿佛在乞求原谅，"我没想那么多。"

"电视？电视重要还是这个重要！"他将手中的抽屉向她掷去。她身后的镜子在她躲开的同时突然碎掉了。他待了一阵儿，看着自己在镜子中缓缓裂开。“这不怪你。”他摇摇头说。然而他还是怪她了，以至于他在后来的信中还念念不忘：“如果没有人把合同书放在箱子里，它是不会凭空就和钱混在一起的！”

他走过去给毛毛的手机拨了个电话，他知道这于事无补，毛毛不可能接听的。果然那边说“话务忙，请稍后再拨”。

“别找了。”他语气平静地对她说。然后他有条不紊地将这些重新装回去，不安的情绪在这样的工作中稍稍得到了缓解。这些本该留给保姆去做的，不过昨天他已将保姆辞掉了。昨天保姆打电话给他时一再向他解释她只是买菜去了，“买了两斤茄子，五斤排骨，一个西瓜，还有……”

“行了！”他打断她，很明显毛毛当时想把她支走嘛。

到了下午他觉得有必要和市长谈一谈了。他的车在市政府门口停了两个小时。从那里出来，他开着车在大街上毫无目的地行驶。他们在下午假设事情发展的各种可能。他在车里考虑了许久，明白自己宁愿接受毛毛永远不再回来的设想，虽然对女儿无限的思念早晚会将他摧毁，但只有这种可能才不会令他陷入进退两难的境地。

上楼之前他想再给女儿打个电话，用一个陌生的号码或许会好些。他把车停在路口，向电话里投了一枚硬币拨号，那边依然是“话务忙，请稍后再拨”。他摁了一下重拨，同样如此。他又拨了一次，电话接通了，一声、两声、三声，他等着，到第五声的时候有人接了。他不敢说话，电话那边也没有声音。他望望四周，天色已经暗下来，车流渐渐减少，一个交警走过来示意他汽车停的不是地方。他冲交警摆摆手。

“毛毛？”他问道。

“砰！”那边挂掉了。

晚上他睡不着觉，在妻子熟睡的时候，他悄悄下床来到毛毛的房间。他打开毛毛的日记本，从最后一天七月十三日一页一页地往前看。女儿的日记仿佛就是一封封的书信。他能读出来哪些是写给她妈妈的，写给那男孩儿的，写给朱姨的，以及那些和她关系时好时坏的同学们的，还有几篇是她写给他的。他把给自己的日记大声念出来。毛毛说他其实是个很好很好的爸爸，只是他坏就坏在怎么也不爱妈妈。“我爱她的。”他在旁边的空白处写道。另一封是毛毛劝诫他的话，她说爸爸对朱姨不要太冷漠，其实她也是个好人。“这世界谁都没做错什么，只是，好人和好人遇到一起为什么总要发生坏事情呢？”他读着读着就哭了，他没想到自己的女儿会这样善解人意。他动情地摸着纸张，想象着是在摸毛毛的头发。他就这么慢慢地向前读，直到四月十七日才停下来。那是毛毛和那男孩儿第一次发生关系的日子。他真想不到这件事就是在家里他坐的这个地方发生的。日记上说爸爸不在家，朱姨在楼下正看电视。他合上日记，躺在毛毛的床上，现在他又不原谅毛毛了。他闭上眼睛，不去想她。最后他将头藏在枕下才得以入睡。

他回去上班的头一天上午就接受了一位记者对他的采访。话题还是立交桥的坍塌事件。他再次面对媒体宣称所有建桥的材料全部是高价购入的，绝不存在吃回扣的可能，这次事故的发生，只是一次意外。市长默许他在合同书被外人发现之前可以这么表态。但到了合同书被发现的那一天呢？他又想毛毛了，他知道她正带着钱和合同书走在路上。走吧，他想，走得越远越好，再也别回来了。

他开始学毛毛在那个日记本的后面给别人写信，第一封是写给市长的，他求他原谅他的女儿，他的毛毛。“不会给你带来任何麻烦的。”他写道，“一切都会过去。”这封信他读了一遍，作为七月二十日的日记。然后他写了一封给毛毛妈妈，在信里他把事情的原委讲给她听，不过她并没有听到，这只是他二十一日的日记而已。他一直想给毛毛写信，但他想不到说什么话才算得体。他写了一个晚上，却很不满意自己说话的语气。第二天他又写了一篇，仍然无法把握对她的态度。他仔细地看了一遍，将全文用钢笔划去，只在第二段末留下一句令他欣慰的话："回来吧，毛毛。"

时间是七月二十二日晚上十一点，两个小时后，毛毛出事了。

3.3.10

虽然雨下得很大，然而停在路口的那个男人并没有撑伞的意思。他用伞尖敲击着路面，比雨点更频繁，他拄着伞柄在马路两侧来回走着折线。越来越大的雨点浇在他脸上、头发上，眼镜上起了一层厚厚的水汽。他步子缓慢得出奇，看上去像是停在原地止步不前，仿佛雨伞成了他的拐杖。或许他是那样一类绅士，在阳光明媚的晴天也宁愿带把伞不带拐杖来掩饰自己的衰老。他看看手表，盘算着雨还有多久结束。为什么他不找个地方避雨呢？他盯着每一辆向他驶来的公共汽车及出租车，试图透过车上的茶色玻璃看到里面的乘客。他转身向东南方望去，有一个女人正向他走来。他笑了笑，将手中的伞扔到积水之中，冲那女人走去。啊，他是在等人。他怕撑伞将他的面孔遮住，所以就宁愿挨浇也要等候他所爱的人到来。

然后我醒了。

屋子里弥漫着呛人的烟味，借着电视的荧光我依稀能看见每个人所在的位置。长椅在有频率地摇晃着，这让我有些害怕。"宇琪？"我找不到他了。

“你醒了？”他就坐在我身前的地上，靠着椅子。

“几点了？”

“我看看。”他将手臂对着电视的方向，但还是看不清表针，“大概三四点钟了吧。”

“白天还是黑夜？”我从长椅上坐起来。

“黑夜呀，”他在黑暗中摸到我的左臂，顺着握住我的手，“这是你睡着之后放的第三部电影。”

“换过了？我看都一个样。”

“嗯。”他起身坐到我让出来的地方，“你才睡了三个小时，怎么就醒了？”

“不知道，可能是白天睡得太多了。也没做什么噩梦，挺怪的一个梦，一点儿也没受着惊吓，就想问题来着。问题解开了，我就醒了。”

“饿吗？包里还有两桶泡面。”

我摇摇头，随后我想起他根本看不见我。“不饿，是你在晃吗？”

“嘘！”他低声告诉我不许再提这个，“做什么怪梦了，我给你解解看。”

“又拿你那弗洛伊德？”

“快说呀，趁你现在还能记住。”

我把梦讲给他听。“好了，预测一下我会和谁结婚吧。”

“这我可做不到。”他说着，“我就能说出这梦能反映出你的哪些想法。”

“什么想法？”

“私奔。”

我笑了，“和你吗？美死你了。”

“以雨天为背景是因为现实中一直没下雨，所以你在梦里构造了你希望发生的事情。”

“有道理，继续说呀。”

“他看表算雨结束得多长时间，梦里雨一结束他就可以看见等待的人，这和我们一等下雨就可以远离此地是一个道理。”

“那伞表示什么呢？”

“伞和拐杖在梦里代表同一类事物，是你印象太深的东西的一种变形。”

“是什么东西呀？”

他站起来，转身看看后面。我确定椅子不是他晃动的了。后排的人喊着叫他坐下。

“对不起，”他坐下来说，“我真不该带你到这种地方来。”

“我敢肯定以前你常来这儿。”

他没说话，那就是默认了。我也不想理他，至少这时候不会再去和他说什么了。我看看电视，那女人不停地淫笑。伞啊，拐杖啊，一定就是暗示那东西。真恶心。当时他说他想起一个隐蔽藏身之处，我还憧憬着是什么好地方呢，就是这间肮脏的屋子。他们还在做着，或者说是又做了一次，一、二、三、四……和椅子摇晃的频率一样。我知道有人在干什么了，这使我觉得要吐出来。

“我们出来几天了？”我问他。

“到早上就整四天了。”

“走吧，”我说，“我不想待在这儿了。”

“不是说好去上海的吗？”

“现在还不能走。”

“那就去网吧过夜吧。”

“不行，”他点起一支烟，这几天他开始学会抽烟了，“我们会被找到的。”

“你不想走。你想一直看下去，是不是？”

“是你说要先在长春躲几天的，这时候又反悔了？”

“但我可没说过躲进来看这玩意儿。”

“录像厅都这样。再说，就忍几天而已。”

“狡辩！你慢慢看吧，她们个个都比我漂亮！”

“你再躺一会儿吧。”他又坐在地上，托起我双腿搭在他腾出的位置上。

“真丢人！我后悔和你做过电视里的这种丑事。”

“你别这么说。”他扔掉烟头，一个红点从他手中落到地上。

“我后悔了，后悔了！我就这么说。”

“你小声点儿，不然早晚会让人注意的。”

“整个屋子里就我一个女的，你叫我怎么不让人注意？”我提高嗓门，冲旁边的人喊道，“还有你要弄给我出去弄，这可不是你手淫的地方。”

后面有人低声笑起来。“不好意思，大哥，她又胡说了。”杜宇琪的声音在发抖，“来，抽支烟吧。”

“关我什么事？”杜宇琪点火的时候我看见那男人凶神恶煞的脸，“你叫那丫头说话注意点儿！”

我害怕了，一句话也没敢说，收拢双腿蜷起来。屋子渐渐恢复平静，椅子在静止过一阵之后又晃起来。我摸着他的脸。他鼻子两侧已经湿了。“宇琪？”我叫他。

他没应声，不时有泪珠落到我手上。“我太任性了，像个没长大的孩子。”我说。

“不是，我觉得伤心。你说你后悔和我在一起。我可不是，既然我选择了这条路，我就一定会走到底的。”

“我也是。”我把他拉到座位上，“到时候一切都会变好的，是吗？”

“嗯，我明天去车站转转，争取后天晚上就走。”

“你钱还够花吗？”

“差不多能再买两张卧铺票的。还有，这表你戴着。你连过几天都弄不清楚了。”

“人家都没见到过阳光嘛，”我说，“整天闷在这里面。”

“就快了。那箱子你先别打开了。对了，那里面有多少钱？”

“我也不知道。”

“你什么都不知道。连密码也不说，怕我拿钱跑呀？”

“我真不知道呀。”我不想再吵架了，“你一直没睡？”

“没事，我挺得过去。”他又坐到地上了，“你睡吧。”

椅子突然不再晃动了。我看了一眼电视，片子随着那女人的一声尖叫结束了。

10.2.18

由于那几封一度令我觉得我可以满载而归的情书出现了“李佳毅”这个让人费解的署名，我决定在长春再停留几天。我驾驶着那台租来的轿车开到一汽宿舍。杜宾的第一部长篇《维以不永伤》里的故事便发生在这里。这是杜宾唯一一本对他的家乡进行描述的小说。时隔半个世纪，我已经看不出与作品里描写的环境相似的原貌。不过那儿还保留着过去的街名和路名。另外尽管经过了三次大规模的建设，怀有远见的市政府仍然坚持留住了这个社区里由苏联帮助建设的那一带红色古楼。

马欣阳女士，在杜宾的故乡她是为数不多的一位还在以研究杜宾为毕生事业的批评家。（在这里我要代表所有钟爱杜宾的朋友们向她表达我们的敬意。）她曾经查证出当时惨案发生的地方，以及杜宾的爷爷家的地址，据说现在居住在那里的人便是小说第一部的叙述者周贺先生。假如说在年迈糊涂的李佳毅先生那里我没有得到什么信息，换言之，仅仅是一些被他混乱的头脑弄乱的事实，那么周贺先生便是我这次访问长春的唯一指望了。若是能弄清楚周贺与第一部叙述者的联系，无疑是研究杜宾的里程碑。感谢马欣阳女士，她给我的走访带来了极大的便利。我站在楼下摁着 23 号的门铃，过了一会儿。那边有声音了。

“喂，请问周贺先生在这儿吗？”

一个小女孩儿说：“他去花园了。”

花园应该就是小说中事发的地方，成片的高草，漆黑的甬道，还有神奇而美丽的喷水池，这就是书里的描述。

“你等等我。”那女孩儿说。

不到一分钟铁门被小女孩儿从里面拉开了。同我的猜测差不多，她一定没到上学的年龄。“你找我爷爷？”她说。

我冲她笑笑，“你的辫子真可爱。”

“我奶奶编的。”她拉着我的手，“跟我走吧。”

我们一起穿过马路从侧门走进花园。我开始佩服她的勇敢，对她而言我是个陌生人，而且我得承认我还不曾拥有一副和蔼可亲的面孔，但她却全无畏惧与提防。花园里种满了令人心情舒畅的菊花，道路两侧的柳树一直低垂到眉前。她牵着我的手向葡萄架下走去。几个老人在凉亭里打扑克。我猜测着哪一个人会是周贺，然而我看不出来。在杜宾的故事里，他并没有什么独特的气质。

一个老人站起身向我们走来，我知道就是他了。我抽出名片递给他。他看到我的名片观察我，说："这世界够巧的了，这名字也会重。"

我说我不是你记忆里的杜宇琪，那是你的表哥，后来便改名字叫杜宾了。

"改名了？"他示意我坐在椅子上，阳光穿过葡萄藤在我们头顶剩下一小块一小块的痕迹，"我猜他就得改名的。"

"你不知道吗？"我对他不记得杜宾这名字感到惊讶。

他摇摇头，"对，他是得改了，不然迟早要被人骂死。"他又看看名字，"你干吗要叫这个烂名字？"

我觉得很意外，在第一部里他比家里的任何人都理解杜宾，而现在却如此嫉恨他。

他回头望望，看见他孙女挤进人群里看那个外地人捏泥人才放心地转过身来。他以为刚才过于激动的言辞冒犯了我，于是他语气缓和了许多，"在家里没人愿意再提起他。你都想不到，他连人应该具备的一丝感情都没有，就好像世界都在以他为中心一样自私。"

"我能想象到这些。"

"杜宾作品研究协会主席。"他念了名片下方的字，"你是他什么人？"

"我是他养子。"

"哦，我敢保证，他对你也没有尽过做父亲的责任。"

“确实，我十七岁时他就抛弃我和我母亲一走了之。这使得我母亲在第二年就投河了。”

他冷笑着，“这还不算，我姥姥、姥爷、舅舅、舅妈都是为他死的。”

“我知道，他就是这样的人，”我说，“文学是他生命的全部，为了凑钱来出版他的书，他甚至逼我母亲出去卖淫。”

“他要写书？”

“您对此一无所知？”

我拿出《维以不永伤》，这是小说的初版，当时只印了三百本，而且是自费出版。起初由于在小说里对长春市政莫名其妙的无理诋毁而未能通过审批。出于对故乡的依恋，杜宾不听从编辑让他更改地名的劝告，执意将故事的发生地定为长春。他也因此不得不于两年后骗走了我母亲的全部积蓄，偷偷在一家小出版社出版此书。

他接过来看了十多分钟，摇摇头，“写得可不怎么样。”

“事实上就是这样的，”我解释道，“这本书最大的缺陷就在您读的十几页里。开头就出现了一个令人不解的错误，全篇都是以‘我’来叙述，而首先出场的打奶女人又是从全知全能视角来讲的，收尾前她出现时又转换为全知视角，这显得与整部作品极不协调。有的评论家质疑杜宾用这样拙劣的开头或许是模仿凶杀小说来吸引读者。然而反对者一致认为以杜宾那样高的品位绝不可能如此媚俗。很多人觉得这个女人可能是一个符号般的人物，除了发现尸体和报案外，她应该还有别的作用。我这样说，您能理解吗？”

“我明白，你继续说。”

“可能是杜宾第一次写长篇的缘故，所有的人物在刚一开场就乱成一团地挤到故事里来，再往下读更大的缺陷是，他太痴迷于表现自己了，使得这一部的主题明显不够集中。”

他孙女跑过来，向他要一元钱，说是要买那个挂在最上面的孙悟空，他掏出一枚硬币给她，继续看着。

“啊，您已经看到杜宇琪的出场了。这就是我今天要问您的。嗯，”我想了想，理顺一下思路，“现在的评论家对第一部最关注的是‘我’叙述这故事时的年纪。因为这里面有两条线索。一种观点认为虽然叙述者是同一人，但两条线索显然是周贺在两个不同时间分别叙述的，而杜宾的工作就是将它们敲碎后交叉在一起；另一种观点则指出为了不破坏小说的和谐，周贺只能在许多年后将两件事一起讲出来。而从文本上看，二者的文体的确有很明显的差别，但还不足以形成两次相隔二十年叙述的差别。所以我想了解的就是这个，这是您什么时候讲述的故事？”

“我没有讲过，”他又翻了一页，“再说，杜宇琪那样的人有什么好讲的。”

“那么毛毛的死呢？”我问，“也没什么好讲的？”

“她跟杜宇琪也扯不到一个故事里去呀？”

“他们不是一起私奔过吗？”

“这我不知道，没人跟我说过，自从那年失踪以后家里谁也不提他了。”

“那您是认为杜宾并不认识毛毛喽？”

“怎么可能啊？他们一起长大的。毛毛原先就住在对面，从这儿就能看得见。”

我顺着他的手指望去。因为物业局规定，除了所有窗户都要由茶色玻璃和白色窗框组成，我还看不出来有什么独特之处。

“早就换别人住了，”他说，“她父亲后来也死了，就留她后妈一个人住，她后妈就像一个幽灵，成天冲人微笑，但是跟谁都不说话。她用了一个多星期把冰柜里的食物全吃完后，又吃了一瓶安眠药干脆躺到冰柜里去了。”

我没再问他什么，我来长春是想了解杜宾的早年生活，却陷进了调查《维以不永伤》是否真实的问题里面。不管我面对的这个人是不是小说里的“周贺”，但他们确实有着相同的性格。

“我在北京倒是真见到杜宇琪了。”他指着书中的那段说。

我发现了一道曙光，望着他，等他接着说下去。

“我再看看。”他突然大笑起来，他孙女回到我们旁边，手中拿着断了左臂的孙悟空，好奇地看着她爷爷在笑。“恰恰相反，”他停住了笑声，“也是那间酒吧，当时我是客人，而他是服务生。”

“什么？”我不敢相信。

“那时我一个人在北京刚找了个工作，也没什么朋友，有时候实在无聊就去喝杯酒。去了几次我就注意到有个服务生什么都干不好，净挨老板骂来着。更好笑的是他岁数还是最大的，都三十多岁了还干那个。”

“他是杜宾？”

“嗯，”他点点头，“是他先认出我的，好像是在一个优惠的会员表上看到我名字的。”

“我不知道他做过这个。”三十多岁？我想，那时候我已经六七岁了。我母亲从没对我说过这些，当时我母亲只告诉我他每晚出去是要写作。你爸爸是个最出色的战士，即使是杜宾离我们而去的一年多她也这样说，笔是他的箭，纸是他的盾。

“他说要做东请我喝酒。喝到一半我就明白他的意图了，他向我借钱。多少？我问他。三万。行。或许是我答应得太爽快了，他有点儿不相信我，所以想先要点现钱。我把兜里的二百多块钱都给他了。然后我问他什么时候回去。他没回答。我说现在就回长春刚好可以在你父母死前见上一面。‘那我还是在北京祝福他们活着吧。’说完他就走了。我实在不想把钱借给这种人，第二天我没去那里，以后也没再去过。他还活着吗？”

“死了。”我不想过多了解什么，更不想告诉他杜宾是这个时代最伟大的文学大师。

“脑袋哪儿去啦？”他问那女孩儿。

他孙女伸出舌头给他看，渐渐化掉的金箍还套在孙悟空的头上。

“吐出来！”他掰开孙女的小嘴。

“他说能吃的，”她指着捏泥人的咳了几声，“这是面做的呀。”

“那你奶奶做的面条你怎么一口也不吃呀？”

“没有颜色嘛。”她说完向外跑去，“我去告诉奶奶。”

“啊，这里，”他指着第一部的后几页，“我刚看开头时还想这个打奶的女人是谁呢。是我舅妈报的案，七年哪，可能时间还要再长一点，她天天都起大早第一个去买奶。什么送奶人消失了她就不买了，”他难过地笑了笑，“他真会编。我舅妈不买奶是因为杜宇琪那时已到北京上学去了。”

6.3.11

她跟着杜宇琪刚逃出来的时候曾对未来的生活怀有那么美好的憧憬，然而还没离开长春，在他们躲进录像厅的几天里，她渐渐发现希望可能正在一点点地破灭。呛人的烟雾，淫荡的气味，以及密不透风的黑暗，更重要的是无休止的争吵，使他们开始担心自己一直在向往的幸福很可能只是映在水面的幻影一触即碎。四天里她偷偷地哭了三次。她不想让杜宇琪看见她的泪水，她担心这会使他也伤心不已。他们一起私奔是因为彼此相爱，她确信这一点。但愿这不仅仅是由于年少冲动才做出的疯狂举动，她想着，同时又不知不觉地再次入梦。

杜宇琪在早上告诉她今天去买车票。结束了，她用报纸夹着买来的油条笑了，等我们离开这里就能找到我们的爱情了。她猜想爱情绝不会在上海那样迷人的城市走失的。杜宇琪去车站的几个小时里，她走出了录像厅，一百多个小时后再次见到阳光。她发现那张包早餐的报纸还在她的手中攥着便感到很好笑。她就势坐在路旁，钱箱放在身边，然后舒心地看着过往的车辆。虽然直到今天也没下雨，天气依然如火炉一般炎热，但她还是不可思议地感到愉快。长春啊，她想起以那种最古老的抒情方式吟出来的诗句，这是我在你怀抱里成长的最后时光了！那张沾满油渍的报纸在她脚前打着转，她捡起来，打算将长春的晚报仔细读一遍，到了明天我们就再也不回来了。

气象学家们在报上预测最迟不过下周三便会有一场暴雨来帮助人们摆脱日益干旱的困境。她想再最后祝福一次长春吧。“早点儿下雨，”她闭上眼睛双手紧紧握在一起祝福，然后她因为想不出接下来该说什么样的祝词情不自禁地笑了。在本地新闻的那一版上她看到了爸爸张文再的名字。这并不意外，他经常上报纸。不过这次她为看到爸爸仍然可以自如地接受记者的采访感到欣慰。看来我的消失并没有打乱他的工作和生活。她想给他打个电话，告诉他自己过得还好。她向电话上沿投入了一枚硬币，然而她却不愿拨号了。算了吧，她想别让他再费尽力气去查这个号码在哪里了。她摁了一下圆形按钮。一元钱又吐了出来。

在阳光下她看见自己的长指甲里塞满了黑色的泥土，手臂也很脏，头发全都是油渍。她已经藏在里面好几天了，浑身都是去不掉的烟味。她打算找地方先洗个澡，以便清清爽爽地踏上火车。随身带的那点儿钱早就都花光了，这两天一直用杜宇琪的钱来着。她得去个人少的角落，好从箱子里拿出一百元钱。她对准密码，看到四周没有人便打开了箱子。她抽出一张，合上箱子。咦？她有些奇怪，怎么里面还夹着一张白纸。她又一次打开，把那张叠成四折的纸展开看了看。那上面有她爸爸张文再的名字，其余四个人她也都认识。她提起箱子向回走。她不打算洗澡了。

“你去哪儿了？”杜宇琪看见她进来才放下心，“我真要急死了。”

她没说话，坐到他身旁。

“买着了，明天早上的，3号车厢的两张卧铺票。”

“明天就走了？”

“对呀，不是说好了吗？”她并没有表现出预想的兴奋令他有些失落。

老板走进来收票钱，“两张。”他伸出右手的食指和中指。

杜宇琪将全身的口袋翻了个遍才凑齐了二十元钱给他。待老板走出去他低声对她说：“我现在一分钱也没有了。”

“我知道。”她头也不转地说，盯着电视看，仿佛这种片子很吸引她似的。

“你还有钱吗？”

“我没有了。”

“你应该先给我点儿钱，”他说，“万一我们走散了，我连去车站的钱都没有。”

“我也一样。”她说。

“把钱箱打开吧，先拿点儿零用。”

“我不知道密码。”

他知道她在撒谎，本来他想说“没有钱我们就各自回家吧”来回敬她，不过他还是忍住了没说。他点起一支烟，顺着她的目光看电视。或许跑出来真是个错误，他想，但是又说不准，谁知道呢？不一会儿他靠在椅子上在一片呻吟声中睡着了。

有人拍了拍他，他睁开眼睛。“有今天的晚报吗？”她问。

他摇摇头，“干吗？”

“我要看。”她站起来，拉着他的手向外走，“陪我去买一份。”

“都关门了。”他们走到外面，天已经黑了。这种偏僻的地方没有路灯，他们在寂静里走着。

“打火机借我。”她说。接过他的打火机，她在手表前打着，看看时间，“九点半了。”

“我们去吃点儿什么吧。”

“我想先回家一趟。”她握住他的手说。

“什么？”

“我要和我爸见一面，说几句话。”

“你认为他能送我们走？”他笑起来，“你真逗。”

“不行。”

“你松手。”她摇着被抓住的手臂。

“你又反悔了？”

“你松手！”

“是你把我骗出来的，然后你又把我扔在这儿？”他死命地拉着她说，“你不想和我走。我什么都不要了，你却根本就不想和我一起走！”

“我让你松手啊！”

她用另外一只没被抓着的手去抠他的手臂。指甲嵌进他的皮肤，手仍然没松开。后来有血涌出来的时候她才抽出自己的手。“把钱拿好，等着我。”

他捂着伤口，不愿再去追她，看着她向黑暗中跑去，直到看不见她的身影。“你连头都没回一次！”他喊着，“我就知道，你一点儿都不喜欢我！”

没有人回答，待听不到脚步声的时候他转过身，提起皮箱，跪在草地上伤心地哭了。

5.1.3

算上毛毛前后有十一个孩子上了楼，然而两个小时的生日聚会结束后却只有九个孩子被毛毛送出门。因为在刚开始的时候毛毛执意要让我上去说几句祝福的话。“这是佳佳，徐庆。”她介绍起为她庆祝的同学，“他叫杜宇琪。”

看来日记里所指的那个人就是他。

“再见。”毛毛在门口向朋友告别，“我困了，先上去睡一会儿了，朱姨。”

因为拖鞋被脱掉了，所以上楼时几乎没有什么声音。门是从里面锁着的，所幸并不隔音。保姆在楼下看电视，不叫她是轻易不会出来的。

“我再打个电话。”他说。

“肯定还没人。”她说，“我一直看着呢，门口一个人也没有。”

“可能我爷爷正在午睡呢。”

“都这时候了还午睡？有人信吗？”

没听到他说什么。再贴近一点，耳朵蹭在门上，滑滑的。

“我说的没错吧。别去了，咱们去格林梦滑冰吧。”她说。

“不行，我跟我爸说要来看我爷爷的。”

“哦？原来你是顺路到我这儿的。”

“你真聪明。”他笑道。

“喂，你看看还有什么能喝的吗？”

“都吃光了。”

又得跑到楼下，从冰箱里把剩下的饮料掏出来，将备好的梨汁放到里面。然后拿起一本杂志翻起来。

一阵脚步声传下来。

“唉？就剩这么一杯了，朱姨。”毛毛手扶冰箱门说。

“你没睡觉吗？”

“渴得要命。都喝没了？”

“没关系，我把这杂志看完再去买。”

“我先喝点儿再说。”她拿着一杯梨汁上楼了。

还得再跟上去，先看看四周的状况。嗯，有一个衣柜，够了。

“你一半，我一半。”

“我不渴。”他说。

“不行，这是梨汁，你必须喝，免得你老缠着我。”

“你在哪儿学会臭美的？我一直就想拥有这种本事。”他说，“味道挺怪的。”

“嗯，有点儿。可能是时间长被氧化了。果糖氧化变成什么来着？”

“反正生不成怪味的东西，不过还算好喝。”

“可惜就这么一杯，不然我请你喝个够。”

“我再拨一次。”

“别拨了，不可能回来的。你就先待在这里吧。”

“我待这儿干吗呀？一点儿意思都没有。”他说，“对，你不是说要弹曲子给我听吗？”

“现在不行，钢琴在楼下呢。”

“那我们下去呀。”

“不行，”她说，“朱姨不知道你在我屋里。”

“啊？”

“嘘。不然她又该疑神疑鬼了。她最近老监视我。”

“那我总得出去呀。”

“这好办，从这边下去。”

“咦？这儿还有门哪。”他说。

“你先别走啊。”

“那干什么呀？”

“我下去弹琴，你在上面听，这办法不错吧？”

把衣柜打开跳进去，里面黑洞洞的。门被打开，毛毛走了出来。“莉姐！”她叫保姆，“朱姨呢？”

“不知道，出去了吧？”

“刚才还在呢。”

毛毛弹了一首曲子，又返回楼上。

“你怎么把上衣脱了？”她说。

“你家太热了。”

“我也脱一件，确实挺热。据说这才刚开始，到夏天会更热呢。”

“你弹得真不错。”

“我妈妈比我弹得要好几倍呢。我都是跟她学的。”

“我就不行啦，我是音乐盲，我就会弹《一闪一闪亮晶晶》。”

“哪天我教你《两只老虎》。”她说，“怎么又脱啦？”

“浑身发烫，可能是刚才奶油吃太多了。”

“我也没少吃，真是的，我就没法再脱了。”她说，“你要干什么？”

“我也弄不清楚呀。”

差不多，我终于可以下去了，我松了一口气，将那本杂志看完。我看看表，半个小时过去了，冲楼上喊：“毛毛！毛毛！”

“啊？”过了许久屋里回答，“我睡得正香呢。”

“我去超市了，你爸说他一会儿就回来。”我穿好衣服向外走。

“哦。我马上就起来。”

张文再，炮二平五，我对你开局的第一步。

1.4.12

“都九点多了，你还没吃饭？”她们坐在厨房的板凳上，她剥着洋葱对毛毛报怨，“真不明白他都瞎忙些什么。”

“我爸做了，”毛毛说，“只是我一点胃口也没有。”

“还是那个四川保姆？早该换一个了。”

“朱姨她喜欢吃辣的。”

“我知道他就会绕着那女人转。”

“别这么说朱姨。”毛毛有点恶心，干呕了一下，“她对我挺好的。”

“连你都护着她。”

她瞪了毛毛一眼，起身去洗菜，锅里的水已经烧开了。她掀开锅盖，一股热气升上来。毛毛又感到恶心了。

她转身看看毛毛，“你怎么了？”

“别弄洋葱了，我烦那气味，刺鼻子。”

“是不是坏了？”她拾起洋葱闻闻，扔到垃圾桶，“你考得怎么样？”

“我没考试。”毛毛捂住嘴，低下头吐了点儿酸水。

“没考？前天我打电话过去他还说你正考试呢。”

“他在撒谎。”

“是你撒谎，”她又扣上锅盖，“没考好？”

毛毛没说话，算是默认了，“我不想吃了。”

“那你就该早说，等我做完了你又整这事儿。”

“我根本就没说要吃东西呀，我只不过说我没吃饭而已。”

“我发现你越来越蛮不讲理了。”她并没因此停下来，仍然忙着切菜，“不行，你必须吃。”

“你过来。”她在命令毛毛。

“干吗？”毛毛倚在门旁没有动。

“你过来。”她向毛毛走去，“把衣服掀起来。”

“干吗？”毛毛眼睛躲着她那令人心寒的目光。

她伸手到毛毛的白 T 恤里摸着她的肚子。“你怀孕了？”

“这我知道。”

“你看你都瘦成啥样儿了。你在这儿住几天，我保证能把你调养过来。”

“我今晚就得回去。”

“干什么？”她放下菜刀，看着毛毛，“折腾我？”

毛毛这次再也忍不住了。菜酸味，煮出来的肉汤味，以及猫尿的臊气混在一起正向她鼻子里一点点地侵入。她大步走到门外，弯下腰干呕。本以为这次会都吐出来的，结果还是什么都没翻上来，只吐了几口唾沫。她推开纱门进来，说：“我来是为了告诉你件事儿的。”

“他知道会打死你的。”

“不过他可没动我一下。”毛毛躲开她，向屋里走去。

“他知道了？”她跟着毛毛走进去，“我去问问他。”

“你不能这么做！”毛毛抢过话筒。

她并没有和她抢话筒，坐到床上，“他叫你怎么办？”

“他没什么权力来支配我。”

她冷笑几声，指着毛毛微微隆起的肚子问：“是谁的？”

“管不着，你想抓着他逼他娶我？”

“我真想抽你几个嘴巴，你根本就不是我的女儿。”好像是这句话触动了她的伤心之处，她默默走出去，从厨房端来做好的饭菜放到桌上，然后躲到床上，用被子蒙住脸。

毛毛并没有去碰桌上的饭菜，她抱起一只正在屋里跑来跑去的猫，轻轻地抚摸它的灰毛。毛毛听见她在被子里低声哭着。有几个好奇的孩子从纱门外向屋里看。猫身上的气味让她觉得恶心。她抓着猫脖子，一只一只地将五只还在跳来跳去的猫扔到外面。之后她关上门，闭掉日光灯，借着窗外透进来的灯光打开电视。刚才还扒在门旁的孩子们现在正大叫着追赶她扔出去的五只猫。

电视只有十个频道，其中四个已经休息了，不放节目了，剩下六个她拨了一圈，决定看《玫瑰之约》。以前她每次看这节目的时候总喜欢先私下里给男女嘉宾配对。如果结果不遂她的心愿，她会为男女双方的缘分未到感到难过。今晚她试图使自己平静下来，“女一号应找男四号，”她想，“不过男二号看上去也不错。”她突然想起杜宇琪，他现在一定睡不着，还在忍受着肮脏的录像和恶心的烟味。节目结束了，亲友团兴奋地手舞足蹈。“鲜花插在牛粪上，”毛毛心里有些不平，“男六号是个丑八怪。”

“赶快给我睡觉！”她突然坐起来，指着毛毛说。

男六号将一朵快要谢了的玫瑰花从身后拿出来送给女一号。“俗气的礼物。”毛毛想。

“给我睡觉！”她抓起一把木梳向电视扔去。

毛毛在微弱的荧光下看着她怒气冲天的脸。毛毛看看杜宇琪送给她的那块表，十点了。她将声音开大，依然坐在椅子上。“你和我爸的婚姻都没有他们这种结合幸福。”毛毛说。

“别提他，”她把沾满泪水的被子也扔下去，“我们的事用不着你操心。”

“失败的婚姻。”毛毛捡起地上的被子，放回床上，“你该想想责任在谁！”

“你没资格教训我！”

“你还爱不爱他？”

“我说了你没资格问我！没资格！”

“我要让你们重新生活在一起。”毛毛关掉电视，打开了日光灯。

“给我闭嘴，先管管你那丢人的事吧。”

“你爱他，你不敢说。”

“别在我面前提他，提一个字也不行！”她光着脚跳下床叫道。

“妈，”毛毛找到两只拖鞋递给她，“我可以让你们复婚，只要你同意就好。”

她冷笑起来，“你爸让你传的话？”

“不是，不过我可以做到。”

“不行。我告诉你，这辈子我都不想再见到他的。”

“你舍不得了，你舍不得你那放荡的生活。”毛毛说，“我爸说的没错，你是个贱人。”

“你再说一遍！”

“说就说，你就喜欢天天往家里领那些臭男人，你就喜欢过夜夜淫乱的生活，还有你就喜欢像个妖冶的妓女那样招摇！”

她抽了毛毛一个耳光，毛毛没有动，连眼睛都盯着她不闪躲。啪！反手又抽了一个。

“给我滚！滚！滚！”

“我当然要走。”毛毛拉开门跑出去。几只伏在门外等候许久的猫趁势溜了进来。

3.3.14

“随便开吧。”我跟司机说，“找一个长春最热闹的地方。”

汽车开始在冷清的街道上狂奔。我摇开车窗，听着呼呼的风声，心里痛得想哭。我把头探出去，看着马路两侧的路灯。夜风将我头发扬起来。

“别这么干，”司机在镜子里看到我说，“太危险了。”

需要多大的时速才能将头发吹落呢?

“关上窗户！”他以为我没听见，把车停下来，“这里挺热闹的。”他指着千人迪厅说。

“我不想到这种地方。换一个。”

“那你就别把头伸出去。”

“哦。”我摇起玻璃，在后排擦干眼泪。

汽车行驶到夜市。“这里吧。”他说，“我想不出还有什么地方了。”

我交钱下了车。快十一点了，依然有很多人。我从门口一直往前走，在套圈游戏的摊位买了一百个圈。我将这些一把都扔出去，中了一盒烟，一个白瓷史努比，一台模型车。拐过路口的时候这些都被我塞给了熟睡的乞丐。

一个兰州人一边拉着两米多长的面条一边大声吆喝，我坐到位子上。他给我上拉面的时候我告诉他我根本不想吃东西，只是想坐一会儿。他看看我，尴尬地笑了，说：“算我请你的。”

“我不要，我跟你说了我有二十万我买得起！”

他把一碗面倒进旁边的垃圾箱，仿佛是对我示威。不过他并没撵我走，而是忙着将面拉得更长一点。

我开始头痛，双手摁住太阳穴，眼前白花花的一片。我的头用力磕了一下桌面，我怕自己会晕倒在这里。今夜有很多事情要做，或许什么都不做。晚风不时地吹来，我有些冷，当时从家出来我本该多穿点儿的。我有点儿想家了，我觉得应该把这张合同拿回去还给我爸爸，至少这能让他放心，看得出来这已不仅仅涉及他一个人了。还给他，然后求他和妈妈复婚，别想了，如果妈妈不愿意，改变这世界又有什么用呢?

一个二十多岁的男孩儿过来坐到我身边，他问我是不是没地方住了。

我往他身后看去，那里有人在地上放一个木偶人，手在它的腿后控制着："跳！"那木偶果真跳了一下。可惜这时候孩子们都睡着了，围观的大人戳穿了他的把戏。他伤心地辩解着。

"你把我迷住了，"那男孩儿说，"真的，我刚才一直观察你呢。"

卖伞人已经是第三次从这里经过，他转了那么多圈也没卖掉一把伞。"就要下雨了！"他声嘶力竭地喊着，"就算没有雨也可以挡阳光！"他真应该改行了。

"我们找个地方聊聊吧。"

他头发散发出的劣质摩丝味令我难受。"警察局怎么样？"

"走啊。"他在挑衅。

"他能带我们去。"

我走过去跟在一位巡警后面。那胆小的孩子没敢跟上来。我走出市场，拐进胡同，里面漆黑一片。

我担心说不定什么时候我就会倒下来，长睡不醒。我怕到时候好心的人们会在那个晕倒的小女孩儿身上翻到这个让她爸爸为难的东西。我拿出合同，把它撕碎了。

我找到录像厅。老板不让我进去，"今天休息。"

"我找人。"我告诉他。

"里面没人。"他拦着我。

"那我求你帮我进去找，行吗？"

"你说什么？"

我在他迟疑时跑进去。里面还是那样的片子，我试探着向里走去，杜宇琪已不在我们一直待的位子了。

"杜宇琪？"我轻声叫他。

人群出现一阵不安，是啊，有女人进到这种地方了，多新鲜。

“赶快出去！”老板跟进来拉着我的手臂。

“杜宇琪。你不想见我？”我看到他了，走过去俯身问他。

“见，怎么不？”我认错人了，他摸到我的脸，笑道，“来，让我见见你。”

“走开！快走！”老板推开那人，向后拉我。

“杜宇琪，你在，你肯定在这里面，”我接着说，“你还生我气呢是不是？”

“我让你出去！”老板发火了，“你想出事怎么着？”

“我先回去了，宇琪，我会和你一起走的。还有，那密码是我生日。就算明天我来不了，你一个人也一定要去。不管怎么说我们都会在上海见面的对不对？”

出去之后我终于吐了。我扶着墙一点点走出胡同。我看着在地面打旋的塑料袋，心里说不出的伤心。我投了一元钱在路口的电话里。

“爸？是你吗？我是毛毛。我在红旗街呢，我就在这儿等你。”

10.2.2

在离开长春之前我最后想拜访的人是马欣阳女士，我想向她表达我乃至整个杜宾作品研究协会的谢意。马女士并不是我们协会的成员，然而出于对杜宾文学作品的热爱（调查已表明我们的确没有任何理由来爱杜宾这个人），我和她还有许多其他的朋友走到了一起。我是在二十年前才接触她的。那时候我刚刚组建这个协会，还没有太多的人关注杜宾。我在各大报纸刊载寻找杜宾的启事来吸引杜宾为数不多的读者。马欣阳女士就是读者之一。我曾与她相互通过几封热情洋溢的信。在我的劝说下她终于肯把自己对杜宾的研究成果寄给我。当时我满怀感激地写了一封信给她，不过她的回信却相当冷淡。她自谦她能力有限，所做的工作远远不够，根本不配我所夸赞的“伟大”两个字。在信的末尾她劝我不要再写信给她。“每个人都有自己的生活，不是吗？”她引用了《维以不永伤》第一部里的原话，“我们真的没必要对自己喜欢的一件事或一个人此生都永志不忘。”随后我陆续应邀去巴黎组织杜宾作品的法文、英文以及德文的翻译工作。回来之后我又写了三封信给她，可是没收到一封回信。自此我们失去了联系。

她留给我将近十万字不分章节的手稿，无论如何我也无法把这些散乱的文字排成稍显通畅的一本书。我打算在明天见到她之前重读一遍以作了解。这些文字与其说是调查研究的成果，还不如把它当成主角是杜宾的一部短篇小说集。虽然马女士用不同形式来写这么多的故事，然而仔细阅读你可以发现，这些都在杜宾所终结的十几种文体之内。我筛选了一下，其中有一篇是涉及他和毛毛的故事。我还不能确定这件事的真实程度，我想我该先摘录几句列在下面，以飨读者。

你回你爷爷家？她问我。

同马女士的大多数故事类似，这一篇没有标题，没有明显的背景。故事发生的地点和时间往往都是隐藏在后面的对话里的。第一句话便出现两个人物。她明显指毛毛，而我自然是杜宾，也就是马女士模仿的叙述者。我们再找一下毛毛说的第二句话。

刚才还过去一辆呢，我正在学校里，怎么跑也没赶上。

这句话隐藏了三条线索。一、他们在等公共汽车。二、这是放学时间。三、毛毛向他交代刚才的事表明他们是偶然遇见的。

那我们就得再等十分钟了，我说。

冻死我了，据说今天要下雪呢。第一场啊，她对我比画着，够让人兴奋的了。

时间大概是秋末或冬初，不过看起来这要取决于今天能不能下雪。

车来了！我叫道，抓着她的手臂向前走。

人太多了，根本上不去。她抱怨。

到现在为止我还看不出用第一人称叙述的益处所在。接下来的对话纷杂且琐碎，只交代一件事：他们决定走回去。似乎马女士还没有掌握用对话来讲故事的技巧，不过这考验了读者的耐心。细心的人们总能在乱石中找出光芒四射的金子。像第二页的几句对话：

你在撕什么呀？我问她。

她把碎的纸片攥在手里，然后在空中摊开掌心，纸片向身后吹去。下雪了，她说，多像啊。

不要了？

嗯，她点着头，都是些无聊的情书。

收到的？你真够幸福的。

喂！

干吗呀？

为什么我收不到你的情书呢？她停住脚步望着我。

我写过的。我低声说，声音小得自己都听不见。

我们认识几年？我伸出双手都数不过来。

我告诉她我们从小就在一起的。

是啊，为什么十多年你都不写一封？而你们班的那个只有两个月就写了七封给我。

我写过的。

她冲我笑了笑，仿佛是在嘲笑我的懦弱。你知道吗？我想好了，我决定在收到他第八封的时候就义无反顾地爱上他。

我真的写过。我也写了七封，而且都已经送到你的手中，不过你刚才把那些撕碎了，你说这看上去像漫天纷飞的雪花。

你看呀，终于下雪了！她叫道。

我顺着她手指望去，几片雪花从空中飘落。晶莹，洁白——

后面的我就不抄在下面了。故事在马女士精心描述的一片雪色中结束了。整体看来小说叙述得有些含糊不清，可能是失去了双引号的缘故，分不清是独白还是对话。但是如果她所讲的都属实的话，至少可以将毛毛和杜宾如何相爱的那一片空白衔接起来。

第二天我按照以前她来信的地址找到了她家。门上贴了大红喜字，地上全是扎破的气球。“是我女儿刚刚被接走。”她情不自禁地抹着眼泪，把我当成被邀请的客人了，说，“他们去贵福地了，我不愿去，只想待在家里静静，想想这三十多年。”

“是啊，时光匆匆。”我对她微笑着。

“你不去？”

我摇摇头，掏出我们以前的通信，说：“我是杜宇琪。”

“啊？”她显出那种夸张的惊讶。她开始挥着双臂走来走去，不是对我的意外到来感到惊讶，而是对自己在一天里碰到那么多想不到的事情感到无法理解。

“我是来对您表示敬意的，感谢您对杜宾作品的研究做了那么大的贡献。”

“我早就不去想他了，他耗费了我大半辈子的光阴，”她坐下来说，

“好像我把我知道的那些都写下来送人了吧？”她努力回想着。

“送给我了。”

“对，我想起来了，我这儿还有你的信呢。”

她回到屋里将一打信件翻出来，“这几封是你的，”她说，“别再问我什么了，我知道的已经都给你了。”

“谢谢，那些对我确实有很大帮助。我只是想知道，是什么使你产生去研究杜宾的念头呢？”我说，同时双手合拢接过她抓来的一把喜糖。

“从看了他的第一本书之后，叫——”她仰头想着。

“《维以不永伤》。”我提醒道。

“对，我身边没有一个人读过这本书，我那本也不是买的。”

“别人送的？”

“不是。我那时在北京上学嘛，我记得好像有一次我一下车大衣兜里就多了这本书。”

“应该是杜宾趁乱时塞进去的，因为《维以不永伤》的初版很糟糕，只印了三百本还没卖出去，他就想了这么一个法子让别人也能读到这本书。”

“这些我后来都知道了。要知道我研究他三十年了。”

我告诉她我打算写一本杜宾的传记，现在正写第二章。

“想法不错，”她嗑起瓜子来，“我一直想写他，所以毕业后就要求调到长春工作，试图将他小说里的影子与他本人重合在一起。不过后来我意识到自己的才能不够，就放弃了。”

“不过你们的努力并没有白费，杜宾已经成为一位大师级的人物了。”

“是吗？”她充满疑惑地看着我。

“他的小说已经被译成了十七种文字，在世界的每个角落都有人在阅读它。”

“不可能。”她并不相信。

“这是真的。”

“你们打算在他的传记里就这么写？”

“当然，如实地讲出来是我的责任。”

“你不觉得你的小把戏很愚蠢吗？”

“愚蠢？”我不明白了。

“我比你先想到这主意的，”她冷笑着，“杜宾是否成名了我和你一样清楚。你骗那些外行人行，可别骗我。”

“我没想骗你。”我辩解着。

“我知道你的小把戏，杜宾现在还是个默默无闻的小人物，”她指着我说，“但你，想在传记里把他写成无人不知的大师。这样一来那些无知的读者就想知道杜宾是谁而疯狂地去购买他的小说。这确实是让他迅速成名的好方式。”

“你说你以前用过？”

“没用！我不想用。你仔细想想，如果杜宾想拥有金钱和荣誉的话，我敢保证以他的文学功力他会比你做得更好。但他没做，为什么？如果你真正全心全意去阅读杜宾的小说你就会发现，在他的世界里，只需要一个宁静的创作环境，其余的金钱、名声、荣誉什么的，没有丝毫的意义。”

随着与她的告别，我结束了我的长春之行。我不知道自己该不该在第二遍誊稿的时候将上述对话删掉。我承认在前面我所讲的有些不是事实，然而我能担保的是我采访的每一个人，他们所说的话都被原封不动地呈现在读者面前。我可以不去写某一句话，但如果我写了，就一定是这个人亲口告诉我的。

长春是我走访的第一站，在这里我完成了传记的第二章。这半个月的走访比我预想的要艰难许多。为了写出传记，接下来我必须沿着杜宾的踪迹探寻下去。我无法确定这本书是否还值得接着写。或许马欣阳女士说得对，放弃这愚蠢的工作，去做些实质性的事情。譬如我应当将我和我父亲将近三十年的通信整理一遍，将他那几本湮于时光之流的小说重新请人写序再版，而不是写这本近乎吹捧的传记。

就让本章在这里收尾吧，让本书也就此结束好了。总之我已无力再去续写第三章。

2.2.15

或许我本就不该那么冲动地和她跑出来，或许如果我想逃离此地的话就不该再拖着她。我没有钱，我没法让自己活命；而她有，她能使我们两个人都衣食无忧。理由，一个冠冕堂皇的理由；目的，怀着卑鄙无耻的目的。她在喊我，我听到了，回家吧，回家。看完这场电影我就回去，回去洗个澡，睡个好觉，对着他们说："我回来了，今天学校晚上加课了，所以迟到了点儿。"语气平常得就仿佛刚离家一个小时而已。

"有火吗？"我回到座位上，拍拍旁边的人。

他点起火，我叼支烟凑上去，烟点着了，他却迟迟不松手，在火中观察我的脸。

"你叫杜宇琪？"

我没说话，将烟一口气吸下去，直到窒息，我咳了起来。

“那女孩儿是找你的。”他把打火机收好，“没错，就是你。”

“你记错了。”

“屋里就这一个女孩儿，我记不错。这几天她是和你在一起来着。”

“你还有烟吗？我的烟太呛了。”

“有。”他抽出一支递给我，“想甩她？”

“还不至于。”

“她来找你，你不敢承认。”

“我敢的，只是不愿。”

“我看她对你感情挺深的。”

电影结束了，屋里渐渐响起说话声，都是听不懂的方言，还有后排的呼噜声。“老板！换片！”他向门外喊道，然后转回来，“一个女孩儿肯跟你到这种地方就说明一切问题了，外人也看得出来。”

“什么牌子的？味儿挺柔的。”

“你怕丢人。”

“什么？”音乐突然响起来，我看了一眼电视，一部日本的《露水鸳鸯·五》，“前四集什么样？你看过吗？”我问。

“我说你怕丢人，”他继续接着刚才的话题，“当那么多人的面被找出来你觉得很丢人，是不是？”

“是。”我承认了。我捡起背包挎在右肩，抓紧钱箱，站了起来。

“打算出去？”

我又看了一眼电视，那个男主角在往一丝不挂的女友身上抹冰激凌。离开吧，群体堕落地带，我想，不回来了，再也不回来了。

“大半夜的，你去哪儿？”他侧过腿给我让路，“去哪儿？”

"我去买个打火机。"

9.4.17

她又来了，一定又到十二点了，已经连续半年多了，她比闹钟还要准时。她挨家挨户地捶门，直到门被打开为止。这一次她会说什么，地震？洪水？"起来！快点儿，都给我穿好衣服躲起来！"她对着每一扇窗户叫喊，"我们就要被轰炸了！"夜夜都是这样，我们从不安的睡梦中惊慌醒来。没有人敢不给她开门，如果里面的人不出来，她会一拳打碎窗户上的玻璃，完全不顾沾满碎片和鲜血的手，再去击碎下一户敲不醒的人家的玻璃。

"我是来救你们的，听见没有？"她疯狂地吼着，我女儿扑到我怀里再次被吓哭了。我丈夫怒气冲冲地跑出去，却不敢对她的嘶号回应一言一语。他转回身看着我，那无辜的表情仿佛是在告诉我他不是懦弱，不是胆小，只是不屑于理会那个女人。"窝囊废！"除了这一句我真骂不出了。我心里明白，我丈夫跟她有一腿，不单是他，这胡同所有的男人都跟她有一腿。她是个贱女人，随便哪个男人都可以和她上床。以前我丈夫三天两头就往她家跑，不过这样也好，比跟外面的野女人厮混强多了。我跟她在意什么，她根本不配我来担心，像她那么放荡的女人，即使和一百个男人上过床，也不会影响一个男人的家室。

我们都知道她女儿死了，我不会同情她的，别人也不会。谁都知道女儿是被她逼死的，那天晚上她对自己的女儿发疯呢，人人都听到了，那声音哪像是对自己的女儿，倒像是对充满仇恨的冤家叫喊：“滚！滚！滚！”就是这样，打从她搬过来，她女儿还小的时候她就像个恶魔一样折磨她女儿，等女儿长大了不服她管她便折磨领进家里的那些男人，现在女儿死了，她又开始折磨我们了，弄得我们一到夜晚就不敢睡觉，看着外面飘落的树叶守到十二点。

我早就说了，她是成心的，像她这种人是不可能失去理智的。但是他们不信，他们想尽办法找到她原来的丈夫，让他管一管他这个过去的老婆。可怜的男人啊，他强忍着失去女儿的悲痛把她送走了。你看，和我说的一模一样，她一点儿病也没有，不出半个月她就大模大样地回来了。大家都以为她的病治好了，还为她高兴呢，不是，不是这么回事，第二天晚上她又和往常一样敲我们家的门。此后人们就不再有办法了。

“呜……梆！”她拉着人就往屋子里闯。“回去睡觉，”隔壁那个小伙子走出来了，“赶快给我回去睡觉！”我知道他和那女人也有一腿，他还只有二十岁哪。

“别冲我喊，忘恩负义的家伙！”她说。

“回去！”他手指顶着她的额头说，“小心我揍你！”

“打女人呀，来呀。”她向前走着说，“你打我？我杀了你！”

啪！他给了她一个嘴巴。此时他的手指开始发颤，他害怕了，“回去吧。”他的话音显得有气无力。

“我杀了你！”她发疯了，双手向他的脖子掐去，人们越拉着她的手臂她就越用力。小伙子脸被憋得通红，舌头伸到外面。他真会被掐死的。

当！她松开手，回头看了一眼就倒下去了。小伙子靠在墙角大口喘气，他母亲举着椅子一动也不动。

“死了？”有人问道。

“没什么大碍，昏过去了。”那个老中医摸着她的脉说，“扶到屋里，休息一下会醒的。”

“然后呢？”小伙子缓缓问道，“她早晚要杀了我。”

“交给她丈夫吧。”老中医说。

“她没有丈夫。”

“不是，就是那个张厅长。”

7.2.19

很多年以后，从年迈的舅妈那里我才知道我表哥杜宇琪在毛毛出事的第二天便逃到了上海。将近三十个小时颠簸的旅途他一直处在睡梦之中。要不是列车员在终点唤醒他的话，他似乎会一直沉睡下去，直到火车把他载到世界的尽头。

火车在午夜终于驶进了比白昼还要绚丽的夜上海。他望着繁华的街道、明艳的灯光以及熙熙攘攘的人群忽然生出了同他三年后在北京上学时同样的感受——对自己的未来和前途彷徨无措。他不知道自己将要去哪里，做什么，如何才能听懂外语一般晦涩的上海话。他背着硕大的行李包漫无目的地走着，在路人稀少的街道他像无处容身的醉汉一般放声嘶吼，摇晃地走着类似伸长的弹簧那样的折线。就这样他从南京路一直缓缓走到外滩。听着静静流淌的江水和远处游船的汽笛声，他在江边愉快地坐了几个小时。他的心随着击起的浪花以及鳞片般的水光起伏不定。当他发现天色渐明时他开始害怕见到外滩卸妆后的样子，于是他像一个天亮前必须消失的孤魂一般匆匆往回奔跑，以至于他还没有见到上海的阳光便离开了那里。

后来我舅舅带着我舅妈也曾来到过这里，在上海他们已经没有颜面将自己的问题说出口：他们在找他们的儿子，一个就快三十岁的大孩子。有善心的民警明知道不管经历多少天的寻找他们都将无功而返，为了不辜负他们昂贵的车费、漫长的旅程以及疲惫的身心，他把他们指到了一个不虚此行的好地方——南京路。一路上我舅妈盯着所有过往的行人试图辨认出儿子的相貌，然而不多久他们渐渐放弃了这种唐突的做法。坐在冰凉的长椅上面对滔滔江水，我舅妈突然意识到自己居然在经受着比那些最扣人心弦的故事还要惊恐的情节，一个母亲发现了一具被以一种她不敢相信的残忍手段杀死的女孩儿的尸体，而凶手正是她的儿子。这样的猜想使她再一次啜泣不止。“回去吧。”她对我舅舅说。于是他们两人就迈着同来时一样沉重的步子向回返，仿佛一对早已衰老而无力飞行的候鸟，刚刚从北方一路艰辛地飞到南方就发现，冬天已经结束了。

当我舅妈不再对她命运多舛的儿子抱有任何幻想的时候，她开始阅读杜宇琪留在家里的那几百本书，似乎从书里可以重新激起关于儿子的美好回忆一样。直到她读完《圣殿》的那天她才明白文学是这样定义的——不在于揭示出重大的社会问题，不在于给读者一时愉悦的消遣，文学的真正目的在于对未来事情的一个精准预言。她绝望地一页页撕掉这本书，同时有两张长春到上海的车票从封套里抖搂出来。

按照上海地图上红笔勾出的箭头她知道她和儿子走了同一条路线，所看到的几乎是相同的景致。我舅妈为我表哥在离开了父母那么长时间后他们还能拥有一个共同的记忆而感到欣慰。她反复地眨着眼睛以让泪水消融在眼眶之内。然而使她无法理解的是那两张车票，她猜不出是谁陪他去的上海，而且，返程车票又在哪里?

在北京，我表哥杜宇琪告诉我，一个多星期的花销使他在踏上火车的那一刻身上便已没有一分钱了。在外滩他看见高高的围栏和两岸严密盯防的警卫才觉得葬身湖底是一个多可笑的想法，之后他在马路中央肆无忌惮地奔跑，却没有一辆车能如他所愿地从他心口压过。他决定听从命运的安排，假如自己的运气真的是如此糟糕，那么饿死在街头他也将欣然接受。他在第二天凌晨排进了队伍的中间位置。他将留给毛毛的那张“长春—上海”的车票对折。轮到他的时候他给检票员看了其中一半——“上海”。“翻过来。”她说着又看了一眼另一面。咔嚓！她在“长春”的上方打了个孔。

6.1.16

我是在深夜十二点走出的房门，我妻子那时还在沉睡。为了……为了？等一下，我再看一看，有点儿忘了。你尽量记准一点，明天就要上法庭了。哦，在这儿，我刚才说错了，重说一遍。大概在十二点钟左右我走到外面，这里面没写我妻子在干什么。差不多，差不多，意思对了就行。为了不掉进那些没有盖的井里，我走进了花园。然后？然后我看见一个女孩儿坐在长椅上笑。是哭！哭？哦，我问她为什么哭，她说……为什么哭呢？不是笑吗？我再看一下。把稿子放下！拿过来，明天上法庭你还能带着去吗？是哭，是哭。她说她跟妈妈吵了一架，因为她怀孕了。怀孕要到后面说出来。是啊，她怀孕了，她妈妈为此难过。我问她爸爸怎么看呢？你没有问这句话，没问过。知道吗？问了，我一定问了，这我有印象。她说她正在等爸爸过来谈，我问她谈什么。她说不谈这事，谈别的，她想要爸爸妈妈重新在一起。因为她知道妈妈很可怜，很孤独。只要爸爸答应了，她要远走高飞，和一个男孩儿远走高飞。什么？你在说些什么烂东西？把稿子给我看看，扔过来。你好好瞧瞧，哪有这些话？撕掉它！撕掉它！有的，有的。我还问她怎么让爸爸答应呢？她说她自有办法，一张合同书就足够了。

闭嘴！闭嘴！莫名其妙。说下一段，背你杀毛毛的经过。哦，我当时双手掐住毛毛，反复地叫道，别逼我，拿出来吧，给我，别逼我，毛毛，是他们逼我这么干的。谁逼着你了？哪来的这些话？你好好回忆一下上面怎么写的？我想想，她双臂不停地乱挥。松手啊，爸爸，你松手啊。谁是她爸爸？记着，你不是，你只是个过路人。我是的，我是毛毛的爸爸。毛毛，爸爸不想杀你，你是我女儿，我只是想吓吓你。起来呀，起来，毛毛，我什么都不要了，只要你好好的，你让我怎么做都行。毛毛！毛毛！哭什么。你哭什么？你和毛毛没任何关系，你动的哪门子感情？往下说。往下说。

我扶起毛毛，她已经死了。我让她靠在车的后排。车？哪有什么车？你再看看稿子，哪有车？你们是在花园里的。稿子不是刚刚被你扯了吗？哦，那么我给你讲一遍，你仔细听着。你是在车里，你那辆奥迪 A6。你把你杀毛毛归咎于上面给你施加的压力，狡辩，纯属狡辩。看见毛毛不再呼吸你开始害怕了，抽烟，你一支一支地在车里抽烟，烟味附在毛毛的头发上、衣服上和盯着你的眼睛上。我已经戒烟十多年了。你听我说，除了花园你想不出哪有藏匿尸体的地方。你开到花园门口，没有人看到你，你抱着毛毛穿过甬路，把她平放在草地之中。后来你想起应该在她身上找找合同。她说她已经在路上撕掉了，你当然不相信。那么毛毛有什么办法，听凭你把她掐死。你一件一件脱光了她的衣服，仔细搜寻也没找到。最后你干脆把她的内裤也脱下来，这里还是没有。你下流的想法！不在这里，你摸着她，双膝跪在地上，一根树棍碰着你的腿。你捡起来，决定做出能够使你逃脱嫌疑的兽性行为。你叉开她的双腿，对着正中央。没有，毛毛，爸爸没有这样做。做了！我告诉你，你做了。你闭上双眼，使出你全身的力气一下将树棍全部捅进去。不是我，不是我。就是你，张文再，你等着我帮你收拾残局吧！

3.3.4

“下雨了。”她说。

他从她身上翻下来，和她平躺在床上，看着屋顶沾有黑斑点的天花板。他左手向旁边摸到墙壁，指甲悄悄地在墙上刮着字。

“真下雨了，”她侧过身对着他，“你听啊。”

“墙角有只蜘蛛在结网呢。”

她顺着他手的方向望去，隐约看见一小块黑色在动。她担心自己是不是开始近视了。但声音还那么清晰的，确实有雨一滴一滴地敲在房顶上。

“你听不到吗？”她问。

“这是地下室啊。”他也转过身，贴在她脸前说，“你们下午什么课？”

“语文，那老师水平都不如我，还总想挑我毛病。”。

“我们那老黄也是！”他右臂支起来有些激动地说，“上次他居然口口声声地说鲁迅的小说无人可比！”

她没理会他的激动，翻回去平躺下来，“你真没听到雨吗？”

“没有啊，地下室我到哪儿听去啊？”

“要是真下了，朱姨就得来接我了。”

“你们班主任不会把你供出来吧？”

“朱姨不会自己找吗？回去不定又怎么说我呢？”

“你就说你买书。简单，你说要是等放学，书店都关了。”

“切，”她笑了，“你一出来做就说是买书对不对？你可真有阅读情调。”

“原来你都知道啦？”他双臂支起来，从她的左边一跃到右边，“我跟无数女孩儿调情。”

“刚才没事吧？”她问。

“没事，我这么玉树临风风流成性当然有准备啦。”

“你把那些扔哪儿了？”

“桶里呢？老板不会变态到去翻出来吧？”

“那些是你的可爱小宝宝啊。”

“没办法，他那美丽的妈妈不要他。”他双手合十，故作虔诚地说，“阿门。”

“切，何不成没那套套我这儿就成垃圾桶了？”

他大笑起来，头凑过去吻了一下她的脸。然后他干脆坐起来，想想那过程，又笑了。

“好笑吗？”她没有看他，盯着墙角的黑色冷冷地说。

他愣了一下，挠挠头发说：“是这样的，我们听某个人讲笑话，讲笑话的人通常不笑……”

“你早有准备。”

“准备什么？”

“你刚才用什么了你不知道？”

“宠物熊给我的，他逗我说我不定什么时候就能用上。”

“挺好啊，这不是用上了吗？他还告诉你在哪儿开房又便宜又安全是不是？”

“不是，我没想那么多。”他沮丧地又跟她平躺在一起。

“对，你什么都没想。你就想今天把我骗出来好上我。”

“你干吗说得那么粗，我们以前又他妈的不是没有过！”

“你喊什么喊啊？你上了我，你兴奋是不是？”

他没接话，起身穿件上衣。光着腿走下床去看那只蜘蛛，他发现那只不过是一块黑影而已。直到这时候他终于听到了雨的声音。他将头靠在墙壁上感觉雨正打在钢管上。

“你没事吧？”他回头看了看她，走了回来。

“没事，就是有点儿难受。”

“上次你家人看出来了吗？”

“没有。我也不知道那次是怎么回事。”

“你后悔了？”他满眼忧伤地看着她。

“不是后悔，”她摸向他的脸，“我就是觉得我好像还不够爱你，就那样了……”

“我也是，”他抓起她的手，“不过我有这个信心。你看这儿。”他指给她看墙上的两个字。

“什么呀？”

“我刚刻上的，还不清楚？这是琪，这是卉。”

“你可够土的。其实你今天都想好的是吧？”

他勉强点点头：“相爱的人应该在一起，不是吗？”

“那咱们以后呢？还这样？”

“你随便吧。说真的，我对这个兴趣不是很大，我只是想和你在一起。”

“嗯。”她翻过身，将脸埋到了枕头深处，低声说着，“相爱的人应该在一起。”

第 四 部

第一章

等树上那只喜鹊飞走的时候，他就从大厅里的座位上站了起来，在大厅里来回地走着。正前方巨大的木钟在左右摇摆，他盯着钟摆看了一会儿，随着五声钟响，他将视线又移回窗外。

时值五月，整个大地都已经显现出一片春色。他记得他刚到这里的时候，还有冰雪附在地面上呢，已经过去两个月了。他掐指算着，从家里逃出来的那天是正月初五，距婚期还有十天。之后他像一个无家可归的乞丐一般在武汉熬过了极其痛苦的一个月。在那里的最后几天，他给他父亲写了一封充满苦闷、忧伤，甚至有些绝望的家书。他父亲在回信里夹了二百块钱寄给他。他知道这几乎是家里全部的积蓄。他满眼泪水地看完了那封信，信里面他父亲说想尽办法才帮他联系到远在长春的一位姓王的表叔。“或许他可以帮你谋个职位。”他知道信是父亲求人代写的，信里面说可能一开始并不能赚多少钱。“不过稳当，”他父亲说，或者说是代笔的李老师这么写。“安稳的工作。只要你踏踏实实的，总有出头的日子。”出头，他记下这个词，把它写在那件灰色西装的领口处。离开武汉的那天正好下雨，他在淅淅沥沥的雨点下缓步行走到火车站，在铃响好久才背对着火车倒走上去，心里滋生出无法融化的忧郁。火车启动的时候他冲着车外在风中飘摇的树枝、静静绽放的花朵和雨中漫步的行人喊了出来。假如荆州算是狭义上的家乡，而从广义上讲湖北才是他真正的家乡的话，那么这一次他确实远离了自己的家乡。“狼狈地出逃，”坐在急速奔跑的火车上他想，“或许再也回不来了。”外面的雨越下越大，那些散步的人们已经像回巢的鸟儿一样向家跑去。然而过了不到两个小时，他就见不到雨了。

因为他对未来的生活并不抱有多美好的憧憬，所以当他听说他的工作不过是个图书馆管理员时也没有表现出太大的失落。“简单点儿说就是把还回来的书按编号一一放回原位。”那位年迈的远房亲戚说。他去见老人时在路上想了许久也弄不清楚该怎么称呼他。“表叔爷？”他造出这么个词，不过始终没敢叫出口。他恭敬地坐在他的对面，努力想出一句合适的措辞来表明自己一直念到高中毕业，而且读了不少名著，就是说他觉得自己应该有能力胜任一些更复杂的工作。“这才刚开始。”他表叔爷摇着右手食指说。随后两个小时他留客人吃了顿便饭，其间给他讲解了工作的程序和常遇到的几类麻烦。临告辞时他接过了已经预交了三、四月房租的一个地下室的地址。

坐在阴暗潮湿的地下室他还在想着刚听到的那句话，“这才刚开始”。他无法确定这指的是工作刚开始可能会有些不如意，还是责怪他才刚开始就挑三拣四。他宁愿相信是后者，这使得他从此以后再没去拜访过表叔爷。到长春的第一夜，外面呼呼的寒风刮得他难以入眠。他点亮灯，想随便给谁写点儿什么，不过很快他就意识到此时唯一能和他保持联系且可以信任的只有他父亲了。他坐在桌前给他父亲洋洋洒洒地写了五六千字。清晨当卖鸡蛋的女人走进社区大声吆喝的时候，他划掉了全部的文字，只在最下面加上一行字：“一切安好。”不过他并没有撕碎那些废掉的纸张，而是连同仅存的那一行字，一并装到了信封里。他知道李老师会用他独一无二的沙哑嗓音读给父亲，然后会表情严肃地告诉他：“你儿子失去了提起这些的勇气。”

然而他父亲在回信里还是谈起了那件事，父亲说在他最初消失的几天他一直对女方的家人说文再只不过是去一个亲戚家过年了。不过到正月十五那天他父亲终于瞒不下去了。一大早那些等不及了的小伙子就吹着唢呐抬着坐在花轿里的新娘赶了过来。他父亲看着陆续到来的宾客支支吾吾地说不出话来。“要是你妈还在就好了，”他父亲说，“这种事女人比男人更会应付。”“是啊，”文再放下信想着，“她既然能把婚礼说合，也一定能把这件婚事说破的。”可惜她死了，在去年十月份某天只因为和他父亲拌了两句嘴就在当天下午喝农药自杀了。好多年以后，当他父亲都记不起来当初他们为什么吵架的时候，倒在床上的母亲惨白的脸色和紫色的嘴唇依然历历在目。他父亲在信的后面说自己不明白既然他不想结婚，为什么还要做出那样的事。文再已经读出父亲的愤怒，简直是质问的语气。不过仿佛出于对儿子的愧疚心情，以及对妻子自杀的悔恨，他没有过多责备儿子，反而在信尾询问他对新生活能否适应。“长春很冷，多穿点儿衣服。”只有这几句话。可能是激动，他父亲没再多问什么。“我过得很顺利。”文再提笔写道，后来他想想，把信纸撕掉了。“算了吧，”他想，“要我回答的太多了。”

外面开始下雨了，有几个学生头上罩着塑料袋从雨中跑到银行的大厅里躲雨。他们开心地说笑，后来干脆在地上铺张报纸玩起牌来。银行工作人员走过去告诉他们这里并不是他们打牌嬉笑的地方。“哦。”看样子他们很听话，可是待那个人刚刚走远，几个男孩子又偷偷地抽起烟来。他看到并没有谁禁止他们吸烟，便也抽出一支点上。本来他打算离去，不再等下去了。但突然袭来的暴雨令他相信这是缘分使然。他又坐在位子上，或许他会在等待的时间里好好回想一下过去的事情。

事实上并没有那么多的经历可回忆，一九八一年，减去五十七，他只有二十四岁。他母亲在前一年翻过两座山，蹚过一条河，走过一片葱郁的树林为他说了一门亲事。对此他未曾表露过任何心情。他那种对终身大事冷漠的态度让他母亲感到不可理解。直到秋天，从他母亲死去的那一天起，他才真正开始对人生的价值有所反思。“平庸的生活。”他在《安娜·卡列尼娜》的扉页上写道，“就如父母和生于此地的其他人”。他渐渐明白一旦结婚，他将不可避免地和他父亲生活在同一种模式下，放弃少年时的理想，每天早出晚归地耕地，连夜里的做爱都会成为一种责任，而不是令人兴奋的感官愉悦。他决定逃离这一切，然而还没有足够的勇气。随着婚期的临近，这种彷徨无定的心情在大年初四才有了最终的取舍。那天他堵死了自己的后路，让自己就此别无选择。

大年初四他听从他父亲的安排带着年货翻山越岭沿着他母亲一年前走过的路线去女方家里拜年。那是他第一次见到他的未婚妻。在路上他想好了四条理由以推迟婚礼的举行，然而当他见到女方时他就发现，最初的计划脱轨了。姑娘远比他想象的漂亮，而且他盯了一会儿就想起来不久前在集市上见过这女孩儿，那时候他坐在街对面的茶馆里一直注意着她，她的一言一行都令他心动不已。而现在他却要说服自己和她分手。“莎士比亚的绝妙反讽。”他想起《罗密欧与朱丽叶》，不禁苦笑起来，默不作声地吃起瓜子。

家里人似乎是有意回避，他们嚷着要去串亲戚，然后一窝蜂地消失了，只把他们两个留在屋子里。整个房子都贴着红福和年画，显得屋子暖洋洋的。他不自觉地搓着双手不知道说什么才好。他想还是等她父母回来公开挑明的好，告诉他们人各有志，谁也不能把谁锁在一起。虽然那姑娘较平常打扮得更漂亮一些，不过看上去她比他还要尴尬。实在无话可说的时候她问他到那一天穿什么衣服好看一点儿。“这件？”他摇摇头。“那这件呢？”他还是摇头。在她拿出第三件衣服的时候他才意识到他的摇头不是针对某一件衣服，而是针对这场婚礼，自己的优柔寡断，以至对难以自拔的生活感到不满意。所以他没有对最后一件衣服做出任何表示。姑娘以为这是肯定的默认。“我试试。”她说着脱下了白色毛衣。他对她那么随意地脱下毛衣感到惊讶，然而使他更为惊讶的是自己到这时候居然还会对她粉红色内衣下隐约可见的乳头饶有兴趣。他移开盯得发呆的视线，看着别处。“耳环太重了，”她不但没马上穿新衣服，反而说起别的来，“我都跟我妈说了，耳环可不是越大越好看。”她侧过身求他帮忙摘下来。尽管他没接触过耳环，不过他有自信可以帮这个忙。他向她凑过去，闻到一股薄荷香，手指碰到她滑滑的脸庞。他情不自禁地吻了她的耳垂，然后胆怯地看着她。奇怪的是她并没有责怪他什么。他单臂抱住她的脖子，向下倒去。有孩子在外面放鞭炮。“应该拉上窗帘。”他听从她的话抬头望去，玻璃上起了一层厚厚的白霜，六个大福字贴在每一块玻璃上，映得屋子里红彤彤的。

“结婚吧，”他躺在床上看着昏黄的吊灯想，“一生毁于一瞬间。”院子里的狗叫起来。她母亲推开房门惊呼：“天哪，看你俩干的好事！”她女儿钻进被里面趴在他肚子上哭了出来。而这一切没有打断他的沉思，他看着她母亲微笑着。“怕什么？怕什么呀？”她隔着被子摸到她女儿的头，说，“还有十天就结婚了呀。”“阴谋，”他坐起来穿上衣服，想，“精心设计的诡计。”他开始厌恶这个家，厌恶他自己，以至于接下来的几个小时里他一句话也没说过，连晚饭都没吃就往回赶了。

当天夜里他父亲还在熟睡的时候，他带走了家里所有能找到的钱坐了一夜汽车到了武汉。越来越拮据的日子慢慢表明来到武汉并不是他新生活的开始。二十天后他在那封绝望的信里面告诉他父亲最坏的结果是他不成样子地回去。“就像只丧家犬。”他说。令他欣慰的是他父亲在回信里劝他不要回来，他说他也不愿意看到自己的儿子和他一样，单调而苦闷地生活一辈子。他心怀感激地听他父亲的指引来到长春。尽管他父亲没说出来，但是他知道，在女方家里的催逼下，他父亲一定过着难以想象的贫苦生活。第一个月他省下十五元，自己留下三元，其余的十二元寄给了父亲。后来他觉得每个月花销一块二毛钱的邮费有些得不偿失。于是他决定每月先把钱存下来，待攒到一大笔再一并寄过去。遗憾的是等他攒到一百〇八块的时候，这笔钱都用在了结婚上面。

外面雨已经停了，几个坐在地上的孩子又跑了出去。他看着大钟，掐灭烟头，站起来拍拍衣服，银行的几个出纳员从里面走出来。他一直在等的人来了。

“咦？”她奇怪地看着他说，“已经下班了。”

“我知道。”他说。

他发现她不但很迷人，而且还比其他的出纳员热心。

“您有事儿吗？”她问。

“我在等人。”

“里面已经没人了呀。”她说着走到门口，“怎么下雨啦？”

“你什么都不知道。”她的朋友们拉着她往外走。

“袁南。”他在后面叫她。

“咦？”她回过头。

“走不走啊？”朋友们在雨里催促她。

“你们先走吧。”他说，“我是她朋友。”

其余的人跳过一摊水，踩着现拿红砖搭起的路向远方走去。

“等等我！”她喊。那些人没有听见，拐过红房子，消失了。她转身说：“我不认识你呀。”

“我们认识的，你很像我小学的一个同学。”

她笑了起来，说：“小学？你知道我在哪儿念的书吗？孤儿院。”

他向后退了几步，后鞋跟踩碎了大厅地面积水中的光影。“但是我认识你的。”他语气有些无奈，“你叫袁南，我是张文再。”

袁南想了一会儿，然后笑了，指着墙壁上贴有几十张相片的光荣榜问：“你真认为我是那里面最漂亮的吗？”

他没说话，点起一支烟。这让她觉得自己说的话是不是有些自以为是。她脸红起来，低声说：“我想我们的确两不相识。”

这时一个矮小的清洁工推着一把能有两米宽的拖布以仿佛在擦拭这世界般缓慢的脚步硬要从他们中间走过。他又向后退几步，靠在墙壁上。“哦，”他肯定地说，“你是所有人里最迷人的女孩儿。”

她看了他一眼，转身向门外走去。屋檐下在滴水。她听见有脚步声跟在她身后。“从今天起，”她想，“我的故事开始了。”

第二章

一直到九月份张文再去了六次银行找她。每一次他都是从四点半开始在大厅里静静地坐上一个小时，直到五点半她从里面走出来的时候才显露出并不自然的笑容。为了更频繁地见到她，他将每月存一次钱的习惯改为两次。这样每个月的十一日和二十六日他都会心情不安地一路送她到女子公寓，然后听着心底严厉的斥责声匆匆赶回地下室。他为自己近乎懦弱的性格自责，以至于他根本就不能说出——哪怕是一半——头天晚上准备好的话语给她听。大多数时候他们谁也不说话，张文再常常看着马路上奔跑的汽车或是路旁的一支蒲公英来掩饰内心的狂乱。

“我担心这是今年我们能见到的最后一场雨了。”有一次她说。

走到中途突然下起雨来，雨水从屋檐上流下来，润湿将要枯黄的草地。一些树叶浇落下来，飘飘荡荡地落在路旁，被向下流淌的积水带走。他们逆流而上，艰难地行走。

“是吗？”他说，“我以为还要下的呢。这是我到长春的第一年。”

他们各自撑着一把伞，文再后悔带着伞来。他没想到袁南已经对这场秋雨早有准备。这样便无法如他所想，两个人在一把伞下漫步。他把伞压得低低的，看着地面荡起水花的流水。

“在这一年里，我认识了你。”他鼓起勇气说了一句含混不清的话。

“哦？”她笑了，“你不是说你早就认识我了吗？”

他没再说什么，始终和她保持着大约半米的距离，心里却在哀叹着两颗心的距离如此之远。他走上马路边的台阶，双手插在裤袋里，像走独木桥一般小心地任凭水流穿过他的脚趾向后滚去。

“袁南！”

快到女子公寓的时候他叫了一声。她回过身，看着遮住他面孔的伞，等待接下来他要说什么。他想好要说的话了。“去你家避避雨吧”，或者是“你在雨里看起来比我想的还要漂亮”。他扔下伞，向她走近两步，忽然发现眼前的人是如此陌生。

“你的衣服全湿了。”他说，“回去还是洗洗吧。”

他右手在裤袋里狠狠掐了自己的大腿，然后转过去向原路返回。他又一次谅解了自己的胆小，决定不再回头望她了。

“伞！”她在后面喊道。

“不是说最后一场雨吗？”他回头对她笑了笑，往远处走去。

就这样他们一起走过春天，穿过百鸟齐鸣的夏天，谁也说不准充满忧伤的秋天是他们的终点还是他们又一次旅途的起点。张文再从来也不明白自己是否真的爱她。尽管有些无法入睡的夜晚他为此感到难过，然而他还是不得不提醒自己——他对袁南并不了解，以至于他很难为自己找些理由来爱她。“或许只是因为孤独，这是最可怕的事情。”他想，“孤独使心灵的慰藉和精神的依托都沾染了爱的色彩。”为避免自己在爱情的茫茫荒原上迷失方向，他把精力全都消耗在工作和读书上面。随着他做这项工作的日子渐渐增多，他发现原来自己有很多时间可以用来读书。每天只需抽出两个小时来将书籍归类和打扫一下卫生就可以了，其余的时间他便在长桌前阅读那些很早就令他起敬而一直没有机会了解的大师。他开始喜欢巴尔扎克，他觉得在这个法国人的世界里所有人物的性格都是那么明显和一成不变。“无论是喜剧还是悲剧，巴尔扎克都不会给他们背负沉重的意义。还有爱情，”他思考着，“简单而明显。没有任何使人游移不定的累赘。”不过一段时间之后，在又一位意大利式的法国人身上，他看到另一种使他难以取舍的爱情。在巴尔扎克那里，一切事情的原动力皆为金钱。而在司汤达这里，虽然从表面上看起来也是金钱和权力，但是故事驶向结尾的时候还是要将主题回归到爱情的港湾。

张文再不愿再费尽脑筋去想这两种截然相反的爱情，更不敢把这些事情与自己联系起来。他尽量让自己忘记这些。他想静下心来学着去写一些故事。然而不多久他就明白自己根本就没有构造故事和驾驭语言的天赋。尽管他确信他读过的很多书的作者都不曾拥有这一天赋，不过他还是放弃了写作的想法。于是面对白纸他开始思考文学的意义。“大众消遣？社会的责任感？”他摇头写道，“不是，都不是。只是为了使读书的人更迷惘。”

就如他思考的那样，之后他在莫泊桑的小说里读到了更为苦恼的第三种爱情。他从没想过爱情在这里是如此轻佻和随意。几天之后，他在那本书里找到了自己生活的答案。领工资的当天下午他比任何时候都更为轻松地走进了银行。在袁南的窗口他存下了十五块钱，同时对着窗口学着小说主人公的语调低声说："我在大厅等你。"

这句话很快就因为她立刻表现出来的激动不安而奏效。他略显得意地坐在长椅上抽了四支烟，职员们陆续走了出来。他看了看，没有袁南的身影。"可能是不好意思。"他想，"她在等旁人走散。"虽然这理由有些牵强，不过他依然守在大厅等下去。大概将近六点钟里面已经没有人再走出来的时候，他站起来往里走。他推开门，看见她的确还在那里坐着。她在同另一个男人兴奋地说着话。他确信那不是银行的职员。他想冲进去质问她几句，后来他才意识到自己在她面前其实什么也不是，凭什么对她说三道四呢？他倚在门旁失望地注视了几分钟，在她瞪大眼睛听着对方说话的时候悄悄地退了出来。

第二天下午同样的时间他又一次来到银行等她，他说不清自己此行还能有什么目的。五点一刻她走出来时看到了站在角落里的张文再。同往常一样，他们在落叶中静静地走着。

"今天要下雪的。"她说。

"昨天我一直在等你，"他停住了，说，"可是你并没有出来。"

"我昨天有事，先走一步了。"

"你说谎！"他没有将这句话说出口，反而比她更为紧张地躲闪对方的眼睛。

他看见她捡起一片杨树叶，仔细观察着叶片的脉络来逃避彼此无话可说的尴尬。张文再几次想抓住她的手，然而都没有足够的胆量。他握紧空拳，看着空中成片成片的乌云。后来他决定最后和她吃一次晚饭，以后永远不再见她好了。

"你饿吗？"他问。

“我不饿。”

“我饿了。”

他拽着她走进路旁的饭馆。他们在靠窗的位置找了两个座位。他坐在她的对面，心里生出难以述说的忧伤。饭菜上齐的时候他觉得自己什么也不想吃。他要了两瓶啤酒，直视着袁南一句话也不说。啤酒不一会儿就被他喝完，然后他又要了两瓶，之后又上了半斤白酒。他眼泪汪汪地望着她，握住她的双手。他害怕这顿晚餐过早结束。半年来每个夜晚对她美丽容颜的回忆占据了梦境里的所有时光。假如从此以后她的形象真的离他远去的话，他不知道还能有什么来替代这一切。有客人在他身旁晃来晃去，旁边的两个男人嚷嚷着划拳喝酒，外面的厨师将刚杀死的一只大狗拖进厨房，一个男孩子爬到桌上又勇敢地跳下去。

“我……”

他视线迷离地看着她的脸，一杯白酒在他眼前左右摇动。他说出第一个字，接着甩甩头，说下去：

“真的……”他握紧她的手，“真的……”

她的手被压麻了，想挣脱他的手。她看着旁边的镜子，发现自己的脸像他的一样通红。

“你醉了。”她说。

“没有……我很清醒。”

他松开她的手倒在了盘子上。

他听见水房里刷刷的洗衣声，有人在窗外叫卖糖葫芦，然后他睁开了眼睛。视线模糊，仿佛一层水帘罩在眼前。随着水滴向四周逐渐扩散，他看见袁南端着一盆湿衣服走进屋子里。他认出那是他的衣服，而这里应该是她的公寓。尽管以前他独自一人绕着这座公寓走了很多次，然而直到现在他才能好好看看里面究竟是什么样子的。

“我昨晚喝醉了。”他说。

她被这突如其来的声音吓了一跳，放下洗衣盆，坐到床前。他在这张床上睡了一夜，还剩下一张空床大概是她室友的。他支撑起身体寻找袜子，发现正放在暖气处。他拿起还没有干的袜子穿上，像是自言自语道：

“有点儿失态，是吧？”

“你都忘了？”她问。

他摇摇头，穿上皮鞋走下去从盆里捡起刚刚洗过的外衣套在身上。

“你要走吗？”她说，“昨晚你可不是这么说的。”

“说什么了？”

他感到奇怪地问她。她没说话。他能想象袁南在他醉倒后把他吃力地背回来的情形。在路上他不断地向她抱怨，她则一句句地对他解释。最后他伏在她肩上放声痛哭的时候，她开始明白爱情已经不期而至了。整整一夜她都坐在这个男人身边不安地想着心事。到了清晨雪慢慢停下来的时候，她明白这一天就是她幸福的开始。

“那个人先找到我的。”她将昨夜的话又解释了一遍，“他自称是我表哥，说是知道我的父母在哪儿，让我跟他回趟老家。”她说着啜泣起来，“我天生就注定没人疼。”

“你什么时候跟他回去？”他问。

他相信了这一切。

“后来我看出来他是个不怀好意的骗子，他说出的那些我的生日呀、血型呀都是在孤儿院查到的。”

“别说没人疼。”他抱住她的肩，说，“从今以后，我会疼你的。”

他冲她笑了笑，擦干她脸上的泪水，拉开门走出去了。

元旦之前他每天傍晚都和她在一起，他们一直计划着攒一笔钱去一次长白山，虽然两个人并不曾对手挽手从街道的一头走到另一头，以及花一个下午的时间堆一个白胖胖的雪人感到厌倦，不过他们都希望自己的爱情会有些与众不同的地方。可惜图书馆临时取消了文再的假期，这样他也只能在忙碌了一天之后才匆匆赶到女子公寓和袁南及室友边嗑瓜子边打牌。

很多年以后当张文再失去女儿、失去职位、失去此生的幸福的那几年他一个人默默地坐在花园的长椅数着飘落的树叶的时候也想不清楚，在那时他对袁南是因为同情还是爱情才和她走到一起的。在两个多月的聊天中他得知她成长在那样的环境。每一个刚从孤儿院里出来的孩子走向社会的第一件事就是带着自己的档案袋寻访父母及亲人。那种“失根”的想法仿佛一个永远都无法原谅的过错困扰着大多数人的一生。直到现在袁南还在留意与自己身世沾边的事情。有一次张文再在上班的路上见到那个自称是袁南表哥的骗子。他正与另外一个似乎是和袁南有相同处境的女孩儿谈话。当天晚上张文再将此事告诉了袁南。于是袁南让张文再装扮她的哥哥将那个人戏弄一通后送到了公安局。

星期天两个人跑到庙会痛痛快快地玩了一整天。

“你呢？家里还有谁？”

到晚上他们在地摊吃面时她突然问他。她冲他眨着眼睛，警告他别说假话。

“我爸爸，”想起他父亲他有点儿不好受，“他已经老了。”

第三章

尽管张文再始终没有把自己逃婚的经历讲给袁南听，然而他父亲在来信里却一次又一次地提及了此事。在七月末的一封信里他父亲劝他不要再给家里写任何回信。“他们正四处找你呢。”他父亲说，“咱们所有能沾上边儿的亲戚他们都问遍了。”就只有这么几句话。他父亲没有告诉他别的，没有告诉他那些人是如何逼着他说出他儿子的去处。“别寄钱给我。”他在信里写道，“他们翻走家里所有值钱的东西，而且说这些还不够偿还一半的。”通常读这些信的时候张文再总会泪流满面，他不愿意自己的愚蠢行为给父亲带来那么多的麻烦。父亲后来的一封信提醒他应该想一想对女方的伤害。“她怀孩子了。”他父亲转告他，“他们吓唬我说要打掉他，不行，我不答应，我是他爷爷。”为此他父亲将家里的那头黄牛和两只小猪一并拉到集市上变卖了一笔钱送到女方家里才保住了他孙子。“人们在骗您。”张文再在拟好的一封回信里写道，“那不是我的，她已经不是处女了。”不过张文再还是没敢把信投出去，不是因为担心他们会在信封上查出他的住址，而是他不愿意，他不愿意让父亲再尝受一次受骗后的痛心。

十二月初的时候，孩子出世了。“是个男孩儿。”他父亲高兴地告诉了他，“但是他们不给我。”他父亲三次踩着枯黄的树枝，蹚过冰冷的河水，忍着饥饿在天黑之前赶到女方家里，却一眼也没有见到孙子的模样，反而在遭到一阵奚落后于黑暗中跌跌撞撞地走一夜的路回到那间破房子。没有讲，他父亲连这些也没有抱怨过。他没有抱怨那些邻居们当面嘲笑他们父子两人，一个逼死了自己的女人，一个抛弃了自己的女人。然而这些张文再都从字里行间读出来了，他伏在桌前为他父亲的屈辱痛哭不止。虽然他母亲刚死的那几个月里他就对父亲暴躁专断的性格记恨在心，然而越来越多的经历使他开始明白，悲剧的发生并不是某个人的过错，只不过是上天将人物关系组合错误的结果。

一月份过后他父亲来信劝他今年不要回家了。他说他知道一个人在外地过年孤零零的痛苦。“而且我也将面临同样孤独的折磨。”他父亲说，“打这个号码。”他父亲说他打算在除夕夜去乡委守候他的电话，“我只想听听你的声音——我儿子的声音。”

张文再把号码记在墙壁上，记在手掌心，记在灰色外套领口处“出头”两个字的下方。随着春节的渐渐临近，他明显地感觉到身在异乡的落寞。小年那天他去参加袁南单位举办的联欢会。坐在角落里他边吃花生边欣赏她美妙的钢琴伴奏。“她拥有艺术的天赋。”他想，“而我，充其量也只是个文学的附庸者。”一阵热烈的掌声过后，他对从台上向他走来的袁南许诺，如果将来他攒到一大笔钱，他一定要买下这世界上最好的钢琴送给她。

“只由你一个人演奏。”他说。

“咱俩捆一起卖了都换不来呢。”

她笑起来，眼睛清澈明亮，像外面飘落的新雪。他没有随她笑，点起一支烟静静地抽起来。不知为什么，原来他以为爱情或许可以抚慰他心灵的孤独，然而等爱神真正降临的时候，他又感受到了从未有过的空旷。他确信自己爱她，以前从未有过这样一个女孩儿令他如此心动，然而这似乎并没有使他快乐。“可能是事业上的碌碌无为吧。”他想。

由于他讨厌去见那个傲慢且自以为是的远房亲戚，所以并没有得到提升的机会。工作十个月后他的工资从原来的十五元提到二十五元，还有，他终于从临时工升为正式职工。就是说他注定要在这座由书籍筑起的迷宫里用一辈子的时光来寻找出口。他不敢想象自己年岁大了的时候还坐在这里气喘吁吁的情形。“到那时，”他在从架上随意抽出的一本书的扉页上写道，“我真希望这里面有一本书写的是我，或者是我写的”。

馆里在春节休假三天，大年三十那天他忙了一上午，带着一本《半生缘》回到了地下室。躺在床上借着微弱的光亮读完张爱玲的这本书时已经是晚上七点钟了。然后他走出去决定找个地方给他父亲打电话。电话那边占线，他知道在这一刻有好多人都围在那里等候远方亲人的电话，他父亲倚在门外焦虑地吸烟，却无力催促别人让他们的通话快些结束。

人们陆续在街道两旁燃起烟花，直飞云霄的爆竹仿佛要将夜空的星星炸落下来。寒风夹杂着轻雪吹在他脸上迅速化为水珠。他走进一家饭馆打算吃点饺子来送别这即将过去的足以令他反复回想的一年。因为新一年的到来老板送给在座的客人每人一瓶啤酒。坐在他对面的一个剥花生的中年人冲他笑了笑，他琢磨着是不是该把这个同样孤单的男人请过来一起喝酒。他在斟酒的时候想到了明年这时候他是不是还会如此孤寂地熬到午夜的钟声响起。那个男人冲他摆摆手谢绝了他的邀请。

“我在等我儿子。”他说。

但他还是搬着椅子坐到张文再旁边，并且又付账买了一瓶二锅头摆在两个人的中间。他倒满了两个酒杯。

“来，干一下吧。”他说，“我儿子今天回来。”

“我父亲，”他断断续续地说，“他也在等着我。不过他希望我活出个样儿来，所以我不能回去。”

他们碰了一下杯后一口喝尽。那男人把剥好的花生放到盘子里。花生在平底瓷盘里向四周滚去。他匆匆捡起几个就要掉下去的花生吃下去，问道：

“南方人？”

张文再没回答，用手抓起花生剥下红皮扔到嘴里，接着又喝了一口白酒。他怕张文再将他的问话误解为本地人对外来人的轻蔑，又接了一句：

“留在长春吧，她会越变越好的。”

“是啊，”张文再说，“整个中国都会越变越好的。”

“十年了，该到好好发展的时候了。”

之后他们便没再说什么。张文再拿出一包烟递给他一支。

“我答应我儿子要戒烟的。”

“过年了，抽一支吧。”

张文再给他点上火，两个人看着远处的烟花默不作声，玻璃不时被鞭炮声震动起来。一个挎着背包的男孩儿走进饭馆四处张望。

“这儿呢！”他挥着手臂叫道，“来，再干一杯，我儿子回来了。”

他在喝下一杯酒后接过他儿子的行李高兴地离开了。张文再走出去给他父亲打电话，那边依然是忙着。他走回来继续喝着剩下的酒。人们渐渐离开座位，高声呼喊着走到大街上欢庆新年。他向老板要了纸和笔打算给他父亲写封信。“别再自责了，爸爸。”没有称谓，没有问候，第一句话他就这样写。随后他说他相信远在天边的母亲一定会原谅他的。后来他考虑了一会儿将这一页撕了下来。他在新的一页对他父亲讲了长春出奇寒冷的冬季，这场突如其来的爱情，以及他得到了稳定而轻松的工作。“还有，我发现在这里我完全可以找到我的幸福。”

老板拎着一袋烟花走过来叫他一起出去放。

“全都放了，咱俩过过瘾。”

他们沿着大街放了一路的烟花，不时有一些孩子提着灯笼在他们身旁走来走去的。张文再告别老板又拨了一次电话，他听到他父亲的咳嗽声。

“我是文再，爸，我在这儿过年挺不错的。”

他父亲在那边激动得说不出话来。他把嘴唇贴在话筒上，看着马路上骑自行车的人往家里赶路。

“我姨妈她们过来了吗？”他问。

他知道不该问这个。打从他母亲死后，他父亲和她们只在送葬的那天见过一次。此后他们便形同陌路。虽然他父亲在几天前的来信中曾欣喜地说她们打算在除夕夜一起回家过年，但他看得出来，那只是他父亲为了让他在外地安心生活的众多谎言中的一个，不然他父亲也不会自己跑到乡里来在电话前死守到深夜。

“哦，”那边有人说话了，“你是抽烟袋那老头儿的儿子吧。他睡了，在会客室呢，我叫他去。”

“不，不，让他睡吧。”

他匆忙挂掉电话，拐过烟雾缭绕的路口，靠在一棵枯死的杨树下抽起烟来。他不敢再听到他父亲的声音，害怕听到的声音会变得难以预料的苍老。“还是写信吧，”他想，“透过纸张的感恩。”不过那封写好的信被他忘在了饭馆的桌子上，他不愿重复自己走过的路去取回来，于是踩着爆竹的碎屑他向袁南的公寓走去。

冷风吹过他的胸口，眼前的街道渐渐向四周散开分成好多条上下晃动的小路。他系好大衣上的每一个扣子，确信自己还没有醉。他扒着脱落的墙皮走上二楼，倚在门旁喊她的名字。

“都这么晚了……”

她说着收起还差右袖口的灰色毛衣，打开房门。十二月份她在一个下雪的周末从朋友那里学会了织毛衣。然而越来越多的麻烦打乱了她在新年前完工的计划。除夕夜她望着散落一地的毛线和残缺不整的毛衣开始为不能把它当成新年礼物送给张文再作为一个惊喜感到难过。后来她安慰自己完全可以延期到元宵节再送出去。这一夜她一个人守着空房子赶织毛衣。傍晚的时候她在收发室接到了老院长打给她的电话。直到现在孤儿院还保持着每到新年便问候从那里毕业的孩子的良好习惯。她不禁为院长的殷勤慰问感动。只是院长过多的勉励和忠告令她渐渐察觉到他之所以这样做仅仅是为了使她工作更为上进而为院里争荣誉，并非源于对她的关心。她有些悲观地感到这世界不会再有什么人关心她了。怀着这样忧伤的想法她谢绝了三楼的一位同志要把她领回家过年的邀请。织累了的时候她便用指甲在窗前刮下一层白霜看着外面散开的烟火。相信他一定会在新年钟声敲响之前赶过来陪着她的预感使她到这时候都没有入睡。

“这么晚了，”她明白自己在这一夜的长途跋涉中熬到了终点，说，“进来吧。外面怪冷的。”

“出来吧，”他拉到她的手，缓缓说道，“我们，谁都不应错过这么美妙的夜晚。”

穿好衣服她跟他走到外面，所有的人都摆放好爆竹待新年到来之时一并点燃。

“你又喝酒了。”

他停住脚步侧身看着她，他想说以后绝不会再喝了，但他怕这句话一旦说出来他就会背负责任，而且他担心她将这种话理解为丈夫对妻子的许诺。他们专挑没人踩过的小路走去，双脚藏在雪里像个孩子滑着地面前行。

“我从没像现在这么清醒过。”他说。

附近的人们听着收音机里的倒计时。“三、二、一。”他们喊着。然而广场的大钟没有响。有人用望远镜看到大钟的时间慢了一分钟。迫不及待的人们点起了爆竹。声音随着空中的烟花此起彼伏。张文再冲着夜空大喊了一句，但还是被漫天的爆炸声淹没。

“你喊什么啦？”她问。

她觉得这种狂吼式的发泄并不会让任何人听到怪有意思的。他双手伸出袖口，反复地搓着，低声又重复了一遍刚才的话：

“我们结婚吧。”

声音太小了，更不可能被听到。“算了吧。”他为自己一时的冲动感到可笑。大钟终于敲起来。虽然迟到了六十秒钟，仍然又一次激起人们的热情。大家热烈地欢呼着。人们开始团起雪球互相扔着。她躲开一个不知从何处飞来的雪团。张文再对她笑了笑。然而她没有笑，表情严肃，静静地站在原地。风将她披散着的头发吹起来，她在出门前忘了将头发像平常那样束起来。此时她正在考虑一件事，不久等鞭炮声渐渐减弱的时候她做出了这个值得她一生骄傲的哪怕是二十多年后当她知道张文再就是杀害她女儿的凶手时也不曾后悔的决定：

“我答应你。”

第四章

最后他们把婚礼的日期定在正月十五。尽管一开始张文再不能接受和去年的婚期在同一节日的巧合，然而后来他却成了在此日结婚的最坚定的拥护者。“或许是命运的嘲弄。”他在初七晚上给他父亲的信里写道。他知道这封信要在北京和武汉停留两次，等他父亲来到也会是十天之后的事情了。第二天他又给父亲发了份电报。两天后父亲把电话打到他单位告诉他自己日渐衰弱的身体已不允许他坐上五十多个小时的火车前来参加。“还有，”他父亲说，“把这笔车钱省下来，你们也充裕些。”

他父亲当天又寄给他们二百元钱，这已是他父亲第二次挨家挨户敲门才凑齐的钱。张文再拿出本来打算寄给父亲的一百元钱添了进去，加上袁南攒下的一些刚好够置办一次简易的喜事。张文再退掉地下室在市郊租了一间稍大一些拥有充足阳光的房子。正月十四两个人花了一天的时间用彩带和气球将小屋子点缀成袁南在童话里读到的那种样式。

到他们备好了喜糖和花生打算请一些不错的朋友前来参加的时候张文再才想起来，虽然他在图书馆干了将近一年，却没有交下一位要好的朋友。他父亲在电话里提醒他别忘记邀请那位远方的亲戚，但由于张文再实在不敢想象他和袁南两个人在这个都不知怎么称呼的亲戚面前鞠躬，就没有告诉单位的任何人。

倒是袁南有好多亲密的朋友。元宵节一大早他们就赶到新家，然后逼迫着他要一切按照习俗那样坐车到女子公寓去接袁南。十几个人轮流架着新娘用了一个多小时才走回来。在其他人还围在火炉前取暖聊天的时候，几个手艺不错的朋友做好十二道菜摆在桌上。在弥漫着蜡梅花香的屋子里张文再不停地接受着朋友们的劝酒，连袁南也经受不过死缠般的劝酒不得不喝了几杯。那些下了饭桌的朋友将浮在空中的气球推来推去。几个年轻人在苹果上面系上一根红线吊着让两位新人去咬。苹果垂在袁南的眼前，她凑上前去的一刹那，有人推开了线上的苹果使得她吻到了苹果另一侧的张文再。人们起哄将苹果又吊在原来的位置，并保证说这一次绝不会再捣鬼。她闭上眼睛，头轻轻探去。等苹果被张文再咬住的时候她也咬下一口。苹果很甜，她睁开眼睛，忽然尖叫了一声。人们转到这边来看到有一只小虫正从苹果中间的小黑洞里爬出来。

然而这并没有消减大家的兴致。傍晚时分他们拽着新娘一起到门外看漫天纷飞的烟花。文再在大家的怂恿下点燃了朋友带的爆竹。

“新娘也要放！”朋友喊着，“不然就不幸福。”

袁南单手捂着耳朵，接过张文再剩下的半截香烟胆怯地点燃火药线后跑到十米外他们的身旁。远处散落的彩带令人们惊呼起来。大家回过头才看见那根爆竹还在那里没有动静。

“没有点着吧？”有人问。

“我点着了。”她说。

“再放一个新的吧。”

张文再说，他又点一支烟递给她。虽然他从不相信这些奇怪的说法，但是既然别人说了这能证明他们在一起是否幸福，他就不愿再给日后的生活留下阴影。袁南不情愿地向前移动，她害怕再经受一次这样胆战心惊的恐惧。手臂向前伸，再向前一点。她不敢去看它，转过身去，觉得手指前方的烟头就要碰到了。

砰！

她没想到还未来得及闪躲就爆炸了，她瘫坐在雪地上，一动也不动。人们笑起来，她红着脸看到自己并没有点着那根爆竹。顺着他们的手指望去，她刚才点燃的那根终于响了。

直到午夜人们才陆续离开。她顺从地让他的手解开了自己的衣服。她躺在床上看到他的脸红红的。一股酒气从他的口中喷到她的嗓子里。

“把灯关掉吧。”

她低声恳求。他没有理会，将她抱起来。她扭过头看见屋子里确实关着灯，只是挂在天棚的红灯笼映着她的脸。一股疼痛传遍她的全身，然而令她更为心痛的是这一天发生了那么多无法解释的怪事情，她将这看成了他们婚姻的不幸兆头。一只虫子从苹果里四处张望着爬出来，她吓得闭紧双眼；随着砰的一声巨响她又心惊地捂住双耳，感到有些喘不过气来。张文再掰开她的双手，吻着她的耳垂。她开始对他的动作如此熟练产生怀疑，她说服自己这一切只不过是她过于紧张的神经所导致的错觉。在前方，不可能再有什么阻碍他们的幸福。

不过后来她还是望着沾染血迹的床单哭了。一点声音也没有，泪水一滴滴地落下来，悄悄脱落的墙皮那样寂静无声。他觉察到她的哭泣，从后面摸到她的腹部。

“怎么了？”他问。

同她一样，他也逐渐对此事感到迷惘。在今夜他才第一次见到她迷人的身体。不知道为什么，这并未使他兴奋，而产生一年前在他的未婚妻家里所出现的相同的冲动反而令他倍感耻辱。虽然他比袁南更为主动一些，然而他却更加为此感到羞耻。他点起一支烟，思考着结婚的意义。“还有，相爱到底是为了什么？”他想。

“没什么。”她说。

她找不出还有什么可以解释的。仿佛她担心的一切仅仅是在由姑娘变为女人时都曾有过的那种无谓的伤感。她抓着他的手放在自己的乳房上。天色已经泛白，红灯笼在最后一滴油燃尽后熄灭。

“听，我的心跳。”她说，“它在说我们永远都会在一起。”

事实上婚后的生活比他们所预料的要幸福得多。虽然第一年两个人的日子过得相当拮据，不过他们还是在第二年春节之前攒下了一台电视的钱。袁南找人打了一套简易的家具作为结婚一周年的见证。成长于孤儿院的经历养成了她那不可思议的坚韧性格以及常人所不及的勤劳品德。张文再逐渐发现袁南是那么可爱的一个女人，和她生活得越久，就越容易在她身上找到各种受人敬重的美好品质。他在给父亲的每一封信里都要说几句夸赞他妻子的话。即使他父亲的回信越来越简短，他也看得出来，他父亲为他对生活的满意而感到高兴。

入冬前夕他给父亲写了一封洋溢着愉悦的长信，开篇第一句话就告诉他父亲袁南怀孕了。他难以掩饰自己的兴奋。他看到袁南做了好多件那么小的衣服时已猜出几分，等袁南羞涩地指着自己的肚子告诉他事情真相时，他再也无法抑制将为人父的骄傲。这是他寄出的唯一一封整篇都充满轻松笔调的信件，而他父亲的回信却让他空前失落。他父亲提醒他他并非初为人父，在荆州他的儿子刚刚过完一周岁的生日。经过一年多的苦苦哀求，孩子的姥姥终于答应下个月在孩子母亲嫁给那个跛脚的生意人时把孩子归还给爷爷抚养。他父亲问他除了把孩子的刘姓改为张姓外，重新起一个什么名字才合适。“张雨霖。”他父亲说，“李老师帮我想出来的。”张文再看到这名字的时候不禁苦笑了。仿佛这名字只是对这一年干旱天气的一种嘲讽。他想说他怀疑这孩子能否算作他的儿子，然而还是没有说出口。“既然他喜欢，”他想，“那就把孩子养大吧。”他知道从今以后自己将承担起又一份责任，不得不考虑每个月寄回去多少钱才能够用。

六月份袁南在职工医院顺利生产。按照他父亲那种同辈同字的说法他给女儿取名为张雨卉，不过袁南却始终坚持管她的女儿叫毛毛。张文再一想到毛毛这两个字很可能是出于她对儿时的某种回忆就觉得好笑。

“让她睡在哪儿呀？”她问。

他为自己居然忘记给女儿做一个摇篮而羞愧不已。在用几条被单临时搭建的吊床上对付了几天后，他在旧货市场买到了一个漂亮的木制摇篮。摇篮摇晃时咯吱咯吱的声音总是被毛毛的哭声掩盖。在周末他时常一整天都看着女儿而不知疲倦。

将近二十年以后当袁南整理信件的时候总是泪流不止地阅读他和他父亲那一段时间的通信。她看到无论是谁的信里面都在向对方讲述孩子的趣事。张文再每次都会欣喜地告诉他父亲毛毛的事情。“她会叫爸爸了。”他说，“那种吧吧的声音。”而他父亲的回信却对毛毛只字不提，只是讲述着另一个男孩儿慢慢长大的情形。“现在我跟他去地里都不用再抱着他了。”他父亲说，“霖霖能走好远的路也不说累。”张文再知道他父亲到老了的时候还要抚养孙子的酸楚，这使他生出想再次见到父亲的急切愿望。他在信里说出了自己的想法，他说他想休假一星期回趟老家。他父亲在信里劝他不要这样。虽然霖霖的母亲嫁给了那个中年商人看起来过上了较为富裕的生活，可是谁都看得出来，她一年四季都独守着空房，他们的婚姻注定只能是一个悲剧。他父亲担心这里的人会把这场悲剧归咎于文再，让他在回乡时受到不公的待遇。最后他父亲决定亲自来长春，“看看儿媳和孙女，”他说，“另外，霖霖毕竟是你的儿子。”

经过几夜的辗转反侧，文再同意了父亲的要求。他请求父亲千万不要对他妻子说带来的那个男孩儿是他儿子。“就说是表哥的吧。”他恳求道，“我不想让袁南承受打击。”他父亲理解他的心思。三天后，张文再和袁南接到了那位抱着男孩儿的老人。

张文再不敢相信眼前白发苍苍的老人便是在他出走时还正当壮年的父亲。两个人在出站口就抱头痛哭起来。而那个男孩儿却带着出奇的大胆走过来拉住袁南的手。回到家里父子俩喝着酒谈了一夜的话。张文再提出让父亲在这里长住下去，他说他实在舍不得让父亲到了晚年也不能享受到生活的乐趣。

“不行的，家里地怎么办？再说，费用从哪儿出？”

他父亲拒绝了他的请求。由于懦弱，张文再没敢提出把霖霖留在长春，他怕这样下去事情早晚会穿帮。入睡之前他去看了看正在床上熟睡的霖霖，与其说孩子长得像张文再，毋宁说更像他父亲。躺在袁南的身旁听着他父亲的鼾声他想弄一点霖霖的血送到医院做亲子鉴定，最后他怎么也想不出一个能骗过妻子的巧妙方法才放弃了这一可笑的想法。

几天里毛毛又学会爷爷和哥哥两个词，而且整天都在反复说着。“她已经两岁了，却连话都说不全。”袁南对他父亲诉说了毛毛夜里经常盗汗、磨牙以及眼睛时常红肿这些令她十分忧虑的事情。

“这没什么，”他父亲说，“文再小时候也是这样。”

她不满意他父亲的敷衍态度，就像他父亲不满意她特意为他调样做好的饭菜。

“又是鱼肉，天天都是浪费。”他父亲操着她很难听懂的湖北话说。

很多事情她都感到不习惯，譬如那个男孩儿总要叫张文再爸爸叫她妈妈，还有她为他父亲和他谈话时的过分闪躲觉得可疑。张文再害怕的事情还是在星期日下午两点的时候发生了。

那天张文再去图书馆上班，袁南靠在盛夏的阳光里懒洋洋地织着毛衣。霖霖又一次试图像一个玩具娃娃那样抱起比他矮一头的毛毛时，毛毛哭了出来。

“别弄毛毛。”他父亲用烟袋去打霖霖的屁股说，“她可是你亲妹妹。”

袁南察觉到了这一句话的可疑之处，这几天她就因为那孩子叫她妈妈而同样去叫张文再爸爸时他便生气感到不理解。她联想到每个月张文再的工资为什么总要比别人少几十块钱。假如这就是答案的话，那么一切就水落石出了。她放下手中的毛衣，坐在椅子上。

“霖霖是文再和谁的孩子？”她直截了当地问。

他父亲呆了一会儿，点起一袋烟，不得不讲起了故事的前因后果。霖霖和毛毛各自爬到爷爷的膝盖上揪着他的白胡子。她情绪激动地听着他的话，然后看看外面飞舞的蝴蝶，转过身来说：

“这没什么，爸爸。”

她咬着自己的指甲，寻找着各种各样的理由来原谅文再。之后她没再说一句话，她走到厨房去做晚饭，阳光仿佛是透明的流质照在她的手指上，那上面流着她不小心被菜刀划出来的血。她走回屋子看见毛毛正坐在地上搭积木。

“爷爷呢？”她问。

“走，”毛毛说，“走了。”

张文再回来时和袁南赶到候车大厅找了两个小时也没有见到他们。文再知道他父亲不想再看到他。他父亲害怕经受等儿子回来时不知该如何向他解释的艰难处境。回到家里张文再喝了一晚上的酒，根本没想再去他妻子那儿安慰几句。他看着灯下的飞蛾想到这也许是他和父亲最后一次见面了。结果就是这样。虽然后来他有好多机会却都没有回去，甚至他到武汉的一个星期也未曾回去看一眼。二十年后他才回到荆州，那是为了参加他父亲的丧事。

第五章

十天之后张文再从他父亲的来信里知道他这里并不是他父亲长春之行的终点。在离开他的当天晚上他父亲抱着孩子乘坐19路汽车一路询问找到了那位曾帮助文再谋到工作的远房亲戚。由于他父亲近乎下人般的哀求，那位远房亲戚答应将在一个适当的时候提升文再的职位。张文再想象他父亲那一夜过分博取怜悯的表情便感到羞愧。愉快的是他父亲并没有对袁南那天聊天时的过失再多说什么，只是在结尾处突然感慨道："她是个十全十美的妻子。"这使得张文再开始胆怯地留意袁南的态度。

事实上那之后袁南表现出她所特有的宽容。她不但再未对文再提及此事，反而每到月末的时候便什么都不说地扔给他一个装有五十块钱的信封。

"我的过错要我一个人补偿。"他不愿收下这笔钱，说，"我已经省下钱寄过去了。"

"拿着吧。"

张文再没再推辞什么，他决定将每个月的钱都存起来，两年后买下那架他早就许诺送她的钢琴。

越来越大的开销令他开始意识到自己的工资实在是太少了。他在每个周末算计着开支的时候明白自己绝不能在这个岗位待上一辈子。星期二的上午他鼓足勇气敲开了副馆长也就是那位亲戚的办公室大门。

“呃……”

他张不开口，回头关上房门，干脆把备好的两条烟直接递上去。

“这是……”他说，“我父亲的心意。”

副馆长笑了，缓缓打开一条烟，拿出一盒抽出两支，一支递给张文再。点上烟之后他把烟全部推回去。

“一支就够了。”副馆长说。

张文再知道自己这一鲁莽行为显得既幼稚又好笑。点着火抽起来时，他觉得自在多了。他静静地抽完这支烟后将礼品全都装回袋里，拎起来什么也不说地就往回走。

“等等。”

副馆长叫住他。他回过头窘迫地看着对方。

“你知道，”他说，“孩子一天天长大了，我都没我妻子挣得多。”

“我了解，听说你读过很多书？”

文再点点头，从第一次见到他的时候文再就表明过自己拥有丰富的阅读量。直到现在他还保持着读书的习惯，虽然已明显减缓了看书的速度，但是他在这上面却时常可以找到更多的乐趣。基于这一理由，副馆长为他安排了新的工作。让他负责给馆里购进的新书写一些吸引读者的宣传语，以及代替众多馆员书写年终的读书报告。此后一年多他每天的任务就是坐在舒服的靠椅上阅读新书，在下午的阳光中构思两本书的精彩评语。到第二年春天他已经可以用各种不同年龄和身份人物的说话方式来写读书心得和读者的感谢信。一月份他在整理书目的时候突然惊喜地发现，自己已成为一个拥有无穷知识财富的学者了。

他重新拾起结婚前就放弃了的写作的念头。这一次他把故事讲得相当从容。他认真将初稿抄写在红行线的信纸上投给一家他喜欢的杂志社。两个月后编辑才在稿子上写了几句安慰的话寄回来。他再次将这个令他自责一时的故事仔细阅读了一遍。结果连他自己也逐渐认为编辑的话是对的，“小说的失败并非因为作者写作经验的缺少，而更为重要的是交流，很明显作者从来也没有对别人谈过文学”。

张文再花了一个星期的时间也找不到自己的文学同类，他看不到周围的朋友有谁还会喜欢读书。在他们心里根深蒂固的观点就是文学绝不可能成为正经人的职业，文学只是对社会抱怨或是时刻都在想入非非的那类人的宠儿。然而不多久张文再留意到一位每周三和周日都来这里借书的女孩儿。

星期三下午她又像往常那样提着粉色绒布包在书架上找书。似乎是没有看到自己中意的书籍，她带着最后一线希望来长桌旁问他：

“这里有鲁迅的《呐喊》吗？”

他放下手中的书，抬起头回答她：“可能是借出去了吧。”

“是吗？”

她看了看桌上翻开的书页上的几段文字，神秘地笑了笑，趁他不注意，从他手下抽走了那本书。

“借给你了吧？”

她指着封面上的两个大字说。他感觉有些不好意思，挠着头告诉她虽然他正读着这本，不过他可不认为这是本好书。

“我感觉它的故事情节总是为它的主题思想而设计的。”他说，“因意设事，你知道吗？相反，郁达夫的东西我更喜欢一些。”

“看看他的那本《故事新编》吧，”她说，顺势坐到他身旁，将《呐喊》又翻回原来的页数还给了他，“反正我是从读他的那本书后开始佩服他的。”

他对她笑了笑，终于找到一位可以同他谈论文学的朋友了。仿佛她也拥有同样的想法，当天他们在下班铃响十五分钟后才不情愿地从座位上起身告别。

第二天那女孩儿破例来到图书馆找他，之后是星期五，星期六，此后每天他们都迎着阳光演奏文学的和谐之乐。张文再对她为什么一个多月都不上班感到奇怪。有一次他在给她冲茶的时候表明了自己的疑惑。她笑了笑，说出了很久以前就令他羡慕的答案："我要当作家，就是每天都可以思考文学而不用在意其他琐事的那种。"

似乎是为了证明她所说的话，有一次她带来了一摞杂志，翻到不同的页数给他看自己发表过的作品。张文再耐心地读了一个下午，然后又细细地总结了一下。从那七篇文章可以看出她已经学会不断变换写作的风格。每一个故事情节都令他有一种似曾相识的感觉，文笔却又都是那么优美流畅。他将杂志一一合上，看着眼前的女孩儿。"她还是个孩子，"他想，"或许我老了，这一辈子都会平庸地过下去。"

"写得真好。"他由衷地感叹。

"都是去年写的，现在我打算写书。"

"你会写得更好的，"他话锋一转，说出了他心中的疑问，"你多大了？"

"怎么？"她笑道，"要娶我？"

他将头转过去，避开她的目光。有一些读者在看墙壁上他贴的宣传语。她感到自己的玩笑有些过分，补充道："二十四岁，这些送给你吧。"

看到他没再说话，以为他还在生气，她站起身提着包打算告辞。

"朱珍珍。"他叫道。

她回头惊讶地看着他。

“还有什么事？”她问。

“没什么，没什么。那么你的笔名就是你的真实姓名了。”

她冲他笑了笑转身往外走去，高跟鞋落地的声音渐渐模糊到听不见。他点起烟，将那些杂志收起来。

袁南永远也不会发现这个将破坏她一生幸福的秘密——星期五他带回家并嘱咐她一定要保存好的七本旧杂志之间唯一的相同之处就是每一本都有一篇署名为朱珍珍的文章。在毛毛三周岁的生日过完之后她开始为毛毛的人生设计一条美好的道路。每天晚上入睡之前她都要给毛毛讲一个她精心选出来的故事。星期天早上起来她突发奇想问他现在教毛毛识字算不算早。

“要当神童？”张文再对这种想法感到不可理解，说，“现在的问题是让她健康而快乐地长大。”

她执意要亲自教毛毛，即使自此以后她的责任在上班、家务、做饭之外又增加了一样。由于心思缜密，她从来没把任何一件事情弄乱过，然而在毛毛第四次被遗忘在幼儿园里没人去接而哭个不停的那天晚上她还是对文再抱怨起来。

“我真不明白。”她说，“图书馆四点半下班，你总是走一个小时的路。银行那里不到五点半根本就出不来，这你知道。”

“我知道。”他说。

其实他不知道，他不知道为什么他总是宁愿陪朱珍珍走很长的一段路也不想回到家里，他不知道他们从何时开始不再谈文学而去聊两个人以前的往事，他不知道到底是什么原因使他时常不自觉地将朱珍珍和袁南两个人在心里比较。整整一夜他都睡不安稳，前后起来三次，每一次都不小心地将袁南碰醒。在黑暗中袁南的手慢慢摸过来拉着文再的手臂。他们十指交叉握在一起默默望着被风吹起的窗帘，仿佛在等待天亮好向对方说第一句问候。

秋末的一个雨天朱珍珍同张文再一同吃了第一顿晚餐。那天他们在从图书馆出来的路上碰到了一场暴雨。两个人躲在屋檐下看着街上疯狂骑车的人们笑起来。一个穿西装的服务生打开他们身后的玻璃门，张着手臂请他们进去。

“那就先吃饭再说吧。”她说。

他仰头看了看酒店上空的灯光，摸着兜里的钱包，然后四处张望了一阵。里面的客人在兴致勃勃地捞着锅里的龙虾。

“但是我还得去接毛毛呢。”

“雨不停你能去哪儿呀？”

她拉他走进包厢以躲避大厅吵闹的人群。借着昏暗的灯光他记住她所点的菜价迅速默算出共需多少钱。他右手接过服务生递来的白毛巾擦着淋湿的头发，左手藏在裤袋里数着带来的钱。“只够三分之一的。”他羞愧地想，“可能还不到这些。”他转身望着四周的壁画以掩饰内心的恐慌。

“先喝杯梨汁吧。”她说。

他转回来看到她打开一袋白色粉末倒在两杯梨汁里。“这是什么？”他问。

“他们赠的荔枝粉，”她先尝了，“味道还不错。”

他端起玻璃杯一口喝下去，略微有点苦。他没敢去问她为什么梨汁和荔枝混在一起会变为这种味道，他甚至为自己从来没进过这样的场所感到羞耻。他慌张地坐到沙发上不说话，用那条毛巾反复擦着头发。他想离开，以后绝不要再见到这个女人，从未有人让他如此强烈地感受过没有钱是那么耻辱。

“听不到雨声了，”他说，“我得走了。”

她抓住他的手把他摁在沙发上，含情脉脉地看着他。

“我爸爸说了，到明年春天我必须嫁给李凌。”

他不知道李凌是谁，却没打算再问什么，他明白她这句话的含义所在，他勉强笑了笑，说：“这是好事。”

“可是为什么我们不能在一起？”

“我有妻子，还有女儿，三岁多了。”他说。

有时他曾想过假如他不认识袁南没有毛毛的话，他是不是该把面前这位可爱而有才华的女子娶过来。虽然他一度责怪自己竟会产生这样的想法，然而他不得不承认若真是那样，生活会比现在丰富得多。他一口气喝掉桌上的一瓶啤酒，拨开朱珍珍的双手站起来，把空瓶倒过来给她看。

“我喝酒赔罪，现在我可以走了吧？”

她咬住嘴唇，神色冷峻地盯着他，第一滴鲜血从嘴角流下来的时候她充满怨气地扇了他一个耳光，然后便抑制不住地哭了起来。她已记不清这是几个月来第多少次的哭泣了。她伤心地诉说他根本不明白她的心，不明白令她为之痛苦的根源就是认识他。一年多以前在她第一次去市图借书见到他第一眼时就开始踏上了漫长的爱情之旅。经过十一个月暗恋的忧郁她决定鼓起勇气和他说第一句话。她问他为什么就想不到其实她并不需要去读《呐喊》那一类书籍，所有能对她有用的不过是那些无人知晓的小说情节以及能让她完全模仿而不被读者察觉的文章。虽然加上大学四年她前后上了十六年的学，但是每一阶段都一帆风顺的保送使她在学校除了经受过三次失败的恋爱一无所获。她那无所不能的父亲最后建议她去从事最不需要学识却倍感清闲的职业——当一位作家。她前后将七篇默默无闻的故事抄袭下来署上自己的名字，再由他父亲送到朋友那里发表。她明白自己并不拥有文学上的天赋，却对自己过人的聪慧充满自信。星期三下午当她确定那个一度令她痴迷的陌生男人怀中爱不释手的书名为《呐喊》时便使计谋和他接近。或许是太爱他了，与文再相识之后几个星期里他那言行举止的拘谨使她格外心痛。在这个晚上她终于将自己的感情全部袒露了。

“我不再奢求什么，”她掏出手绢擦干眼泪，说，“最后吻我一次，我会毫无怨言地听我爸爸的安排嫁到李家。”

她松开他的手闭上眼睛。文再望了她一会儿，身子缓缓侧向她的脸。灯突然熄掉，他听到门闩插上的声音。她抱住他的头使他长时间呼吸着她的泪水。他感觉到压在他胸口的双乳正跳动不息。当她松开双手时却发现自己被他死死抱住了。

“不行，这样不行。”她叫道。

他有些头晕，没有理会她的挣扎，用牙齿咬掉她胸前的扣子，然后像脱一件秋衣那样拽落自己身上的衬衫。几个喝醉酒的客人在大厅里摔起酒瓶，每一声都伴随着她疼痛的喊叫响彻包厢。之后他点起壁灯，喝光桌上剩下的白酒。

“对不起，”他说，“我也说不清楚，忽然间就控制不住自己。”

她掏出梳子梳起自己的长发，一件件穿上被他扯破的衣服，然后拨开沾着泪水的头发。

“这是饭钱。”她说，将一沓钱扔到桌上，“听说新建成的省图里书更全更新，我打算到那里办张借书证。”

她推开门走出去，大厅里杂乱的声音一霎时全都溜到屋子里来。他躺在沙发上不出声地抽了一支烟。“是啊。”他想，他明白她的意思。他也不想再见到她了。他看看表，九点多了。先编个理由回去哄骗袁南，这一切都会过去。“到年老的时候，”他想着，“朱珍珍只会成为回忆旅途上的一小段插曲。”

第六章

到家的时候他见到了比如何哄骗袁南更让人忧虑的事情。躺在床上的毛毛正发着高烧不住地咳嗽。由于直到傍晚雨停之后也不见爸爸的身影，毛毛躲开同样着急的阿姨偷偷从幼儿园里溜了出来。她凭着印象独自一人穿过两条街道、四个积满泥水的胡同，却在最后的一个岔路口犹疑不决。一路呼喊的袁南在一棵滴水的柳树下发现毛毛正呆呆地望着远方的乌云。她把毛毛抱回家翻遍了所有的药箱也找不到与之对症的药丸。最后她看着时钟分秒逝去等着张文再。

张文再试过毛毛的体温之后抱着女儿狂奔到医院。一整夜他守在毛毛身前无法原谅自己的种种行为。他摸着她的头发应答她的呓语。

“是肺炎。”袁南神色呆滞地拿着病历走进病房说。

“会好的。”他说，“总能过去的。”

因为这场大病，他不得不动用了打算给袁南买钢琴的钱。最为心慌的几夜里他握着毛毛的双手会不自觉地想到福楼拜，他满心恐惧地怀疑这一切都是作者的安排才使得他与爱玛如此相似。“不会的，”他痛下决心，“我不可能再见她。”

很长一段时间里他确实没有再看到朱珍珍去图书馆。第一个月她没有来，在月底他将病愈的毛毛接回家畅快地吃了顿丰盛的晚餐。第二个月他依然没有听到她的脚步声，有时候坐在空旷无人的大厅里他会顿生一种无名的失落。虽然每次他都为此责备自己，可是他承认他还是看不到心底，看不到他心底里对她蕴藏的是什么样的感情。在年底她终于出现了，下班后他不情愿地陪她去花园走了走。前后只有一刻钟的漫步，就因为这一刻钟，他的生活被彻底地改变。

开始他们谁也不说话，走到花园的尽头他们就绕到另一侧的雨花石路上向回走。张文再将手缩进袖口里迎着对面树枝上吹落下来的清雪。几个孩子手握着雪团在假山上相互追逐着。

“以后我们就住进这栋楼里。”

她指着门外的红砖楼房说。他冲她欣慰地笑了。他在回想那个人叫什么名字。喷水池中冰面破裂的声音扰乱了他的思绪。他们坐在被风吹干的长椅上。“李凌。”他想起来了。

“什么时候结婚？”他问。

“定的是元宵节。”

他打了个冷战，对自己为什么总是碰到这一天而无法理解。两只鸟儿落到雪地上蹦跳着。

“像它们一样幸福。”他说，“你们会的。”

她站起来向前走进树林，他跟在她身后，打算送点儿什么作为婚礼的祝福。一只松鼠突然从他头顶跳到另一棵松树上。

“送你什么好呢？”

“你已经送我了，”她说着摘下帽子，一束头发被风吹散。她转过身背对着他说：“你送我个孩子，你知道吗？”

他愣在那里，这一天再也没说过一句话。他不明白为什么他会被一块石头绊倒两次。他摇着头，发现这一次他已无路可逃。朱珍珍笑着说她绝不会容忍她父亲——她那无所不能的父亲——由于她不可能再嫁到李家而找他的麻烦。她告诉文再一切原因在于她对他的爱，因为这个，即使命定这辈子去做尼姑她也会永远都毫无悔恨地去回味那天在酒店度过的美妙傍晚。张文再继续摇着头，他知道她不过是借用她父亲的话来吓唬他。“不会的，”他想，“无论到什么时候我都不会忍心离开袁南。”

“还有，如果我们真的能在一起，”她说，“你会有一个体面的工作。我们会过得更好。当然，一切在于你愿意。”

他拼命摇着松树，直到雪片落满头上的时候他转身向大门外跑去。街上不时有骑车的人在冰面上滑倒。路灯在六点钟突然亮起来。他走进那家六年前的除夕夜自己待过的饭馆。为了避免自己再次以酒精麻醉的方式发泄苦闷，他将所有钱都花在了饭菜上面。饭馆已经更换了老板，六年里世事变迁，他却又落入了同样迷惘的泥潭里。他看着一桌摆好的饭菜笑了笑，走出去在路灯下孤零零地抽着烟。他看不出自己喷出的是寒气还是烟雾。他找到一个寂静的操场在雪地上走出一个“逃”字。最后他四肢张开躺在白雪之上，等待下一场雪的来临。远处有两个年轻人漫步在跑道上。“我爱你！”那个男孩儿仰望天空大喊着。女孩儿抓着他的手臂笑起来：“我听不清呀！”

他决定往回走，走回同样的旅程跃过一道道心灵的深涧回到家里。“然而，”他想，“这一切都要有结果的。”

“都这么晚了……”

袁南被开门声惊醒后低声说着，整个晚上她都守在饭桌前等着张文再。八点钟一个邻居敲门进来借两把椅子招待客人。她还问邻居小孩儿有肺炎病愈后吃什么才能恢复得快一些。到十点钟她怀着不安的心情入睡。她梦见她和文再面对面坐着，不知道为什么，他总是避开她的脸望着窗外的星辰。不久门响了。

“这么晚了。”她说，打开壁灯，“没吃饭吧？”

他看了看小床上熟睡的毛毛，俯下身激动地亲了她一下。毛毛摸摸脸蛋翻个身继续睡着。他关掉灯躺到床上将双手伸向袁南的腹部。她转身面对他时他用食指触在她的嘴唇上，仿佛是在求她不要说话。然后在夜色里他一件件脱掉她的衣服，嘴唇吻到她通红的耳垂。他们在星光映射下无声地做爱。迄今为止她还保持着少女的羞涩柔情。他感动得哭了出来，侧着身双手从后面搂住她，眼睛藏在她的发间，轻轻地说：

“我们离婚吧。”

她不敢相信自己的耳朵，翻过身张着嘴看见了他的眼泪。

“是这样的。”他说，“我别无选择。”

张文再没想到她会那么顺利地答应，好像她在将对他的宽容表现到极致。最后的几天他时时刻刻都在陪着她，试图帮助她抚平划过内心的伤口。然而或许是太深了，或许根本就无法愈合，在元旦假期的最后一个下午，她毫不犹豫地在刚刚拟好的协议书上签了字。

“你走吧。”她说。

他坐在床上深情望着屋子里的每一件摆设。反而是她推开门走了出去。他知道她不愿再目睹别离的痛苦。外面飘起了红气球，人们在送走了旧岁之后又等着新春佳节的来临。两个小时以后她抱着毛毛从幼儿园回来看到了他在桌上的留言，整个漫长的夜晚她反复默读着这一句话哭泣到天亮。从此以后她始终都在铭记着他的话直到他死去的那一天她还在坚信他会实现自己的诺言。十八年以后在他墓前她终于烧掉了这张纸，“我会回来的”这几个字在不停闪烁的火光中渐渐燃尽。

张文再故意把婚礼的日期定在元宵节。结婚之后他才在信里告诉他父亲。他没敢说他新婚妻子的父亲居然是副市长，更不敢向他父亲讲起那次排场到令他瞠目结舌的婚礼。他怕他父亲会鄙视他，把他当成他从小就瞧不起的那种趋附权势的小人。只是在第五页的中间位置他简单提到自己已经辞掉图书馆的工作，现在被调到市政府做一个小小的书记员。这封信等了几个星期他也没收到回信。他不无担心地想到他父亲会满腔怒火地仇恨他。然而他父亲在那封迟来的回信里却容忍了他的做法。“因为生活是你的，”经过许多天考虑后他父亲说，“所以应该怎么做都取决于你。”张文再满心愧疚地看完了信。他父亲劝他还是多关心袁南一些，“就算你们离婚了。”虽然他父亲曾察觉到由于霖霖的关系袁南对他并无太多的好感，不过他仍然坚持认为袁南是一位相当出色的妻子。“还有孩子。”他父亲说，“这种事对孩子的伤害更大。”

事实上袁南将他对家还有一丝依恋的最后一点希望押在了毛毛身上。她要求把女儿留在身边。张文再想到不久朱珍珍的孩子就会降生，应允了这一请求。春节之后他三次把毛毛从园里接了出来，每一次毛毛都是拉着他的手不松开。每一次又都是这样——到幼儿园扑空的袁南跑到公园里不顾女儿的哀求近乎残忍地把她从他身边拉走。“第二个孩子，”坐在跷跷板的一头他想，“又一次远离了我。”

他开始为他即将出生的孩子想名字。奇怪的是随着日子一天天过去他未曾看到朱珍珍的身体有任何变化。她已经放弃了写作的爱好，每天待在家里一集连一集地看电视剧，仿佛她父亲拥有无穷的钱财足以让她无忧无虑地度过此生。三个月以来她也没有询问过任何有关他们孩子的事情。

“来，让我摸摸我儿子。”他说。

晚饭之后他兴致勃勃地和她说话，而她却惊讶地跳起来闪躲他的手。他突然感到事情有些不对劲儿。他表情严肃地凝视着她，从她的双眼里他看见了问题的答案。

“假的？”他问。

她放下手中的遥控器，绕着电视走了一圈，然后坐在沙发上哭了起来。张文再对这种呼之即来的哭泣充满厌恶。他已经能看出来在她那里哭是一件很容易的事情，根本就不需要感情的蕴藉。

“不只是没有。”她说，“从前大夫诊断过，我无法生育。”

“而你却逼得我去离婚！”他拍着桌子指着她喊道。

“你在骗我！是吗？我他妈被你耍了。”

他一脚踹开门走下楼梯。门在外面晃来晃去。

“再想点儿诡计骗别的男人吧，我要是回来我就不是人！”

走在外面他想起大衣忘在了屋里。他坐车到袁南那里绕着微暗的胡同走了两圈，然而他缺少足够的勇气去敲门。他望着那扇熄了灯的窗户，叹息着走出通道。在小卖铺他搬出一箱啤酒，坐在路旁喝光一瓶就把空瓶扔向街中央。最后他干脆把啤酒浇到头上然后扔出去。啪！啪！他听着响声笑了笑，对自己结成冰的头发感到满意。

“酒钱还你，快走吧。警察来了。”

闻声赶来的老板在树下拉起他，拎出一把扫帚在大街上扫起来。碎玻璃聚到一起哗啦哗啦的。他在旁边伤心地看着。

“对不起。”他说。

“哦？”老板回头看看他，不愿去搭理这个醉汉。

“真的对不起你。真的，南南。”

十一点钟两个民警把他架回家里。朱珍珍神色慌张地打开门，咬着嘴唇扶他到客厅里。

“你终于回来了。”她抱住他的头，“我知道是我的错，只是因为我太爱你了。”

“我，在铁北。”他说，“还有一个女儿！”

他断断续续地叫道，然后他静静地看着一个多月来他们每天都要看的电视剧。他想起在昨天那个女孩儿发现男朋友居然是有妇之夫。

“我要是她，我就走，”他忽然喊起来，“走！”

她被这疯狂的喊声吓坏了，跑到厨房冲了一杯奶粉。等她回来的时候那个女孩儿果真独自一人离开了——跳楼身亡。

“喝奶吧。”

她把牛奶送到他面前，看见他已经睡着了。

他们决定把女儿接到家里抚养，虽然袁南将毛毛视为张文再还能回来的最后一点牵制，然而她已经无法控制这一切。由于不敢面对邻居的诧异眼神，在离婚当天她带着毛毛离开了那间住过两千多天的小房子，在市郊租了一处阴暗潮湿的住所。每天晚上她都能看到四处窜动的老鼠，听到屋顶瓦片的破裂声，但这些都无碍于她对文再无穷尽的思念走上征程。为了对付越来越猖獗的老鼠，袁南买了三只青灰色的花猫。毛毛在傍晚不时被这些猫抓伤，袁南却不许女儿哭出声来扰乱她平静的回忆。她渐渐感到自己等待的似乎仅仅是难以触及的幻象，这使她变得越来越敏感和暴躁。附近的老人们经常看见那个小女孩儿被他们的新邻居关在门外到傍晚六七点钟的时候还不让回屋，他们还常常被夜里突然爆发的对孩子的打骂声惊醒。而袁南每次事后都会摸着毛毛的伤口难以原谅自己的过失。

官司的过程短暂而简单，法官很快就判定以亲生母亲现在的精神状况很难给孩子提供一个正常的成长环境。结果显而易见，旁听的人们提前离开了法庭。最后一丝希望也被击碎的袁南成了最后一位走出法庭的人。她盯着原告席上的张文再纹丝不动，直到法庭里只剩下他们两个人。

“走吧，”他说，“我跟你去接她。”

她继续凝视着他，仿佛试图从他表情里看出来他是否还在爱她。他几次张了张口，但都没有说出话来。然后他张开双臂想最后安慰她点儿什么。她没有理会他张开的双臂，转身走开。

“她在幼儿园。”她说，“你自己去吧。”

第七章

经过七年的思考，直到张文再第四次升职官至市财政局局长的时候他才明白，在朱家有着那么一个优良的传统，朱家两个儿子都被朱老爷子送到一个足以让他们养家糊口的职位上，而女婿，则以不时升迁他们的方式来保证女儿们的衣食无忧。婚后第二年他坐到办公室主任的位置。那一年最令他疲惫的事情是每天都要向哭泣不止的毛毛解释他为什么不能和妈妈一起生活。值得欣慰的是朱珍珍并没有如他先前所担心的那样冷漠地对待毛毛。尽管从感情上讲还有些距离，然而就她关怀毛毛的种种小事来看，他还是很满意。由于朱珍珍知道不幸的病症注定她这一辈子都别想要个孩子，她把所有的母爱倾注在毛毛身上。而毛毛对后母也没有那种许多人预料中的抵触。即使从小到大没有叫过她一声妈妈，毛毛也从来未曾嫉恨过这个生活在她爸爸身边的不是她妈妈的女人。只有到了毛毛回到妈妈那里的每个周末朱珍珍才会觉得烦躁，因为每一次毛毛从她妈妈那里回来，周一周二总会和她莫名地疏远，还有，她绝不相信张文再只是送女儿到门口从不进袁南家门。“这样的话，”她认为他一定在一送一接中与袁南发生过什么，“他那过盛的情欲发泄在哪里？”

张文再始终都无法原谅朱珍珍，他私下里发誓绝不妥协。每到入夜时分他们像两个熟识的朋友那样躺在床上聊过半个多小时的闲话然后就不约而同地翻过身背对着入睡。谁也不愿跨入禁区一步。两个人好像在下着一盘无声的象棋，如果有人先提出来，哪怕仅仅是一个暧昧的暗示，就意味着把自己的将帅拱手相让。谁也不愿输掉这一盘。朱珍珍细心留意过他周围的同事，弄清确实没有其他的女人供他排解。最后她将目标锁定在袁南的身上。随着张文再对她冷淡的年月慢慢累积，她越来越强烈地怀疑，只有这个她永远也看不透的女人才有可能使张文再破坏他们之间的游戏规则。

十多年以后，在张文再的葬礼上朱珍珍第一次也是最后一次见到这个坚强的女人才意识到，即使是张文再哀求她，以眼前这女人的倔强性格也不会同意和他行一丝苟且之事。事实上袁南从没有再允许这个抛弃他的男人进过她家的大门。虽然对朱珍珍的反感加深了张文再对袁南的怀念，他也鼓不起足够的勇气再去见她一面。只有一次，在毛毛纠缠不断的哭声中，他才认为终于有了一个十足的理由领着女儿向花香四溢的胡同深处走去。

“把孩子留下，你给我滚。”

刚拐过路口他就看见袁南双手交叉在胸前倚在大门上冷冷地盯着

他。他松开手，让女儿一个人往里走，自己则站在原地深情地望着她。由于怕自己会在瞬间动摇，她躲开他的眼神，又一次大喊起来：

“滚！”

树下乘凉的人们从扇子缝中好奇地看着这一切。张文再坐在墙角静静地抽过一支烟后，转身微笑着在阳光透过的地方漫步了一个小时才回到家里。而袁南则满心悔恨地重重关上了大门。当天晚上她将心中的怨气全部发泄在女儿身上，以至于毛毛在深夜十二点偷偷跑出去敲开小卖部的房门哭着打电话叫爸爸来接她。袁南在毛毛走后一个多小时里还摸着花猫的脊背想这一切都是为了什么。以前她一直以为时间可以冲淡所有炽热的感情，实际却恰恰相反，随着时光流逝，她对张文再的依恋不但没有消失，反而比原来更为浓烈。有时候她把这解不开的心结归因于她不幸的身世，她将第一个爱她的人那样永志不忘地刻在心底，甚至在生活走到尽头的那一刻她也绝不会容忍自己对这个人的淡忘。确实，除了张文再，这世界上没有第二个人再爱过她。

她独自生活第一年的生日那天收到了他寄来的礼物——一台彩电，她将彩电原封不动地寄回去，攒下钱在年底买了一台一模一样的电视作为对他追求权势生活的嘲讽。在第二年他依然送过来同样贵重的礼物，这一次是冰箱，她用斧子将冰箱砍碎后寄了回去，不过她已无力再去购买一台冰箱以示反抗。由于她两次心不在焉的失职——弄混支票和抄错账号，她丢掉了自己干了十年之久的工作。她默默地接受着张文再以各种理由汇来的钱款。她开始憎恨自己的懦弱，却还是用这笔钱熬过最艰难的一年。第三年的生日那天她看见四个商店的送货员齐力往她家搬着一件庞然大物。

“箱子打开！”她拎着斧子堵在门口说。

“容易擦伤的。”送货员惊讶地说，“进屋再开吧。”

“不行。”

她跨过去将纸箱砍掉一块。虽然她没有看到礼品的全貌，只见到露出的一处青灰色，她就瘫坐在路旁了。

“抬进去吧，”她说，“小心一点。”

到了晚上她伏在那架刚刚运来的新钢琴上伤心地哭了起来。她反复回想联欢会那天张文再对她信誓旦旦地许诺，以及在为了给毛毛治病他花掉攒了一年多的钱之后她安慰他的情景。第二天早上她全心沉醉地弹过一首曲子之后认为新的生活真的就要开始了。一个月的时间她陆续跑了二十三家单位找工作，最终止步于一个矮胖矮胖的海鲜商人那里。一开始她以为这一次又会像之前走访一样无功而返，然而那男人故作沉思的样子给了她一个诉说的机会。她说从小就没有父母疼她，后来终于有一个男人爱她，不过没几年又离开她和另外一个女人跑了，还有女儿，这最后一个亲人也把她抛弃了。

“可怜的人啊。”

老板同情地落了几滴泪，拍着她的手说。

“我想独立，你知道吗？”她说，“要不然我也会成为他追求物欲的同谋者。”

“是啊。”

老板说着，摸到她的大腿内侧，见她并没有拨开他的手便顺着向深处探去。

“是啊，”他解开她的纽扣对着她胸口说，“同谋者。”

就这样她甚至连裙子都没有脱就被他在办公桌上肆意玩弄了一回。几次闻到他身上浓重的海鲜味她都感到恶心，后来她干脆扭过头去看着筐里的小螃蟹骑在妈妈的红壳上躲闪同类的攻击。

第二天她又去了一次，却被告知自己并没有因此而得到谋生的工作。她伏在墙壁上让老板再次享受到感官的愉悦之后收起老板扔给她的三百块钱后顶着暴雨回家了。

之后五年里她自己也记不清到底和多少男人上过床，在饭店里，在市场中，甚至她所居住的胡同里，只要某一个男人暗示她，或者仅仅是接收了她的一个眼色，她就会跟这个人走出去寻找较为隐蔽的场所。有时候她会把这些人带到家里。有人在离开之前会留下一些钱放在被子上，有人却会趁她熟睡的时候翻出家中所有值钱的东西装在袋子里逃之夭夭，还有些人，他们会自以为在这里找到了曾经迷失的爱情，搬着行李入住到她的家里。然而过不了多久，他们又都会出于对爱情的厌倦离开。她对此毫不在意，仿佛除了张文再以外她可以不假思索地和任何一个怀有欲望的男人发生关系。然而她却时时都在想着他。她无法将他的形象从记忆中抹去。每次她从床上走下来的时候，张文再的一言一行都如挥不散的云一般在她的周围笼罩。

最后也是最疯狂的那次她领了三个男人走进房门。晚饭之后她弹了一首以前在联欢会上演奏的曲子。她沉浸在幸福的回想之中。门咯吱一声打开了，一股冷风吹进来。其中一个人因为无法忍受屋子里的淫荡气味提前离开了。她环顾四周脱光了衣服钻到两个男人中间。三个人在床上挤在一起欢乐地笑着。忽然有一股冷风吹进来，然后她听到门被轻轻合上的声音。

“有人出去了。”她警觉地叫道。

“都在这儿陪着你呢。”两个男人笑着说，“那人走的时候没有锁门。”

“今天星期几？”她问。

接着她半裸着起身往窗外看，一个女孩儿正捂着脸慢慢地穿过马路。她光着脚下地开灯，盯着他们两个。

“是我女儿，穿上衣服，滚！”

她冷冷地说。两个男人笑了笑，钻进被子里。

“滚！”她吼起来，“我让你们滚！”

后来她关上灯抽起了那个穿西装的男人留在床上的烟。上升的白烟又一次凝成了张文再的样子。她在黑暗里哭了一会儿就停下来抽支烟，然后继续哭，哭完接着抽下一支烟，直到盒里没有烟为止。

十年后的除夕夜她得知了事情的整个经过才满心愧疚地想明白，毛毛的死之所以令她发疯，并不是因为她对女儿的爱，而是她渐渐意识到她居然从没有把毛毛当成自己的女儿去爱。十几年来她都将毛毛看成是还能与张文再连接的一道彩虹。被毛毛撞到私情后的几个月里她并不担心女儿会因此鄙视她，反而害怕毛毛会把这种丢人的丑事告诉她父亲。然而毛毛在文再那里的确只字未提。她想不到她父亲在送她出来的时候会被几个守在胡同口的女人拦住。

“我知道你们离婚了。”一个女人说，“不过你也该管管她。”

他突然感到一阵紧张，心里正在自问为什么有关袁南的一句话就令他如此动心。

“我们的丈夫，”她查着女人的人数，“十一个，夜里都往你家跑。”

“您说错了，那不是我家。”

他冲出人群坐进车里，一路上长时间地按住汽车喇叭来催促前面的车。前面等红灯的司机怒气冲冲地跳下车，在看见那表示身份的车牌号后又满脸赔笑地钻回车里。张文再始终没说出一句话，回到家中他也只是默默吃过晚饭便早早躺到了床上。睡到半夜他被一个莫名其妙的梦吵醒了。在梦里他对袁南拼命地嚷着，他把自己这么多年来都不碰朱珍珍的原因解释成他在为她守着洁净之身。醒来之后他忍不住笑了，他觉得自己竟找出这样的理由略显无耻。“而你呢？却像公共厕所一样肮脏。”他翻过身时一丝长发落进了他眼睛里。就像当年他对袁南做的那样伸左手摸到朱珍珍的前面。朱珍珍被惊醒后转过身瞪大眼睛惊讶地看着他。

“这一天终于到了。”她说。

他解开她的睡衣压到她身上，呼吸着她肩膀散发的香气。这种奇怪的气味驱使他点亮了粉红色的壁灯。“这不是她。”他失望地想。由于这一想法的困扰他们试了三次也没能成功。后来他再次转回身去彻底地放弃了。

“是啊，”他说，“这一天终于到了。”

朱珍珍将头蒙到被子里由着泪水漫过她的脸。她从二十五岁起就和他下这盘棋，然而这盘棋下得实在太久了，她付出整个青春也没有换来一场胜利。她曾想过，随着文再工作的日益繁多和年岁的逐渐增长，她早晚会因为他丧失情欲而输掉这盘棋，但她从未料到这一天来得如此之快。躺在床上她心酸地想到自己才三十出头，而之前的生活却也如清水一般淡而无味。“或许还来得及。”她想，来得及和他再下一盘。第二盘她打算动用双方谁也未曾触及过的棋子——毛毛。

事实上毛毛在十五岁的时候就已经将她父母婚姻悲剧的原因看得一清二楚。她能看出来直到现在他们还将对彼此的依恋深深藏在心底。她明白将这条爱的索链打成死结的人正是朱姨。然而她并没有怀恨在心。相反，由于她已慢慢察觉到虽然从表面上看父亲和朱姨的感情很好，实际上却相当冷淡，她认定朱姨也是这婚姻中的一个悲情人物，便时时处处都表现出对朱姨的敬重。十多年来她们的关系处得相当和谐，即使这里面并无爱字可言。

毛毛确信他父亲爱她，这是唯一爱她的人了。她总是试图让自己忘记他对母亲的伤害，去理解他所遇到的苦楚。她想总有那么一天她会成为父亲最贴心的女儿。有时候她会很难过地想到她那孤独的母亲。她知道她母亲对她没有丝毫的爱意。从小到大，乃至将来，她都要顺着她母亲的情绪调整生活。这一切造就了她乖戾的性格，无论对谁她总是会像她母亲一样无端地发脾气。不过她在心情愉快的时候却永远也改不了喜好恶作剧的习惯。十六岁前她读遍了朱姨结婚时带来的所有藏书。与书中各种角色的调换成了她那时最大的乐趣。在网上有时候她会假扮一位拥有丰富经验的探长给一位名叫马甲的年轻警员出谋划策。一个月前在线上碰到了一位名为鹤舞的孤独老人，她就买下了所有老年人的杂志扮成老妇人与他聊天。暗中观察毛毛的朱珍珍看到那些谈话记录怒不可遏。星期三上午她盗用了毛毛的网号把那位已被毛毛说服了有意再次择偶的老人约到南湖湖畔。

“你是她女儿吧。”老人在看见她手中的晚报认定这便是他们见面的标志后小心地问。

“恰恰相反，”朱珍珍，“我是她母亲。”

一阵微风袭过树梢，划过水面，吹向他惊慌的脸庞。似乎他的下嘴唇也将随风而去，他的嘴巴无法合拢，倒在了长椅上。

她并没见到张文再气得暴跳如雷的情景。死者儿女为了避免外人产生家父为老不尊的印象，只是索赔一点料理后事的费用。张文再听说后竟然抱着女儿狂笑不止。从没有任何时候能让毛毛比此时对朱姨更感到厌烦。几个月之内她都不愿去搭理朱姨。然而最终毛毛还是被她持久的耐心感动了。“她只是为我好。”毛毛想。星期日她陪朱姨逛了一天的商场。晚上她在车里倒在朱姨怀中睡着了。朱珍珍把毛毛架回房中后坐在床前不动声色地思考着。半年之后她终于找到了一整套暗藏杀机的布局。走完第一步，张文再那固若金汤的防线终于开始瓦解了。

第八章

她在第二盘里却是如此冷静。两个人仿佛隐居世外的老人那般整天坐在山崖边听着秃鹫的哀鸣面对着棋盘沉思不语。在经过几次失败的试探之后，朱珍珍不再急于进攻。在毛毛过最后一个生日的那天下午她终于抓到了一个微妙的机会还给张文再致命的一击。七月二十三日刚刚来临的时候她赢得了这盘棋的胜利。虽然并没有如她之前所料让她感到极大的愉悦，然而她却让张文再饱尝了失败的苦果。在向市政报告事情经过时，在电话里听到袁南尖叫的那一刻，在雷奇队长密切调查的几天里，张文再时常都面临崩溃，他甚至都打算一口气跑到警察局自首了。即使是出卖市政出卖自己出卖所有人他也不愿被这世界遗弃。

“去了也没用，没有人有能力给你定罪。”

毛毛的丧事过后他做好一切安排便被躺在床上的朱珍珍看穿了心思。他抓着自己的头发撞击墙壁，凿碎了毛毛的钢琴躺在她的身边。

“能过去的，我们一起挺过去。”

她说着握住了他的手。迄今为止她还在以她特有的自私爱着张文再。她细细回想了自己的这二十年，她明白原因在于自己太爱他。只是两个人都是那样的骄傲，谁也不愿在这场无声的战争中认输。毛毛的死使得她和文再一样懊悔难过。而文再却误以为她在为他担惊受怕。他感激地望着这个曾经令他心动的女子。如果不是袁南始终占据他的心的话，他想他不会对她如此冷淡的。她在听到毛毛出事以及真凶就是她丈夫的时候禁不住晕倒了，而今天她又一次晕倒在雷奇队长暴风雨般的质问之下。他满怀柔情地吻遍她的全身，在下午最热的一刻他还是无奈地从她的身上翻下来了。

“只有你才能惩罚你自己。”

他听到她冷冷地说，点起一支烟他看到了空调中冷气的颜色。他知道她已对他的无能心生厌倦。他起身下床走进女儿的卧室反复阅读毛毛的日记。他已养成在日记后面写附注的习惯。有时候看着看着，他会被女儿可爱的想法感动得笑了。出于对女儿的尊重他没有再去找里面天天都会提到的杜宇琪。那么长时间他都被一个无法解释的问题困扰着——难道女儿在男朋友那里得到的爱真的比自己给她的爱还要多吗？他不得不承认自己在毛毛面前并不是一个称职的父亲。“而我的父亲呢？”他想起了他父亲。自从他第二次结婚之后他们很少再通信了。张文再明白信里诉说苦闷的生活无疑会给远方的父亲徒增忧愁，他只想亲自去看看父亲，然而过去繁忙的十年里他错过了好多顺路回到荆州的机会。前年冬天他打好三大箱的行李准备带着妻子和毛毛回趟老家的时候，朱珍珍的父亲，那位几年前就已退休在家的副市长心脏病突发打乱了他们愉快的计划。他父亲在年初的电话里告诉他霖霖已经和邻县的一个姑娘订了婚。文再说他能想象这些，他能想象假如他当时没有逃离荆州，或许也将过着和他儿子同样的生活。

到了晚上他的心随着第四次阅读毛毛的日记而沉到最低谷。他情绪激动地给父亲写了一封长信，冷静而平淡地写下了毛毛死亡的整个经过。“我不再乞求什么，爸爸，”他写道，“我已做好承受一切苦难的准备。”然而最大的苦难莫过于心灵的折磨，在迎风飘舞的窗帘上，在清晨撕掉的日历上，在充满泡沫的酒杯旁，他都听到毛毛在不安地诉说。更令他心痛的是毛毛从未嫉恨过他半点儿，反而对他表示出难以置信的理解。有时候他会抱着毛毛的裙子以那种笑一般的表情不可自制地哭起来。他父亲的回信冗长且潦草，不过依然是李老师的字迹。在信里他几乎没有提到任何与死亡有关的事情，以至于文再怀疑他父亲是否读过他的那封信或者这仅仅是封意外的来信。十几页的信看起来像是篇讨论人生的散文。事隔十一年张文再再也看不到他父亲原来那种忠告规劝他的风格，相反他父亲不厌其烦地描述生活中的小事，仿佛再平常的事也足以使他悟到人生的意义所在。在第三页他读到了佛经的句子。他明白禅学成了他父亲晚年的精神支柱。然而不久他又在里面看到了上帝的存在。“顺从主的安排。”他父亲说道。这时他才意识到一直为他父亲代笔的李老师已老到总会不自觉地把自己也写进去。他的信拥有他父亲一个读者，却同时有两个作者给他回信。两个老人在树下的石桌上一起走进十三页的长信。“去看看孩子的母亲吧。”第一个作者说出了文再最怕想起的人。

由于担心袁南狂乱的情绪会影响他们周密的脱罪计划，在事发后张文再听从上面的安排将袁南送到长白山静养了一个月。那是他们相识时就一直梦想去旅行的地方。可是这次张文再并没有随她前去，甚至都没有胆量去见她一面。三十多天后她回到长春打了一次电话给他。

“凶手找到了，不过并没有定罪。”他说。

他为接到她的来电感到吃惊，许久都说不出话来。他想说自己那么愿意和她见一面，然而说出口时却又变成了毛毛的事情。这让袁南感到失望。她打这个电话过来只是想验证一下即使是到了长白山的天池旁她也在日夜思念的形象是否还是真实的。可是他的话让她察觉到了自己的自私。她捂住话筒不让文再听到她的哭泣。

“对不起，”他说，“那是我的错。”

“别再自责了，谁都没做错什么。”

放下电话他激动地哭了，像迎风哭泣的孩子。他开着车向袁南家驶去。徘徊在大门外他丧失了好不容易才鼓足的勇气。咚咚咚，一个对他不敢敲门感到无法理解的老太太替他敲了几下门。里面没有声音。

“好像不在家吧？”好心的邻居说。

他试着又敲了几下，在他听到脚步声传来的时候他懦弱地跑出胡同。偷偷探出头他看见那位大妈对她挥舞着双臂比画着。多年之后再次见到她，他突然发现她已经老了，同时明白自己也早已在这时光之流中苍老了下去。在脑海中他渐渐敛起二十年前他在银行第一次遇见那个女孩儿时她阳光般的笑容。“你真认为是那里面最漂亮的吗？”他回忆着，“我想我们的确两不相识。”怀着这样完美而模糊的想象他欣慰地向家里走去。

穿过街道他想起车还停在她家门前。他为自己可以再回去一趟感到高兴。走在路上他考虑该对她做出什么样的表情，先说哪一句话。后来他想自己可以说那个雨天对她说过的那句话！我们认识的，你很像我小学的同学。就像先前那样充满自信。他愉快地拐过路口处看见她刚从车前往屋里走，门在他跑过去时重重地关上了。他在门前敲了一支烟的工夫也未被理睬。他满心失落地转过身，看到汽车上的玻璃全被击碎了。

在夜里他打电话给袁南，始终无人接听。此时她正用纱布缠着自己流血的手掌。尽管她换了一次又一次的脱脂棉，血依然浸透棉花流到她的手掌心。到了夜里，在她全心投入地弹过三首曲子之后，她跑到夜色中敲开每一户的房门狂叫起来。

“日本鬼子又杀过来了！”她指着自己血迹斑斑的双手喊，“我挡不住他们！”

一位老中医给她服下止血及安神的药丸后把她送回屋子里。然而人们在第二天晚上再次被她的惊叫从睡梦中惊醒。有人在一个清晨请来了张文再。

“你们打了她？打我妻子？”

张文再质问那些慌张的邻居。他摸着袁南的已有少许银丝的长发禁不住掉下了眼泪。他动情地吻着她的双颊不知不觉地沉睡在她身边。她醒来的时候却变得更加疯癫，抓着文再的头发认定他是杀害女儿的凶手。最后文再不得不接受医生的建议将她送到四平市精神病院。在医院他见到了各种奇怪的病人以及那些悲伤而愧疚的家属。每一个家属都在内心为自己犯下的那些导致亲人精神失常的过失悔恨不已。张文再不愿再闻到院子里压抑的花香和让他泪流满面的草药味，办理好入院手续后便钻进轿车返回长春，行驶在高速公路上他不断自问到底是为了什么才走到今天这一步。假如当初……他想不下去了。有太多的假如当初。“是啊，假如当初就留在荆州做一辈子农民，假如当初错过一时的冲动没有向袁南求婚，或者说假如当初干脆就不认识朱珍珍，那么到今天又会是什么样子呢？”车窗前面出现一片阴影，他相信头顶的乌云会过去的。他感到累了，头后仰到靠椅上，阴影越来越大，迅速覆盖了整面玻璃。“下雨吧。”他想。一辆迎面而来的卡车从他的车顶压过去。

由于左臂的粉碎性骨折他在病床上躺了半年之久。每天从清晨开始他便望着窗外的那棵老槐树以及远处时刻都在闪烁的电视塔。在难以成眠的夜晚他开始给父亲写信，他父亲的回信依然是那么琐碎，看上去好像什么都没说过的样子。然而他却在信里所有没写字的空白处读出了意义，收到信的当晚他就匆匆写就另一封寄出去，仿佛只是为了尽快地阅读下一封来信。半年里他终于明白生活的最大乐趣就是心灵的愉悦。“我知道了，”文再写道，“这是一切宗教的共同之处。”

出院后他愉快地看到自己的愿望实现了，他已丧失了在市政的工作，上面早就将原本归属他的权力转交给别人了。星期三一大早他递交了一份简短的辞呈。

“是该歇歇了，我理解毛毛的死对你的打击很大。”

市长同意了他的要求。他冷冷地盯着市长，他恨这个人到这时候还要提起那件彼此都心照不宣的事情。他明白因为他那次致命的粗心，已经没有人会再对他表示信任了。他对市长笑了笑，永远地逃离了那里。从此以后关于女儿和袁南的回忆占据了他生命的全部，尤其是袁南，他但求她快一些恢复正常。

然而袁南在医院里生活得并不快乐，原因在于即使算上那些工作人员和医务人员她也能称得上是最清醒的人。为避免单调生活的枯燥她担负起护士的职责。每天早上她都自愿去叫醒每一个房间的病人，然后吹起口哨领着他们去广场出操。那些留意观察她的大夫们对她为什么要进来住院感到莫名其妙。星期四下午她偷偷换上了护士的制服和两个无知的门卫说笑了一阵后跑出医院。不过等她一回到长春便又恢复为疯癫的状况。她总是喜欢跑到大街上人口最密集的地方散布危言耸听的谣言以引起人群的恐慌。警察每次都在十天之后将她乖乖地遣送回四平。可是一跨进医院大门她就又像以前那样清醒。对此无法理解的医生做出各种猜测。她在最后一次出逃中打昏了一个对她的病因充满好奇的大夫，戴上墨镜，贴上准备好的胡须明目张胆地走了出去。

下了火车她依然换上那套中国红的唐装到了公共汽车里。在车里她表情严肃地告诉人们她预感将会出现一种怪异的传染病毁掉整个人类。虽然长春还没有发现这种叫作非典型性肺炎的病症，然而在广州在北京已有千千万万的人死于此病，它还会继续扩散下去，直到无知的人类为此付出灭绝的代价。

“不幸的是，”她干咳了几下，说，“我正处于病情的晚期。”

人们纷纷捂住嘴巴闪躲着她，几个脆弱的女人尖叫着跳向车外。在乘客嚷着要下车的时候从后面冲出一个陌生的男人拽着她的手臂把她拉走了。一路上她摇着那个男人的手臂大声求救。

“警察！”

他掏出证件对有意阻拦的路人喊道。她明白自己将再一次坠入那个疯癫的世界。她不再挣扎而是由着他往前走。意外的是这次走的并不是她熟知的去警察局的道路，相反他们在一家饭馆的门前停了下来。

那个人在她对面喝着啤酒，不时地夹一些菜送到她碗里。

“你根本就不该变成这样，你再疯癫毛毛也不会回来的。”

她为这个人居然知道她的痛处感到惊讶。她仔细盯着他看了许久，确信自己没见过这个上唇蓄着胡须的男人。

“松开我，”她说，“我不会跑的。”

他冲她笑了笑，松开她的手臂，那上面留下五个紫红色的指印。她转身看着墙壁静静地回忆。“没有，绝没有，”她想，“我不认识他。”

“我无法向你讲述事情的真相。”他说，“但你要知道，只要你活下去，你的生活就没结束。”

仿佛“结束”两个字就是他的结束语，他不再说话，一个人用牙签撬起瓶盖来。

“老板，”他叫道，“这瓶中奖了。”

看着他的这一切动作她终于想起来了，她不禁惊喜地喊道：

“你是雷队长！”

第九章

雷奇在那一次会面时并没有对她讲什么，然而袁南已经逐渐觉察到毛毛的死改变了太多人的生活。除了那个与毛毛出逃的孩子，雷奇队长成了又一位受到这场命案的影响而脱离正常生活轨道的悲剧人物。在九月份的一个傍晚他顶着无声的秋雨怀揣五十万元的存折独自一人离开工作了那么多年的警察局。担心由于邻居的怀疑市政会采取危害他家人的举措，害怕向儿女说谎时自己呈现出的暧昧表情，他眼睁睁看着女儿因为缺钱而无法直升到高中去念书。十三日他送女儿去护士学校上学，在回来的车上他忍不住放声痛哭。他说不清到底是什么使他如此难过，然而伤心的时间却是那么长久，以至于接连半个月他都神色呆滞地躺在床上吸着烟想着一些零零散散的小事。几天的思考后他决定将这笔钱的一半交给他妻子的情人——那位值得托付的棋友。星期四上午他怀着了无牵挂的平静心情吞下了一瓶安眠药，之后他靠在床头恭迎着死神的来临。“缺少激情，平淡的一生。”他想，“或许不该做警察。”他感到这二十年来无论办多悬的案子在他看来也只是在做一份机械而单调的工作，毫无新鲜感。他拍了一下额头，有一只蚊子从他的指缝间溜掉。他有些羞耻地想到自己最终还是屈服在金钱上面。“到来世吧，”他想，“那时我要去揭穿所有权势的阴谋。”似乎他马上将长眠于此的消息已被公布出来，那只蚊子在屋子里转了一圈后又肆无忌惮地飞回他面前晃来晃去。“不能睡，”他摇摇渐渐眩晕的脑袋坐了起来，“即使是为了这只蚊子。”他支撑身体抓起电话，使出全身力气拨打了120。

洗胃后他在医院待了一夜。凌晨四点半天将亮的时候他打算远离这里，像一个失踪的精神病走失者那样杳无音讯。只是这一样会连累家里人永远去寻找。他不愿意等儿子和女儿长大后就背负上这一辈子都要寻找他们儿时的记忆中形象早已模糊不清的父亲的使命。他离开病床沿着湖畔静静地走去。几颗若隐若现的星星伴随着弯月消失在天空里。他坐在树下听到风吹过湖面嗞嗞的结冰声，感觉到心在不可思议地加重。一声巨响随着冰面的破裂划过湖面传到他耳边。他知道这又是一个失意的投水者，准备在太阳升起之前与这世界别离。溺水者在水中挣扎着拍打水面，对着岸上高声求救。“可能和我一样。”他想，“还有未完成的遗憾。”他脱下衣服，游向水中。

“为什么我连死都做不到？”

“是你自己不愿意死的。”雷奇说，“没什么。早晚你会被冻死的。”

在入冬的寒冷时刻那个人却穿着在秋天时都会有无尽凉意的衣服，浑身脏得像一个乞丐，不过雷奇明白，在他从警的二十多年里还没看到一位乞丐选择自杀的方式结束生命。他脱下外套披到对方身上，同时递给他一支烟。

“暖暖身子吧。”雷奇说。

那人抓着自己的头发哭了出来。考虑了几个月，而且他的日子看上去不会再有任何转机他才做出了自杀这一决定。他无法忍受自己一直穷困生活下去的痛苦，虽然对死亡之后的样子一无所知曾令他倍感恐惧。

“去喝点儿酒吧。”

雷奇抓住他的手臂将他拉起来，雷奇看出来他并不比自己高也没矮多少，只是那个人的左脚是瘸的，以至于走起路来总是左右摇晃。

“不然我早死了，”他对雷奇说，“我对不起我妻子。”

几个月来他总是想着他远方的妻子，即使他确信自己从未爱过她，他也常常怀着满心的惭愧试图去对妻子做些补偿。他说不清当初为什么会和她结婚，只是结婚六个星期后当听说妻子以前竟还有过一个孩子时他便厌恶起她来。他越来越强烈地感觉到自己或许连她第二个男人也算不上，在他之前真不知道有多少个男人和她做过同样的事情。他不愿意留在家里让这些糟糕的念头缠绕着他，便渐渐学会编出各种理由离开妻子跑到外地做生意。十几年来他只有新年将近时回去住几天，仿佛仅仅是为了留下一些钱才回到家里，最多待到初五他就又离开家门，去找他结识的女人同住。他任凭妻子在家里胡来，从不想再去过问什么。在长春的最后一年他所有的财产被一个妖艳的女人骗走了。前途无望使他进退两难。他试着去找从前的一些合作人，然而每一个人都固执地认定他不可能再有半点儿希望，扔给他几百块钱就把他打发走了。靠着别人施舍的钱他做过几桩小买卖，可是很快便连本带利都赔了进去。他给老家打过几次电话，没有一次拨给他妻子，他弟弟劝他不管怎么说还是先回家来再想办法。他说他就是死在这里也不会回去的。他实在不愿再去和她、“那个小贱人”——他又强调了一句——生活在一起。他弟弟在那边没再说什么。半个月后他收到他弟弟一封充满歉意的来信。他弟弟告诉他，嫂子确实在年轻时做过一些荒唐事情。“但是，”他弟弟向他保证，“嫂子可没做过一件对不起你的事。”接下来他弟弟在另外一页纸上给他讲了一个故事。读过之后他明白他弟弟不过是将所有的“我”都换成了“他”。他能够想象妻子在婚前就与他弟弟私通的情形。即使是在她第一次订婚后他们也未曾停止过私下里的约会。这使她怀上了他的孩子，订婚的新郎意外失踪后她生下了他们的孩子。他弟弟在一次约会时突然冒出一个神奇的念头，将她和哥哥撮合到一起，这样他们便可以永远在一起了。然而事实却并非如他弟弟所想的那样，在结婚后她似乎变了一个人，没有再去搭理过他弟弟。即使是丈夫常年不在家里留她独守空房的日子里，她也没有对他弟弟的勾引做出一丝一毫的回应。看得出来她心里也明白丈夫根本就瞧不起她，之所以不照他弟弟的想法去做只是为了不使丈夫更加蔑视她。“我不能说你是嫂子的第一个男人，”他弟弟写道，“但我敢说你只能是嫂子最后一个男人。”他前后读了两遍，一个月内都没再说过一句话。那时他已经连回去的车费都凑不齐了。他退掉房子每天坐在天桥顶上等待着路人的怜悯，到了晚上他就躺在地下通道里回忆着他妻子对他的种种好处深沉入梦。随着气温渐渐下降，他预感到自己将不久于人世，借着停车场的微弱灯光他写了一封情深意切的长信装在一个没有邮票的信封里。他知道这封信会在另一个世界里传来传去最终落在坟墓外的垃圾场里。他决定选择在这一天投河自尽作为他妻子的生日礼物，算是给她的最后一点补偿。

“要是我有钱我会全寄过去补偿这十几年的债。”

雷奇听着他的低声诉说，又点起一支烟，望着窗外的枯枝，之后雷奇转过身来问他：“你的血型是什么？”

“O 型。”

雷奇在心里盘算着，又要了两瓶啤酒，倒在两个杯子里，到最后一滴酒被喝尽时他起身结了账。

“二十万够吗？”雷奇问。

“什么？”

“债！”

雷奇已经制定好自杀的整个计划。第二个星期四下午他踩在椅子上将一根长绳在头顶系了一个圈。当他听到房门响动时踢开椅子整个头部都吊到了绳子上。进屋的是他惊恐不已的妻子，她慌张地托住他的腿用牙撕碎了绳子。在夜里他妻子拽出两颗脱落的门牙抱着他的头哭了。雷奇接过她手中的两颗血牙放在怀兜里，几年后直到他入狱时他的衬衣里还放着这两颗牙齿，虽然他早已对她没有任何爱意。

第二天在桥顶他找到那位等着他的跛脚人，陪着他在天桥的栏杆下跪了一个下午。回家之前雷奇将自己讨到的钱倒在他的帽子里，并告诉他自己明天还要来的。回到家里他找出了那个似曾相识的故事，那些福尔摩斯的案子是他年轻时在警校必读的教材，时过境迁，他想不出自己这十几年的警察生涯都让他得到了什么。晚上他留意到他妻子在床上眯着眼睛偷偷观察他的情绪变化。他有些反感地转了个身，反复数着一到二十的数字睡着了。

与他跪在天桥的第六个下午雷奇对他讲明了自己的计划。

“还不到我去死的日子。”雷奇说，“但我要让所有人都确信我已经死了。”

“你怕死。”那个人冷冷笑道。

“谁都怕死，不过我更怕我还没做完我该做的事情就休息下去。”

“我也是。”他难过地说，“我还欠着我妻子。”

“这些我替你还，你可以放心地走了。”

这一天雷奇去幼儿园将儿子接出来，一路上他都深情地望着儿子，不停地嘱咐那些儿子根本记不清的话。七点钟他坐着汽车跑到郊区的学校去看女儿，为了避免自己无力控制的感情流露出来，他只是在大门外看见女儿和另一个男孩儿坐在一起便悄然离开了。在夜里他一个人轻轻从床上下来将备好的遗书锁到抽屉里，最后一次环视一遍屋子后走下楼梯。

二十五日他将自己的衣服穿在那个人身上，带着他去洗澡，脱光衣服时他对这个人并没什么特殊的胎记感到满意。

“快点儿吧，”雷奇说，“我们还要去理发呢！”

“不管怎么说我们都无法骗过那些警察，还有我的脚怎么办？”

“别忘了，我从前就是干这一行的。”

从理发店出来他们吃了最后一顿饭。两个人静静地喝酒，几乎一句话也不说。雷奇抠出了所有瓶盖后将那些中奖的瓶盖送给老板。

“我们不喝了。”

他对老板说。老板诧异地摇摇头，将拎来的两瓶酒又放了回去。

那个人听到后伤心地哭了，走到门外将吃下的食物全都吐了出来，接过雷奇递来的茶水喝了几口，掏出身份证放到桌子上。

“上面有我的地址，别忘了寄钱给她。”

“我会的，十点的火车。”雷奇说。

“走吧。”

他们沿着铁道慢慢走着，不时有冷风吹开他们的大衣。雷奇有些激动地抱了抱对方，那个人脸上的泪水已凝成了冰珠。

“只要做到位，警察不会看出什么来的。”

雷奇说，然后掏出手机给家里打了个电话。是他儿子接听的。他告诉儿子记着向妈妈提起第三个抽屉。那里放着他的遗书。上面写清他自杀的时间和地点，以及保险金如何索取，这些足以令警察相信他的死亡。

“另外，”雷奇说，“不管到什么时候，你也要记着爸爸。”

他挂掉手机，递给对方。“装进去。”他说。

“我听到死亡的声音了。”他说。

远处响起火车的鸣响。雷奇看了看对方手腕上的表。

“过去吧。”雷奇推了他一下。

“别把我的地址弄丢了。”他说。

“我知道。要记住：双手抓住铁轨，头要朝上，左脚要压在铁道上。”雷奇冲他挥了挥手，“别害怕，我会帮你处理现场的。”

遗憾的是他并没有来得及处理那个人的尸体，随着下一列火车的迅速推进，他只是将被碾掉的拇指和未压碎的左脚重新放到铁轨上。他听到火车行进的声音渐渐远去便在警察赶来之前离开了铁道。

凭着这张名为唐继武的身份证，他去邮局汇了一笔钱，在花园酒店的第二十三层正对着他家大门的房间住了下来。第二天他用望远镜透过窗子看到警察在他的房间进出。星期二他看到了那场再简单不过的丧事，看到他妻子哭泣时的样子。除了附近的一些邻居，那位负载着他全部希望的棋友也赶来参加丧事，九点半他妻子将那位朋友从客车上推到马路中央。市长在当天的报纸上盛赞他为“人民战士”，文中分析了二十年间他办过的各种大案疑案，只是没提起毛毛惨案。

新年前夕他女儿带着一个男孩儿到他家里。他刚调整过焦距就见到那男孩儿怒气冲冲地跑了下来，随后是他女儿哭着出来追他。他看到他妻子站在阳台上冲着他们大呼小叫。一直到春节结束，他也没再见到他女儿的身影。“十七岁了。”放下望远镜他想，“但愿他们是相爱的。”二月的最后一个星期一他看到他儿子被十几个孩子用雪埋了起来。力力躺在里面一动也不动。他伤心地以为儿子已经死了。十分钟后他儿子从雪里钻了出来，看见那些小朋友都不见了他才坐在雪地上忍不住哭出来。

雷奇看着看着也忍不住和他一起哭了。他想起他小时候被人家欺负后他父亲领他去出气的情景。“原谅爸爸，力力，”他贴着窗户自语，“爸爸死了。”

三月份他站在镜子前被自己的样子吓坏了，他摸着浓密的胡须努力回想着自己死前的样子。他确定从此以后再不会有人认出他来了，以至于几个月后他被袁南叫出名字的时候还有些无法相信。那时他的望远镜里多了一名常客，那位棋友。他几乎天天都要去看他妻子，而且，留在屋里的时间越来越长。虽然这一切都按照雷奇的愿望进行着，然而他却无法忍受眼前的情景了。“离开这里。”他在一个小时内第六次举起望远镜时想，“我只是个死人而已。”星期六上午他装好剩下的钱，戴上在楼下买的一副墨镜。在电梯上下起伏了三次之后，毅然决然地走出酒店大门。

第十章

虽然雷奇明白活下去、搜集到高架桥坍塌事件的所有证据是他逃避死亡的绝对理由，然而随着日子一天天过去，毫无头绪，他失去的警察职务使他不再拥有别人的援助，他开始将真相大白的日期向后拖延。三年，五年，十年……或许此生他都无法达成自己的愿望。经过一年多的走访他查出当初承包建设的并非原来市政指定的工程队，除此之外没有任何进展，他甚至都无法搜集到当时塌下来的样本以证明那些材料都是劣质货。住在市郊一间租来的小房子里他越来越强烈地思念儿子和女儿。第一年春节他躺在此起彼伏的烟花爆竹声中试图敛起他妻子的形象渐渐入睡。新年伊始他刚睁开眼睛就意识到昨天伴他入眠的女子并非他妻子。之后的每一夜他的梦境都不断被那个模糊到近乎完美的女子困扰着——一位面孔被长发遮住十指涂满紫红色的指甲油、眼神忧郁而冷漠的女人。有时候他嘲笑自己到了中年还要跑到梦里和如此妖艳的女子约会。不过很快他的情绪就再次沉落下去。他想不出如果自己真的在这场命案的调查中一无所获，那么他活下去的意义何在。

春天的一个下午他在电车上见到一位疯癫的女人，他突然感到这女人的样子是如此熟悉，以至于有谁走在他记忆中只要随手一抓便会触摸到这个女人。车到站的时候他想起她是毛毛的母亲。在人们被她激起的惊慌氛围中他将袁南拉出车外走进饭馆。他唯一一次与袁南的会面便是在这样的一家饭馆中，如今两年过去了，他看到她像过了二十年那样苍老，而他自己变成什么样子了呢？他不愿解答这问题。

虽然她在车上的疯言疯语令他吃惊不已，不过他仍然确定她没有疯。

“但你要知道，只要你活下去，你的生活就没有结束。”他说。

想了那么长时间他只找到这样一句合适的话劝说她，随后他又陷进沉默的荒原。

“你是雷队长！”

她认出了他。他向四周望望没发现那些以前认识他的人。

“我说过，像你这么坚强的人是不会疯的。”他说。

她重重地叹了口气，做了两个意义不同的手势，却没再说出什么话来。老板拿来两瓶酒换走了中奖的瓶盖。他冲她笑了笑。

“你打算住在哪里？”他问。

她摇着头，俯下身喝了一大口酒，然后又摇起头。

“不回去，我再也不想去那种地方了。”

他将剩下的酒分在两个杯子里，举起一杯说：“我们干一杯吧。”

她拨了拨散开的头发，端起剩下的一杯。“喝完这杯酒，”她想，“我再回车上吧。”

“你知道吗？”放下酒杯她说，“每一次我出来后就明白自己根本就没有地方住。仿佛我每次发疯只是为了让他们再把我带回去。”

“我知道。”他起身绕着桌子走了一圈，拉住她的手说，“去我那里住。”

后来他们没再说过什么话。傍晚时分雷奇独自走到外面，任凭汽车在身边疾驶，他把立交桥的所有分岔都走过一遍。在回去的路上他买了一些衣服和食物。打开房门他将这些轻轻地放到桌子上，之后思考着应该睡在哪里。一辆轿车从窗前驶过，借着忽然出现的光亮他迅速揽起床头的一床被子，同时他看见袁南平躺在床上睁眼望着他。

“上来睡吧。”她说，“这没什么的。”

自从进到这间窄小的屋子里她就在想，这可能就同她以前住过的那些陌生房间一样，她将雷奇当成了过去同她发生关系的众多男人中的一个。傍晚他离家出去的时候她将自己重新打扮了一番，对着镜子她擦干身上的水滴，然后她看着自己赤裸裸的身体无法控制地击碎了面前的镜子。她知道这身体打从那一次在银行见到张文再时起便注定要归他一人所有。虽然这二十年里她时常那么随意地满足其他男人的欲望，然而每一次的放纵后反而使她更加坚信这一点，只要等到张文再回来的那一天，她仍然会如清雪一般毫无瑕疵地接受他的爱。

“不用了。”他说，“把灯打开。”

他看了她一眼，跳下来将被子平铺在地上。熄灯之后，无论如何他也不能使自己平静入眠。他的梦境又一次被那位夜夜都寻他而来的女子占据着。在半夜他被一只从他脸上跳过的老鼠弄醒了。他开始明白白天在车上他之所以觉得她如此熟悉，并不是因为他们从前见过一面，而是——他不得不难过地承认还未认出袁南时——她就是那个常在梦中与他相见的女人。她们的形象是那样吻合，以至于他也在重新回想着是他妻子先背叛他的，还是从他办案见到袁南的第一天起就已经背叛了他妻子。他点上一支烟，看见带烟灰的火星落在他胸口随之便消失在黑暗中。他站起来走到床前看着目光下熟悉的袁南。“可怜的人啊。”他想。他摸到她的手臂，弯下腰听到她的心跳声。他不愿意将她惊醒，咬着嘴唇抬起头来。

“你上来吧，我无所谓的。”

她忽然说话了，双手抓住了他的手腕。他激动得仿佛要哭出来，不停地吻着她的额头。

“你没有睡……”他吞吞吐吐地说，“没有睡……夜夜都来的。”

两个星期之后他们在一家破旧的登记所登记结了婚。雷奇并非因为在意邻居们的流言蜚语才故意同袁南要一个名分。他只是想用婚姻这种方式给她提供稳定的生活，以此来弥补张文再带给她的伤害。不过他并没有意识到，事实上他比袁南更需要怜悯。在调查了两年也不见任何突破后，他越来越沮丧地表明了自己对生活的无望。在晚上他目不转睛地望着她，表情有些难以捉摸。

“你听到那些人家都说什么了吗？”他问，“他们把你当成那种人了。”

“哪种啊？”她漫不经心地应答他，将饭菜一一端到桌上。她已决定在这个新家重新拾起对生活的信心。

“就是那种……”

他食指冲下做了一个含糊的手势。他不敢告诉她人们私下里议论她是暗街里的妓女。她似乎看明白了他的手势，或许她把手势的意思想得更糟，没再回应他什么，也不去管他，一个人先吃起饭来，吃过饭她把自己的碗筷放到水池里，在水流哗哗的流淌声中她回头说：

“这是我自己的事情，我想我会解决好的。”

天色暗淡时她破例向雷奇要了一支烟，大口嘬烟的同时止不住地咳起来。第二天她穿上雷奇买给她的那件不大合适的裙子等他回来，没等他走进门便挽上他的手臂又出来了。他们沿着人行道穿过两条马路，一家小型超市，以及一座逐渐干裂了的足球场，最后他们走进那家小小的登记所。

“哦，”她对工作人员说，“我们要结婚。”

雷奇不敢相信自己的耳朵，他张大嘴吃惊地瞪着袁南。年轻的书记员被这么大岁数还如此窘迫的新郎逗乐了。

“先登记吧，”他说，“身份证都带来了吗？”

“带了，袁南。”她坐下来说，“汉族。”

“唐继武。”轮到他了，他想了一会儿继续说，“汉族。”

袁南仰着头充满疑惑地望着他，她开始怀疑谁是自己的新郎。

“那是个死人。”他对她笑了笑说。

即使在结婚之后他的调查也毫无进展，每天清晨他不吃早饭便走出去，直到深夜才疲惫地走回家。袁南怎么也想不通他天天这么忙碌去做什么。她不愿向他询问情况。她明白他们两个人之所以结合在一起只不过是由于相互怜悯，谁也不会去爱对方，就仿佛再多的怜悯也不会升华成爱一样。星期三下午她从超市回来路过天桥时看见他坐在人群里下象棋，她以为自己看错了。“他那么忙。”她想，“怎么会呢？”

强烈的好奇心促使她在第二天又去了一趟。这一次他是站在旁边观棋。她想他也看到了她。于是她装作漫不经心地沿着路边走开。在夜里她将饭菜摆在桌上，听到他开门的声音她从床上坐了起来，把灯打开。

“我真不明白你为什么会这么忙？”她问，“你原先不是做警察的吗？”

“现在依然是，不同的是我现在只办一件案子。”

他说着去洗手，然后坐在桌前若有所思地吃起来。她又躺回床上，一动不动地望着天花板。

她终于绝望了。她知道自己这一生注定要陷在不幸的泥潭中无力挣扎。生命中第一个男人是个难以察觉的势利鬼，第二个男人又是一个大骗子。“或许，自己将永远处于谎言和等待的圆圈里。”她想着眼泪不禁掉下来。

“办案跟象棋有什么关系？”她冷静地说，“再说，你的钱从哪里来呀？”

“是你丈夫给我的。”

他脱口而出，然后低下头一言不发地吃饭。他起身准备再盛一碗的时候看见她已坐起来冷冷地盯着他。

“一个阴谋！”她叫道。“他给你钱让你看住我别去烦他，是不是？”

她脸颊的泪水令他突然意识到眼前这个女人对他来说是如此陌生。尽管几年前打从在上蹿下跳的野猫之间见到她的第一眼起他就开始走上了无穷无尽的思恋之旅，可是越来越平淡的日子渐渐证明，仅仅凭一个朦胧而完美的形象，一个妖艳到令他心迷的形象，是无法与之相恋的。他狠下决心转过去，背对着她说：

“或许是这样，以后我的事你不要过问。”

在袁南熟睡的时候他试着给家里面写了一封信，天色将明时他才想起这很可能会给儿女带来不必要的麻烦就把信撕掉了。之后他用左手歪歪斜斜地写了几个字："嫁给他，这是雷奇的遗愿。"他将这张纸装在一封没有回址的信封里投了出去。两个星期后他按捺不住自己激动的心情又写了一封信，这一次他没再回避自己的情况，他说父亲还活着，丈夫还在，只要完成他想做的工作他时刻都可以回去。他把地址写在信纸的背面寄出去。可惜过了很久也没有收到回信。之后他又写了第三封，第四封……一直到第七封的时候他终于忍不住拿着这封信回到家里。站在六十号房门前他不停摁着门铃，铃声仿佛也同他那些石沉大海的信件一般没有回应。旁边的老大娘打开了自己的房门，以一种奇怪的表情看着他。

"他们搬家了，你是……"她没有认出墨镜和胡须后面的他。

"她又结婚了吗？"他压低声音问。

"没有。"她皱着眉头说，"好像就是为了躲那个人才搬走的。"

下楼时他看了看六十号信箱，有人在上面加了一把红色的新锁，从孔隙里他看到那些信依然像安静的孩子们一样平躺在那里。他用力撬开锁试图取出那六封只有自己才收得到的信。打开之后他才发现这不是他写过的六封信，而是一个男孩儿对女孩儿充满无限思念的情书。他坐在饭馆里读着这些信禁不住为那男孩儿秋雨一般的忧伤感动得哭了。他一杯接一杯喝着微涩的啤酒。在深夜十一点半左右两名警察把他从街头扶回家中。

袁南已经料到这一夜是他醉酒生涯的开始。那么多年的苦难生活早就使她对一切原本不属于她却总向她袭来的灾难泰然处之。她在夜里洗干净他身上带着酒味的脏衣服就早早上了床。第二天她刚睁开双眼时，他已经带着最后一线希望跑到女儿的学校。绵绵秋雨浇湿了他的头发，坐在无人的操场上他想起有一天夜里他和女儿就那么宁静地坐在一起的幸福情景。“三年了，”他盘算着，“她快二十岁了。”他站起来走在红土跑道上。无论如何他也无力抵挡这样一个将他所有指望都击碎的念头侵入他脑中——女儿毕业了。

他变得越来越专断暴躁，他很奇怪为什么袁南从不对他的大叫大嚷做出半点儿反抗。于是他只能将心中的怨恨发泄在酒精上面。有一次他在酒后冲着大街撒尿吓昏了一位走夜路的女孩儿，他曾因连续砸碎了十一户人家的玻璃而在拘留所待了十五天。在他为数不多的清醒时刻袁南劝告他如果不戒酒的话他早晚都要在监狱耗掉他的下半生。

“这是不错的想法。”他听后情绪反常地说，“那里才是我最合适的归宿。”

袁南被他这种肆无忌惮的样子吓坏了。她渐渐学会在每一夜等他归来的几个小时里不停歇地对着神佛祈祷。然而上天并不愿显出它应有的灵验，反而加速了她所担心的事情的发生。在新年之前，雷奇——确切地说是唐继武因过失杀人罪被判无期徒刑。那天晚上他同往常一样边喝酒边与别人下棋。第一盘他输了，他被罚喝了三瓶啤酒。

“你别给我支着。”

他说。他把输棋的原因归咎于旁人的多嘴。

“我在帮你呀。”

“闭嘴！”

他喊道。果真没人再多说什么，然而他还是输掉了第二盘，他感到有些头晕，双手抵住太阳穴。

“哈哈。这盘我没说话，啧啧，输得更惨。”

“你说什么？”雷奇站起来瞪着他。

“我说你不会下棋还硬装男人！”

“装男人？”他点头说，“对，我装男人。”

雷奇一口气将手中半瓶啤酒喝光，将瓶口朝下确定里面已没有酒。砰！他把空酒瓶砸在那个人头上。嚓！还没等人们反应过来，雷奇就将手中的碎瓶口扎到了他的脖子里。那个人惊恐地看着雷奇，坚持不住时捂着脖子倒在了地上。

“他死了！他死了！”

人们叫嚷着跑过来。有人俯下身去听他的心跳，起身时弄了一脸的血迹。

“谁杀的？凶手呢？”

老板闻声跑过来问。那个赢雷奇两盘棋的人指着前方，人们自动让开一条路，路前方的车灯一闪一闪的。凶手已经不在了。

雷奇连夜跑到墓地，在秋风吹起的落叶中走进墓园。他想起他还欠钟磊——那个替死鬼——的妻子一件事没做。在黑暗中他找不到哪一块是钟磊的墓碑。这里面还有他的——写有雷奇名字的一座坟墓。他觉得如果有一天他能做到的话，一定要为唐继武立一块墓碑。在秋雨中他轻声对钟磊讲述着。这一夜他的心里那样平静，他能记住过去发生的每一个细节。一整夜他一直在以“你”对钟磊讲着。最后一句话是——这人使你死时的笑容显得有些难以捉摸。然后他便记起自己是时候笑了，从他变成了唐继武后，笑在他的生活中就成了一个遥远而不可触及的记忆。守灵人在天亮时走到他身边仔细观察着他，似乎在鉴别他是活人还是一个从墓里走出的幽灵。

“回去吧。”守灵人摇摇头走开了。

雷奇听从他的话语踩着枯枝败叶向家里走去。经过一夜的思考他明白自己内心之所以饱受折磨并不是他在毛毛的案子里做错了什么，而是他把太多的人都拉进了这场悲剧里面，他想着钟磊，想着唐继武，想着为了他抛弃妻儿的棋友，还有，那位刚刚被他杀死的冒失鬼。

袁南给他开的门，不过她堵在门口没有让他进去。

“我杀人了。”

他含着不可捉摸的笑容说。她将食指竖在唇上，单手把他推向门外。

“我杀人了。”

几个在屋里守候一夜的警察蹿出来将他摁倒。他依然含着那种不可捉摸的笑容跟他们下楼。袁南把脸贴在窗前看着警车渐渐远去。后来她也跟着笑了。

第十一章

下雪以后袁南去监狱里看望过雷奇三次。每一次他都以一种难以捉摸的微笑面对着她的忧郁。有几次他张口想说什么又把溜到嘴角的话吞了回去。然后他挥手离她而去。袁南看得出来，虽然表面上狱中生活使他摆脱了以前的痛苦，然而始终有一种深藏在他心中的情感缠绕着他。袁南永远也不会知道这种情感源于他对她的爱。

在监狱这个闭塞的空间里，他开始对一些小东西产生感情。一只小虫子，一片四处飘荡的落叶，以及一个落地摔碎的水杯，都足以让他伤怀好长时间。星期六早晨出操前他刷牙时居然为了一只淹死在盆中的蟑螂叹息不已。“脆弱的生命。”跑步的时候他还在想着，“可能人类更为脆弱。”他打算在狱中过一个全新的人生。可是每当他逐渐达到物我两忘境界的时候，又再次被袁南的探望牵回到过去。

“我过得很好。”隔着玻璃她拿起话筒说，“你得学会照顾自己。”

“哦。”

他应答着，然后就看着玻璃后面的袁南。说不清为什么，每次见她时首先被激起的就是对她无法压制的爱意，千百万次他想告诉她，可总是无法启齿。不是因为他没有足够的勇气，而是他害怕，他害怕说那样的话被这世界嘲笑。“就要半百了。”他想起接下来要说“知天命”便不禁笑了。

“其实我和你结婚是因为爱你，不是同情，绝不是怜悯。”

他终于说出口了，他笑了笑，期待着她的反应。而她却皱着眉，将话筒举起来敲了敲，仿佛以为自己听错了。

“你说什么？我听不到。”她说。

雷奇才想起来，由于懦弱，刚才话语吐出的一瞬间，手指还是不自觉地捂在了话筒上。他摇摇头，然后把头低垂下去。

“我是说，”他说，“你现在有钱吗？”

“有。”

她没有钱了。入冬之前她曾试着去找过几份工作，然而每次都因为她犯下一些心不在焉的错误当天就被辞退。在晚上她空着肚子无法入睡时回忆起十几年前找那个海鲜商人的情景，而现在她连这样的资本也跟着岁月溜走了。

“你不用担心，”她点着头说，“我剩下好多钱。”

“你没有。”他看出她在说谎，“你瘦了，也老了。”

她用手指穿过自己的头发。出门之前她忘记了洗头，几个月来她甚至都未曾梳过一次头发。一些白发从指尖滑落。

"打开衣柜，"他继续说，"鞋盒里有五万块。"

"又是他给的？"

他点点头，说："一共五十万，留给孩子二十万，唐继武二十万，就剩这么多了。"

她甩甩头发，忍住没哭出来，可是当她到家发现这笔钱真的在鞋盒里时还是放声哭了起来，她想象着两个男人那时私密达成由雷奇照顾她的情形，情绪激动地将五百多张一百元撕得粉碎，第二天早上她又痛心地将其中的大部分一一粘好，就仿佛经过这一夜的旅途她将自己对张文再的憎恨又一次转变为爱恋一般。有时候她会自责为什么从不去想一想毛毛，只是这种愧疚的责问很快又被对他无尽的思念所覆盖。她几乎不需要靠睡眠的方式来解脱自己。在夜里她常常辗转反侧被难以摆脱的伤感跟踪，到了白天她就躺在床上逐字逐句地阅读邮差送来的晚报，连征婚启事也不放过，她把为那些独身男女相互配对当成一件严肃的事情来做，而且时常为在幻想中撮合成一对情侣而兴奋不已。在秋季一个多雨的下午她费尽周折才找出一对合适的恋人。三号，男，三十三岁；十七号，女，二十七岁。她在这两个人之间连上一条线。横线穿过一则租房启事，截断两组声讯聊天热线，最后落在一条讣告上面。"讣告？"她自言自语着，将脸贴近报纸，再靠近一些。阳光透过窗子和报纸中缝的孔隙照在她的眼睛上。天晴了。他死了。

在死前两年里张文再一直经受着收拾残局的折磨，虽然有时候他会突然对朱珍珍萌发出一丝不知从何而生的柔情，只是这样的情感停留的时间太短，每次他的双手刚触到她的脸颊时便有一种声音在告诫他，现在赶快去读毛毛的日记，或是去公园看远天的夕阳。"你失去了享乐的资格。”他听到这种声音说。文再想不出这声音是哪里来的。在信里他将疑惑说给他父亲听。“这是宗教的召唤。”他父亲说，“它在等你去皈依。”听从他父亲的建议，张文再去了两次教堂、一次寺庙。在教堂他因受不了近乎呓语的唱诗和神父的装腔作势匆匆赶回花园，在山顶的寺庙他看到更多的是游人而不是出家子弟心里便隐隐作痛。唯一的收获是他在铜钟撞响之后吃了顿清淡的斋饭。回来时他对他父亲讲述了这些。他父亲的回信只有五个字：“内心的修为。”

新年之前有人告诉他雷奇队长卧轨了，他想了好久才记起那位正直的警察。之后的几天他都在思考雷奇自杀的原因。后来他明白原来雷奇也同他一样，经受不住心灵的折磨。他想自己的罪过更深，应该接受更残酷的惩罚。所以，他要活着。

市长在这一年除夕打过一次电话给他。大约五分钟的通话时间他讲了这两年城市的发展、经济的提高，以及所有的朋友们都在挂念着他。最后他提到了雷奇的死。

“这样一来，”市长说，“一切都过去了。”

“没有过去，这才刚刚开始。”

他稍显无礼地挂上电话，剪掉了三个房间的电话线。

“这样一来，”他学着市长的腔调自语道，“一切都隔绝了。”

遗憾的是并没有隔绝，新年期间的十多天里将近二十位他认识的以及不认识的人跑到家里来拜年。他将别人送来的礼品一一扔到门外，然后不留情面地把他们推了出去。很多不知道他早已辞职的人们又一次带上更贵重的礼品在花园的长椅上找到了他。

“张局长！”一位中年男人殷勤地坐在他身旁。

“现在，”他竖着小指说，随后又把小指缩回到拳头里，“我什么也不是了。”

那个人有些失望，他脱下自己的外套披在张文再的肩上。

“您别凉着。那说句话总还算数吧？”

张文再看了看他，开始同情这个人。同他父亲一样他也是一个孩子的父亲，他希望自己的儿子能在市政找一份稳定的工作以摆脱那种整天游荡市井的令他忧心的处境。文再接过他手中的中华，打开一条中的一包，抽出一支点起来。以前他在图书馆去送礼时那位远房亲戚就是这么做的。抽完这支烟他把大衣还给那个人，起身有些激动地抱了抱他。

“我真的无能为力。”他说着眼泪不禁掉下来。

“五一”前夕他收到一封医院的信函。信上说由于电话始终拨不过去，院内无法确定这封信是否能到张先生手中。“您的前妻袁南女士失踪近一个月之久。”接着医院讲述了前几次袁南逃出医院和被警察遣送回院的经过，“现在的问题是，”他们征询张文再的想法，“即使是联合警方把她找回来，我们也无法对其做出相应的治疗。多次诊断证明，袁南女士完全可以申请康复出院。不过她并不是以这一途径离开医院。”院方说如果张文再先生同意医院的决议，他们将按照回执的地址寄一份清单，退还剩余的钱款。

张文再没有理会这些，十天后医院又寄出一份内容完全一致的信函以确保他能收到。他意识到或许由于袁南不见踪影此生他们都无法再次相遇了。他写信告诉医院无论如何也要寻找她。“否则，我将告你们失职。”之后医院每一个星期便寄来一封报告进展的信件，然而一直没有袁南的消息，入睡之前他把这些信全拿给朱珍珍看过一遍。

“不要死了才好！”

她惊呼道。张文再厌恶地看了她一眼，不过在他心里也渐渐认定这一点。他害怕自己会成为故事里最后一个退场的人物，那样将剩他一个人孤独地陪着作者。为了把已经谢幕的演员重新拉回到台前，他又一次阅读毛毛的日记。已经阅读了九次使得他对毛毛几年内每天的生活和情感都了如指掌。他几乎能背出日记的全文，然而这次他发现了以前未曾注意到的词语——梨汁。这个词出现在毛毛生日的那天，他仔细地读了几遍。上楼的时候朱姨在，拿梨汁的时候朱姨在，弹钢琴时朱姨不见了，而傍晚时分又是朱姨叫醒的他们。张文再不明白自己为什么对梨汁这样敏感，坐在长椅上数到第十六片树叶落下来的时候他想起来了。然后他走到电话亭给长虹电视的维修站拔打电话。

“能帮我查一下，在二○○一年春季，或者是夏季，是否派人到八十八栋三门修过电视？”

“等一下，”那边说，“没有，那个社区的长虹电视都没有坏过。”

“能确定？”他问。

“至少记录本上没有。”

“谢谢。”

晚饭之后他接连抽了五支烟，后来他把空烟盒捏成一团扔到阳台上。

“我去买一包。”朱珍珍提着鞋子，向门口走去。

“还有梨汁。”

他语气冰冷地说。她停在大门外，门半开着。

“那得去超市才买得到。”

“你真能干，”他说，“还会维修电视。”

“我不明白。”她关上门走了进来。

“我去问过了！”他咆哮起来，“根本没有人来这里修过电视，是你自己把合同书放到钱箱里！”

“我忘了当时是怎么回事了。”

“忘了？我也忘了，我都不记得梨汁了。”

他停了一会儿，转过身去，为他的女儿感到伤心。之后他突然跑到厨房拿起菜刀对着她。

“那时候在酒店里你给我喝的就是梨汁，毛毛后来喝的也是这个。到今天我才明白，原来那可以解掉春药的味道。”

他提着菜刀向她走近，她纹丝不动地看着他。在这一刻她将自己的一生迅速回放一遍，她知道一切悲剧都源于在图书馆见到他的第一眼。最后她认定自己并不后悔当初爱上他。她扬起脖颈对着他的刀口说：

“杀了我吧，像杀你女儿那样杀我，而且还是奸杀呢。”

刀掉到了地上，他抓着自己的头发走进毛毛的卧室。在夜里他把这些一一讲给他父亲听，然后他靠在椅子上静坐到天亮。他父亲在回信中只字不提这件事。他们之间的通信越来越像是两个作者的作品。每一个人都在专心地讲述着自己的故事，而绝不会受到对方来信的干扰。他父亲说不知为什么，他的左臂现在全无知觉，但还可以干些零活，只是不管怎么击打，即使流出血迹也不会有疼痛的感觉。“或许是修为的正果。”他父亲说，“等到我全身都这样无知无觉的那天，就是我大成之日。”张文再写信问他父亲自己是不是疯了，几天来只要他一闭眼就会浮现出各种恐惧的东西。“一根沾着鲜血的木棍，脖子上两个拇指的红印，弥漫在奥迪 A6 里的烟味儿。”他说，“还有最可怕的就是我总是见到毛毛流血的下体。”他父亲回信告诉他去年忘记提起的一件事，就是荆州居然下雪了。他父亲还是头一次见到雪花的样子，“不过现在正下大雨，我怕今天会发洪水。”张文再兴致盎然地读着，“只是我的左胳臂动不了了。”张文再写信说如今他只想着袁南，比十几年前更爱她。他的心里从没有像这几天这样满是幸福。“可是，我找不到她了。”他父亲在最后一封信里问他是不是给原来在荆州的那个未婚妻寄过二十万元钱。“那笔钱来自长春，全村人都说是你寄的。”张文再对这封信感到不解。“没有啊，”他说，“或许别人代寄的？”这是他唯一一次对他父亲来信的内容做出回应。然而没等他把信投出去他就收到了一封来自荆州的电报。

“爷死，速归。”

张文再看着落款人的姓名想了好长时间。直到坐上飞往武汉的飞机时他才记起来，那是他的儿子张雨霖。

第十二章

整个回乡之行比张文再所预料的更为悲凉。他到达荆州的当天就下着绵绵的秋雨，直到丧事的日子临近雨也没有停下肆虐的脚步。汽车驶到山脚就陷进了淤泥中，人们下来高声吼叫推着灵车前行。雨将枯枝上的黄叶一片片浇落卷着它们向山下流去。安葬骨灰的时刻所有人都被淋得湿漉漉的。看着远天的乌云和随水流失的花瓣，张文再又一次想起毛毛的葬礼。同往常失落的日日夜夜一样，他再次被这回忆折磨得心痛不已。他父亲的骨灰被葬在山腰的一棵苍松下——他母亲的身边。“或许这也是我的安息之地。”他想着。后来他无法忍受哀伤的气氛，一个人在雨中下山了。

回到家里他收到他在离开长春之前寄给他父亲的最后一封信。他看了看信封把它退还给邮差。

“收信的人已经死了。”他说。

晚上人们陆续回来后他躲在一间阴冷的屋子里。无尽的思念继续充溢着他的内心。他思念他死去的父亲，死去的女儿，以及疯掉的袁南，甚至有一刻他还满心怜悯地想起朱珍珍。他觉得他没好好照顾过这里面的每一个人，连自己他也未曾善待过。之后他给自己写了一封信，与其说是封信，不如说是一份遗嘱。“找到袁南。”他写道，“告诉她你爱她，比所有人都爱恋着她，比任何时候都爱恋着她。”他明白该是他悄然离去的时候了。上床之前他检查过一遍后将身下的电褥子接上电源。他知道，到明早他会成为一层灰烬伏在床上。他笑了笑，内心感到了从未有过的宁静。后来他闭上双眼，头一次摆脱梦境的缠绕睡着了。

他被高低起伏的鸟鸣声唤醒了，清晨的阳光照亮了每一处角落。他满心欣喜地走下床看着天堂的情形。“这里是晴天，”他想，“人间却受着雨水的侵袭。”他听着外面的劈柴声，走出门，他儿子的出现击碎了他美妙的幻想，他不解地问他劈柴做什么。

“昨晚电线被雷击断了，”雨霖说，“只能烧火做饭了。”

“这么说是没有死？”他走回屋看看床上的电褥子，一切都安好。他有些低迷地坐下抽起烟来。上午有太多陌生人到这里拜访，即使是那些从前认识的亲戚们他也是观察了许久才敢相认。他以为在这里能见到他的姨妈们，自从他母亲过世后他们就失去了联系。然而这么多年过去了，有三个姨妈未能留守到最后，死在了老父亲前面，还剩下两个也已苍老到无法再翻山越岭赶到这里。张雨霖扶着一位有些面熟的女人走进屋子里。张文再注视了她一会儿。这也许是他的某个表妹，但想不起来是哪个姨妈的女儿了。

“我是张文再。”他主动伸出手说，“这是我儿子。”

他头一次承认自己是张雨霖的父亲。到现在他还能回想起十几年前他试图弄一点霖霖的血去做亲子鉴定的情景。如今他已全无这样的想法。他明白即使只是为了尊重他死去的父亲，尊重父亲把孙子一点点养大所付出的心血，他也应该承认自己有过这么一个孩子，而且这个孩子已经长到可以独立生活的年龄。

“我知道。”她没有理会他伸出去的右手，在一旁坐下来说，“他也是我的孩子。”

张文再不敢相信自己的耳朵。他瞪大眼睛望着她，这么多年来他偶尔有那么几次想到她的时候，总是把她与粉红色的毛衣、沉甸甸的耳环和满屋的红福连在一起。他搓着双手思考着该说什么。

“你过得还好吗？”

他勉强想出这样一句话问她。随后他便从她额头上过多的皱纹以及她难以掩饰的忧郁神情里意识到自己在说一句废话。“当然过得很糟糕，”他想，“只是不会比我痛苦。”

“我知道我对不住你。”他说。

“还说什么呀？”她笑了，“这么多年都过去了。”

她说着忍不住哭了出来，将近五年她都在等她丈夫的音讯，然而即使他真的回来她也知道，那并不会使她得到一丝一毫的幸福。二十年里她都在学着做一位贤惠的妻子，可是她丈夫始终都不忘记将她结婚前的过失放在嘴边。她叹息着由张雨霖陪着离开了张文再。

张文再抽了一支烟走到河边，坐到一位老人身旁。昨天在葬礼上他注意过这个老人。他想不起来自己是否认识他。在所有来参加丧事的人中，看上去他是最老也是最悲伤的一位。文再递给他一支烟，看着滑过水面的飞鸟。

“我父亲，”文再说，“他辛苦了一辈子。”然后他捡起一粒石子击向水中，说，“不过从他信里我看得出来，他晚年的生活很愉快。”

“我和他是几十年的交情了。”

之后两个人谁也没说话，他们看着河边的高草被风吹得向一个方向伏去。几个在水中拍水的孩子不时击碎他们之间的宁静。

“我想我父亲好像没提起过您。”忍受不了沉默的时候他还是先说话了。虽然文再一个人坐在公园长椅上数落叶好几年了，但他能容忍的也只是一个人的静默。

老人想了想，说：“是没提过。这些都是你写的信。”

他拿出一摞信纸的时候张文再想起来了。

“您是李老师？”

“每一封信都是我读给他听，之后替他写给你的。到后来你父亲不能说话，连听东西都成问题，他就让我亲自写信给你。”

“我一直将这些当成父亲的劝诫。”文再说，“而您却成了我的精神之父。”

一群孩子跑到河边，脱下衣服高声叫着向水中游去。他们击起的浪花溅到老人的脸上。“这些信你都留着吧。”李老师递给他说，“每个人都有不同的痛苦，重要的是你要善待这些痛苦。留在荆州吧，这是你心灵的归宿。”

张文再没说什么，他脱掉上衣，打算像那些孩子一样跳进河里享受生活的乐趣。他已不再考虑是否死去的问题。既然是他犯下的罪行，他就要承担自己的责任，去接受命运的惩罚。几年来他的心情第一次这样舒畅。

“一起下去吧。”他起身对李老师说。

老人指指自己僵硬的左臂说：“不能动了。没有一点感觉。”

冰冷的河水使他开始遗忘过去的忧虑。一只飞鸟落在他头顶又迅速飞向空中，几个孩子向他泼起水花。远处有一艘轮船驶过。他回忆着童年时在河底捞蚌的情形。可是后来他离开了荆州。在给父亲汇钱的时候，他爱上了一个迷人的女孩儿。那时候她仅仅是令他摆脱孤独的侵扰，还是她本身就存在着纯洁的意义？静坐在花园发呆时他忽然明白自己确实始终深爱着袁南才摆脱了心灵的责备。难道离开她和另一个女人结婚这种远离心灵的行为就可以让他不爱着她吗？即使她那么放纵自己不也还是一个爱情的信徒吗？“留下来吧。”他想着，一个人静静地向前游着，“像个隐士那样安度晚年。”一条满载的渔船从他身旁划过。他将头伸向湖底看到一只小鱼在他周围环绕。在河流的最深处他找到一块银灰色的鹅卵石。他抓着它浮出水面看着渐渐昏暗的天色。孩子的欢笑声距离他越来越远。他大喊两声，然而无人听到他的声音。于是他向岸边游去，可是他走得实在太远了，以至于他准备返回的时候却再也游不回去了。

朱珍珍在第二天接到张文再的死讯。她抓着送电报的邮差好长时间都默然无语。到了晚上她抱着她和张文再的结婚照静坐到天亮。晚报次日刊登了张文再的讣告。那时朱珍珍正乘坐着飞机去往湖北。人们递给她一个正方形的骨灰盒，还有张文再留在岸边的一沓家信。在返回长春的空中她从这些信里看出来或许当时爱上他并想出所有计谋来得到他本身就是一个错误。她终于明白虽然她赢得了他们之间的竞争，然而她为此付出的实在太多了，她所失去的甚至已超过她生命的全部。

张文再被葬在毛毛的身边，没有几个人前来参加葬礼。朱珍珍知道这盘棋因为对手提前离开，所以只能由她来将棋子一一装回到盒子里。她烧掉了他留在柜子里的衣服，把毛毛的日记、他给父亲的信以及他父亲的回信一并放到皮包里。“如果真能见到她，”她想，“那么这盘棋才算真正结束了。”

葬礼因为突然刮起狂风而匆匆了事。几个人扶着她上了返回市区的车。她低着头默默记下了通往张文再之墓的小路。汽车行驶到一半她执意走下车，拦住一辆出租车回到墓地。遍地的落叶将散落的白花瓣一一覆盖，阳光穿过树叶照到墓碑的碑文上。她看见一个穿黑色长裙的女子站在碑前。

“他死了。”

朱珍珍走过去对那女子说。

“你知道我会来的，所以你把讣告弄到了报纸上。”那个女人语气平静地说。

朱珍珍扭过头看看远天的乌云，几片叶子吹到她脸上，她说：“要下雨了，你回去吧。”

“你害怕了，”她微笑着说，“你知道他根本不爱你，你怕最后离开他的是我。”

朱珍珍转身突然抽了她一个耳光，然后瘫坐在墓旁看着漫天飞舞的金黄色的叶子。

“对，对，对！”朱珍珍望着天空喊，“他是没爱过我从来就没有你知道吗？他始终都想着你，但和他在一起的是你吗？”

袁南将束起的头发散开遮住左边五指的红印，没有理会她，向丛林的深处走去。

“我告诉你！”朱珍珍在她身后狂笑起来，“他不配你去爱！只配给我一个人！”

她把准备好的皮包扔过去，转身走出了墓园。一路上她冲着五辆停在她身旁的出租车摇头，她迎着风一边走一边泪流不止。入夜时分她才走进家门。她想随着这盘棋的完结她的生命也该结束了。此后她的生活开始脱离现实的轨道。她已经习惯行走于虚拟和回忆之间。那些来看她的朋友们对她难以捉摸的表情感到莫名其妙。而那些突然发出的笑声或叹息不过是因为她想起过去的某些事情做出的回应。她渐渐学会用毛毛留在电脑上的网号找人聊天。一些已经知道毛毛去世的同学们惊讶地打听这个叫“毛毛”的人是谁。于是她就给这些人讲故事。有些是发生过的，有些是她凭空想出来的。到后来她也辨别不出这些故事里哪一部分是真实的，哪一部分是谎言。她只是靠着接连不断地讲故事来维持生活的乐趣。她讲的最后一个故事是说一个家境富有的女孩儿梦想着去当名作家，不过很快她就发现自己只有这方面的天赋而无写作的耐心，利用她艺术上的天赋她骗来了一位她深爱着的有妇之夫，事实证明这毁掉了她一生的幸福。

夏初的一天朱珍珍仔细阅读了一个同她一样绝望的网友发给她的“本世纪最酷的自杀方式”。按照网友的指点，她关掉了楼道的电闸。当冰柜里的冰雪渐渐融化已不再寒冷时她服下一瓶安眠药躺在了里面。三个小时后一个急着看球赛的邻居合上了总闸。直到她失踪后半个多月，才由两个撬开门锁企图行窃的小偷打开冰柜。那时她全身被一层薄薄的冰霜覆盖，双目微合，含笑露齿，就像是待嫁王子的白雪公主一样美丽。

第十三章

三年里袁南去监狱看望过雷奇七次，哪一次她都没勇气向他提起张文再的过世，更不敢提起那些令她震惊的张文再和他父亲的通信。以后的日子里她像啃食文字的小虫子一般反复阅读那些书信。它们记载了她和文再的相识，他们的婚姻，以及他们婚姻的不幸结束。还有，她女儿毛毛的死亡。面对着那些字迹她已流不出一滴眼泪。她不明白当时在那么喧闹的爆竹声中她何以如此敏感地听到他的求婚。她不得不承认她之所以对文再的死亡感到那么伤心，不是因为对他的爱恋——假如死亡真能成为他得以解脱的方式，她会时时刻刻都为他祈福的——而是，他的死第一次让袁南的生活失去了方向。以前等待是她活下去的动力。而现在呢？她想，她的生活将向哪里走？

有几次见到雷奇的时候她开始怀疑她第二次婚姻的暧昧，迄今为止她还保留着做雷奇妻子的名分。她还不想解脱这一婚姻，两个人谁都没有亲人了，不管有一天她和雷奇谁先死了，总得剩下另外一个送一送才对。

四月的一天她在车百商厦不顾商店经理的阻拦执意坐到一架待售的钢琴前演奏了许多年前她在联欢会上弹奏过的一首曲子。这一刻钟使她踏上了回忆之路。围观的人们为这个头发长到腰际的女人鼓掌喝彩。她知道接下来会有一个男人向她许诺有朝一日送她一架钢琴。然而这个人没有钱，他穷，他攒了五年的钱全花在为女儿治病上面。他是那么急于兑现自己的诺言，以至于他不惜抛弃她去娶一位富家的女儿来给她买架钢琴。几年以后在她已不需要弹任何一首曲子的那天，钢琴还是摆在了她面前。

她又一次原谅了张文再。因为原谅他，她无法原谅自己。

她从路旁抱回一只断了腿的母猫，之后它在这里生了一窝小猫。小猫长大后又像从前她家里的那些猫一样四处蹿跳。她渐渐适应躺在床上几天不吃饭肚子也不会饿的感觉。窗帘每天都被风吹得鼓鼓的。有一天她钻到窗帘后面看了看。玻璃全碎了。路边的灰尘被吹到屋子里来，在地板上落了厚厚的一层。她光着脚下床踩出了两只清晰的脚印。她蹲下来仔细盯着看，还有几只小猫的脚印。

十二月的一个下午有几片雪飘到了她脸上，她掀开窗帘看到外面下雪了。然后她躺回床上盖好被子等着大片大片飞进来的雪把她埋成雪美人。她睁开眼睛看见墙壁上凝下了斑斑冰霜。有两只小猫冻死在屋子里。她穿好衣服决定去外面找回剩下的还未死去的小猫。刚一出门她还能看见一些小猫的脚印，后面的却渐渐被新雪覆盖了。看不到脚印的时候她就去询问路人。她不厌其烦重复一句你们看到一只大猫带着一群小猫从这里穿过去吗。没有人看到。她于是继续问下一个人。问着问着她又开始难受了。她想起了她的女儿，那只已经死去的小猫。

她想去墓园再看一次毛毛，但是她害怕这次或许也同前些次一样，看望女儿却变成了不停对旁边的墓碑讲话。于是她回到家又躲进被子里阅读那些信件和日记。随着阅读次数的增加，她开始觉得，等了这么多年，她终于等来了这个家。

直到一月末她才换身衣服将屋子彻底清洁一遍。那是因为监狱通知她雷奇由于表现积极被允许回家过年。

经过四年的狱中生活，雷奇已学会将所有的回忆都看成听来的故事那样坦然处之。过去的警察生涯帮助他常常给监狱提出一些合理的建议。入狱第二年他就得到了其他犯人和监管员的尊重。在一次工地的劳动改造中他从吊车的铁钩下抢救了一个钻过警戒线坐到吊钩上的孩子。第四年他获准回家探亲三天。

“我不需要这个名额。”他拒绝道，“我没有亲戚。”

“不，你还有妻子。”

除夕夜警车一直把他送到家门口，他看见袁南倚在门外等着她。警车离开之后他走进家门，看着满桌的饭菜他不知该做什么。已经有孩子跑到窗下点燃烟花。他望着袁南点起一支烟。不时有爆竹在他们窗下响起。然后他解开她身前的纽扣。她没有做出任何拒绝的举动，然而也并无一丝顺从之意，像一只木偶那样任凭他摆弄。在四周响起的爆竹声中他们一言不发地做爱。没有爱恋，没有憎恨，仿佛只是为了完成一次神圣的仪式。打从第一次开始袁南就没有改变每次做爱时脸红的习惯。仪式结束后他伏在她身旁大口地喘着气。

“有一次我刮胡子时一激动差点儿把这个也割掉，”他说，“不过后来我明白原来人是可以控制自己的欲望的。”

她躲进被子里，从烟盒中抽了一支烟，缭绕的烟雾将她的眼泪熏下来。

“他死了。”

她说。他在被子里突然颤了一下，一个爆竹发出巨响，他凑到窗前望了望。

“谁呀？”

“你知道。”

是的，他知道。他知道自己这几年的命运是拴在张文再身上的，他知道他所爱恋的这个女人却深深爱着那个人。他转了个身又躲进被子里。

“告诉我整个过程是什么样的？”

她问。他关掉了墙壁上的灯，闭上双眼，装作没有听到她的话。

“外面太吵了，满世界都是声响。”

“我要知道事情的经过。”

“我对你说了又怎么样呢？”

“至少你就不再是唯一的知情者了。”

“你知道了又能怎么样？”他在被子里低声说着。知情者，他不想做这样的知情者。就因为他知道了这些他后半生的命运全都改变了，失去了妻子，儿子，女儿。如果可能的话，他宁愿失去自己，也不想失去这么多。“我就明白这么多年你等我就是为了问这个对不对？”

“你讲出来吧。”仿佛他没有说过话一样，她还保持着同样的语气。

“里面的人差不多都死了。”他坐起来把脸贴在窗前，倾听着时间的声音。

“问题是只要你我都还活着，故事就没结束。知道吗？这也是我们唯一的话题。”

她说着重新点亮壁灯，将被子扬起来扔到地上。他看着窗外的烟花。该是他讲出来的时候了。自己打从“死”后就不断将自己的责任减轻。最开始他发誓揭穿毛毛惨案的整个内幕，调查中暗淡的前景使他觉得能照顾好袁南的下半生就算是不辜负火车轮下的冤魂，而如今他明白自己唯一能做的就是把事情完完整整地说给她听。

“真不该再提起它，那么长时间了，有七年了吧？”

“是啊，七年了。”说这话时她才意识到那么多年像冰水一样化掉了。

“一切都不成样子了，故事开始得很早，我像个中途进去的小角色，我出现在那个星期一早晨快六点的时候。”

他讲述着，讲述着。从接到报案开始讲起，讲到第一次在那间破房子见到袁南的情景，直到他发现张文再是凶手却无力逮捕。天亮他才结束自己的故事。

“你睡了吗？”他双手轻轻抚摩她的眼睛。

“没有，我在听。”她的眼睛试图在他的掌心中睁开。

“我现在不明白毛毛那天晚上为什么要回来，二十万够她花了，她回来还要干什么？”问完他就后悔了，他将双手移开，贴到窗前的冰霜上。

“我们那夜就是为这个原因吵的架，不然她死不了。”

“几点了？”他看着冰从指间化掉。

“天亮了，拉开窗帘吧。”

“我们就这么过的年，咱家买炮仗了吗？我出去放两个。”

“真的是他把毛毛杀死的？”

他不会再回答这个问题了，他钻回被子里，“不然我也不能睡在你身边。”

说着他在叹息声和渐渐消融的爆竹声中睡着了。

初二袁南陪着雷奇一直走到监狱的大门外。回到家中她靠在床头几天都一动也不动。事情残酷得超乎她的想象。正月十五，她终于起身将桌上变酸了的饭菜倒进垃圾桶里。上午她从衣柜里挑出一套最漂亮的衣服穿上走出家门，乘车向墓园驶去。

没有其他人在此时来祭奠故人，一座座连接的墓碑显得冷冷清清的。她把带来的鲜花放在毛毛的墓前，之后长时间对着张文再的坟墓默然不语。“都结束了。”她想，“这里还应该加上我一个。”她转身时看到一座新墓，她最后一次哭了。那墓碑上写着“朱珍珍”三个字。

在归来的途中她觉得心里空空的，仿佛心一旦脱离身体便可直升上天。九辆汽车在她身后鸣着笛。一阵忽然吹起的微风将她的头巾吹到半空中。她迎着风的方向追去，头巾始终像一份得不到的礼物在前面诱惑着她。她在冰面上滑倒后又爬起来往前跑，就像一个追逐蝴蝶的小姑娘那样毫不顾忌周围的事物。“我们结婚吧。”她想着，发疯一样地狂跑着试图抓住婚礼的祝福。“我们离婚吧。”又一种声音使她停在十字路口向四面环顾。天桥上一群年轻人扔下来几个爆竹在她的头顶鸣响了。马路中央发出一声尖锐的汽车喇叭声，一辆向西行驶的汽车急刹车的声音漫过了整条大街。头巾在空中摇摇晃晃地飘荡，最后被一个小男孩儿跳起三次得到之后把它带走了。

当晚值班的监管将雷奇叫了出来，神情严峻地告诉他袁南的死讯。他笑了笑，没有再理会别人对他的同情安慰。他知道这一天终于等到了，他知道随着这一天的到来他终于可以将深藏在心底的爱恋当作一次遥远的记忆，他终于可以忘记过去的一切开始试着去追求物我两忘的境界了。回到房间他将杯沿儿的一只小虫拿了下来。那是清晨他在墙角找到后把它放在杯沿儿上的。他没想到整个上午虫子会不知疲倦地转了四千一百六十七个圆圈也没有找到下来的出路。出于对虫子的敬意，他把它放到了地上。疲惫的小虫抖了抖断掉的羽翅伏在地面上一动也不动。一阵吹来的微风掀翻了它的躯壳。“永远也不会动了，”他想，“已经死了。”

创 作 谈

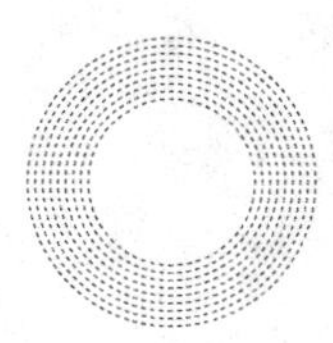

《维以不永伤》是我的一本书，出版于二〇〇四年五月，到现在刚好十年，好像出了这本书，我就成了作家，走上这条路。

这故事来得很早，小学快毕业，有个小姑娘死在我们小区的高草丛里，人心惶惶，谁是凶手各种瞎猜。我没跟任何人谈论过，但我老是想那个女孩儿。就像本书所呈现的，我对死去的女孩儿想得不多，更多的是，我猜想她父亲什么样，母亲什么样，是否有个男朋友，男孩儿过得还好吗？之后初中几年我围绕这件事写了好几个短篇，仅仅是围绕，全都与毛毛有关，却从未直面过毛毛。

我十四五岁意识到自己要当作家，可没想过第一本书会写《维以不永伤》，因为这不在我的阅读经验之内——长故事从头写起，一年写一章，均匀分配，读者永远带着“然后呢”的想法，翻开下一页。但这书不是，它的节奏是乱的，前二十年很松，后十年的情节也不多，唯有中间那一个夏天，似乎发生了几辈子的事，挤进来十几个重要人物。我不知道该怎么处理，我曾想过，做成《米格尔大街》那样的短篇集，绕着毛毛给每个人物画肖像。

我现在清晰地记得灵感找到我的那一天，那是高二寒假前的期末考，因为作弊被记作零分。我其实作弊很多年，一直没被发现，可能是手法高级些，人家最多是考场上多瞄几眼，我是考场的卷子趁乱不交，回去自己回答自己打分，逮机会再以班长的身份溜进教研组，塞进大家的试卷里。正由于此，我一直像个“品性优异”的好学生，被老师当苗子培养。那次是彻底被戳穿，原来你蒋峰什么都不是。

好像一张皮被撕掉，班主任惊到了，我妈还不知道，她还在家里纠结，她儿子以后是考清华还是北大。一直到夜里我都没敢回家，冬日午夜，我骑在冰面上毫无方向。不然就回家摊牌吧，跟我妈说，学习不重要，我要当作家，写几年前死的那个女孩儿。我把车倒在雪地里，对着大树讲一遍这个故事，第一遍太碎，没人会在乎“然后呢”；我再讲一遍，从命案讲起，有个打奶的女人每天早起，穿过高草丛去打第一锅奶；我讲第三遍，有个叫雷奇的警察一夜没睡好觉，惦记着天亮跟谁张嘴借钱，把儿子幼儿园的事办了，这时有人报案了；我讲第四遍，我讲第五遍，差不多后半夜，我骑车回家，我知道这故事该叫什么名字了，就用诗经的那句话——维以不永伤。